DIETMAR DATH

DEUTSCHE DEMOKRATISCHE RECHNUNG

EINE LIEBESERZÄHLUNG

EULENSPIEGEL VERLAG

Inhalt

III. Kennenlernen

IV. Tiefschlag

Was das nicht schriftlich niedergelegte Wissen betrifft, das sich verstreut unter Menschen verschiedener Berufe findet, bin ich überzeugt, dass es nach Menge und Bedeutung alles übertrifft, was in Büchern geschrieben steht, und dass der beste Teil unseres Schatzes noch nicht registriert ist.

Gottfried Wilhelm Leibniz, 1690

Wir sind für freie Wirtschaft, nämlich frei von denen, die aus ihr ein Instrument ausschließlich persönlicher Bereicherung machen und dem Volke die Krisen bescheren, den Staat aber die Kosten für die sozialen Opfer ihrer Freiheit des Profitemachens tragen lassen. Wir sind für die Befreiung der Wirtschaft von denen, die jederzeit auch bereit sind, wenn ihre Profite sinken, einen Krieg zu entfesseln, damit ihre Profite wieder steigen.

Walter Ulbricht, 1947

I. ABSCHIED

Eins:
Tote ergeben sich nicht

Beerdigungen sind selten lustig, aber Vera findet, ihr Vater übertreibe es.

Niemand ist gekommen. Niemand, das sind zusammen sie selbst und ihr dritter ehemaliger Verlobter, der gute Gerd.

Ihr Vater hat diesen Gerd verachtet. Er nannte ihn mit der bitteren Vorliebe für verletzende Sprache, die ihn zuletzt fast ganz aufgefressen hat, immer nur den »Trottel« – in ärgerer Laune auch den »Scheißphilosophen«.

Vera denkt: Ich sitze hier bei deiner Beerdigung, Papa, in dieser zugigen, gnomischen Berliner Kapelle, auf diesem mickrigsten und ungepflegtesten aller Berliner Friedhöfe. Du wolltest das so. Wir machen das so. Was hast du jetzt davon?

Ich war für dich die »freche Ziege«, menschlich im Grunde ein Nichts, und meine Hand hält zum Trost der von dir so getaufte Trottel, noch eine Null. Zwei Nullen zusammen auf einer nichtigen Veranstaltung, einer Nullveranstaltung für einen, den man, wie er zornig immer wieder sagte, längst gelöscht hat.

Man muss das ausmultiplizieren, wie du es mir beigebracht hast, Papa: »Denk daran, Vera, Punkt vor Strich, und vergiss nicht das Distributivgesetz.« Gut, also die Klammer um die Trauergäste aufgelöst und die Veranstaltung als Null gezählt, als die Funktion dieser Gäste, und Null mal Null plus Null mal Null gibt Null: Niemand ist gekommen, nichts findet statt.

Hier steht ein Pfarrer vor uns, denn am Ende warst du angeblich wieder evangelisch.

Als ich ein Kind war, sagtest du nie »Pfarrer« oder »Pastor«. So einer war für dich immer nur ein »Lügner«, »Lügenbold« oder »Märchenonkel.«

Solche Lügner, hast du immer gesagt, »haben mitgeholfen, das Land kaputtzumachen. Aber ich bin ihnen nicht mal böse. Sie mussten ihre Lügen glauben, es war ihr Beruf. Böse bin ich den andern, die diese Lügen nicht glauben mussten, sondern glauben wollten. Den Frommen, den Predigern der Demokratie ohne jede Macht für die Arbeit. Den Leuten, die so denken wie dein Philosoph: Irgendwie antiautoritär, egal, wer gerade die Autorität ist, irgendwie links und irgendwie lieb und Kraut und Rüben.«

Das klang zum Ende hin oft verwaschen, zerfahren.

Und jetzt? Hörst du ihn, Papa, wie er dich lobt, der Lügner?

Vera hat eine sehr kleine Anzeige im »Neuen Deutschland« aufgegeben. Sie wusste, dass sich die Alten hier nicht zeigen würden – falls es überhaupt jemand gelesen hat, der begreift, wer da jetzt tot ist, denkt sie, dann waren das Leute, die ihn vergessen wollen, oder Leute, die selbst zu kaputt sind, sich an einen Ort wie diesen zu begeben, zumal die Angst berechtigt wäre, man behielte sie gleich da.

Außerdem war die Anzeige erst gestern im Blatt, im Grunde keine ernst gemeinte Einladung zur Beisetzung. Ihr Vater hätte das lustig gefunden. Stumm steht er jetzt da als Häuflein Asche in einem Topf, während der bestellte Lügner sagt: »Zahlen waren seine Leidenschaft. Wo andere Menschen sich nichts denken, dachte er bei Zahlen stets an lebendige Ideen. Er sah in die Welt der Zahlen hinein, wie einer die Natur betrachtet, der Tiere oder Pflanzen liebt.«

So ein Unsinn, denkt Vera. Sie ist froh, dass das heilige Gerede, das sie aus dem Erbe ihres Vaters bezahlen wird, so deprimierend falsch ist. Denn die Verkehrtheit des Geredes lenkt sie vom Toten ab und seinem traurigen Leben. Dächte sie jetzt daran, so müsste sie womöglich wieder weinen.

Neben ihr hockt Gerd erschreckend bequem. Er hat sich vor zwei Wochen von ihr getrennt, aus einem Grund, den sie gut nachvollziehen kann: »Ich halte dich nicht mehr aus, Vera. Es geht nicht mehr. Ich glaube, du hältst dich auch nicht mehr aus. Ich dachte, ich kann das bremsen, diesen Weg nach unten. Dass du dich so kaputtmachst – das Studium geschmissen, jetzt dieser unfassbare Job in dieser Bäckerbude am Bahnhof da unten in Frankfurt, die Sauferei … Inzwischen säufst du nicht mal mehr beim Ausgehen, sondern sitzt mit der Flasche vor der Glotze, so geht das abends, nur du und das Gift. Du bist dreißig Jahre alt, Vera, und eine der klügsten Frauen, die ich je getroffen habe. Mathematikerin durch und durch, mit einer sagenhaft exakten Intuition, und was machst du damit? Croissants verkaufen, Kaffeemaschinen putzen, Saufen und mit diesem Fettsack drei Stunden am Tag telefonieren, wenn du ihn nicht sogar triffst. Schön, dann hast du wenigstens Gesellschaft. Er frisst, du säufst, und dabei wird geschimpft, über den Staat und die Banken und das Weltall. Nein, sag jetzt nichts. Ich will es nicht wissen, Vera. Ich will nicht wissen, ob du mit dem Fettsack was hast.«

Ihre Antwort war nicht geeignet, Gerd zu halten: »Falls ich was mit ihm habe, wie du das nennst, dann liegt er dabei jedenfalls nicht oben. Sonst ersticke ich.«

Gerd schüttelte, als sie das gesagt hatte, nur den Kopf und ließ aus dem Mundwinkel dieses leise, seufzende Pfeifen hören, mit dem er sie jetzt so oft verurteilte, bedauerte und preisgab. Dann schob er seine endgültige Abdankung aus ihrem Leben hinterher: »Mach nur. Ich kann dich nicht aufhalten. Du ziehst mich nur mit in deine Hölle, wenn ich es versuche. Dich kann man nicht liebhaben, wenn du dich so behandelst. Ich nehme den Ruf an, übrigens. Ich gehe nach Holland.«

Im Moment ist Gerd freilich noch nicht in Holland. Er hält stattdessen Veras kalte und nervöse Hand. Diese Hand will hier weg. Sie regt sich. Die Finger würden auf Veras Knie eine SMS an Manuel tippen, wenn Gerds Hand nicht auf ihnen läge. Vielleicht würden sie auch einen Vorwurf aufschreiben, an ein Häufchen Asche gerichtet: Wieso warst du diesmal wirklich krank, du Idiot? Hätte es nicht so sein können wie immer: Du behauptest es nur, damit man dich bedauert und besucht und sich von dir anschreien lässt? Das hat dir wohl nicht mehr genügt, Papa. Du wolltest mich heftiger ins Unrecht setzen.

Bitte sehr, es ist dir gelungen. Was hast du jetzt davon?

Einen Lügner, der aussieht wie von Wilhelm Busch getuscht, schlaksig, langnasig, bleich und ernst, keine Vierzig, aber schon mit Stirnglatze und grauen Härchen über den Ohren. Er redet dabei, als wäre er sechzig, das heißt, ich will das loben: Es ist gutes Deutsch, was er redet.

Und immerhin liegt kein Tränentremolo in der Stimme, die sich gegen das stete leise Pfeifen des Windes zwischen den in geologischem Tempo auseinanderstrebenden Steinen dieser Kapelle zu behaupten sucht. Die Stimme sagt: »Man müsste Otto Ulitz ganz verkennen, wollte man ihn nur auf seine Liebe zum Exakten, zum Maß, zur logischen Folgerichtigkeit reduzieren. Er war ein Idealist. Otto Ulitz stammte aus sozialistischem Elternhaus. Sein Vater hat unter dem Nationalsozialismus im Konzentrationslager Dachau gesessen und ist 1951 mit der Familie in die DDR übergesiedelt. Der Sohn besaß ein Talent für die Mathematik, das in der DDR durchaus gefördert wurde. Er hat diese Förderung seinem Land als Wissenschaftler vergolten, unter anderem als Mitarbeiter am Mathematischen Wörterbuch, am Zentralblatt und sogar als tätiger Unterstützer der Weierstraß-Gesamtausgabe. Er hätte sich gerne der reinen Mathematik gewidmet, war mit vielen Größen seiner Zunft bekannt, etwa mit Kurt Heegner.«

Vera schnaubt leise: als ob du wüsstest, wer das ist, oder was der Name bedeutet, oder woran jener Mann gearbeitet hat – was elliptische Kurven sind oder quadratische Zahlkörper.

Der Priester fährt fort: »Otto Ulitz hat es immer bedauert, dass das Berliner Forschungsinstitut für Mathematik 1959 geteilt wurde in ein Institut für Angewandte Mathematik und Mechanik einerseits, ein Institut für Reine Mathematik andererseits.«

Vera könnte einen Zwischenruf unterbringen: Diese Teilung fand er jedenfalls schlimmer als die Mauer, das weiß ich sicher.

Sie lässt die Bemerkung bleiben.

Ihr Sweater kratzt. Er ist schwarz und von H & M. Das ebenfalls schwarze Cordsakko darüber ist von C & A.

Vera hatte bis zum Tod ihres Vaters sehr wenig Geld, nicht einmal würdige Hosen trägt sie heute, weil die zu teuer sind. Schwarze Jeans müssen für diese klägliche Zeremonie reichen. Wenigstens ist sie nicht in Turnschuhen erschienen. Petra, zum Glück Kind leidlich vermögender Leute, hat ihr schwarze italienische Damenschuhe geliehen.

Das Sakko, das Veras Erscheinung abrundet, zu etwas wie – findet sie selbst – einer trauernden Vogelscheuche, besitzt sie seit Jahren. Den Sweater hat sie gestern Abend in Berlin gekauft, für 15,– Euro, eine bescheidene Investition.

Wenn alle Formalitäten erledigt sein werden, erbt Vera Ulitz rund 65 000 Euro.

Das hat ihr der komische Anwalt aus Mitte erklärt. Eine Wohnung, die sie vorerst nicht betreten will, erbt sie auch. Die Wohnung mit seinem Kram. Wenigstens ist er da nicht gestorben.

Die Beerdigung, die Verbrennung, den Lügner: Das alles muss sie vom Erbe bezahlen. Es bleibt dennoch mehr übrig, als sie in den letzten zwei Jahren zusammengenommen verdient hat. Das denkt sie jetzt und tut, was man mit Brüchen tut: Sie kürzt das Überflüssige aus dem Satz »mehr, als ich in den letzten zwei Jahren verdient habe«, damit die Wahrheit da steht: »Mehr, als ich verdient habe.«

Sie weiß, dass sie eine schlechte Tochter war. Sie denkt, dass das nicht gerecht sein kann, wenn sie das Geld und die Wohnung bekommt.

Sie fühlt sich schuldig. Sie empfindet dumpfe Wut auf den Toten, weil sie sich schuldig fühlt.

Der Lügner zerstreut Wut und Schuld, dafür ist er da. Er weiß alles, was er über den Toten weiß, von Gerd. Denn besorgt und unterrichtet hat Gerd diesen Mann, da Vera in den letzten zwei Wochen, wie sie sagt, »völlig vor den Kopf getreten« war.

Kaum konnte sie noch schlafen oder essen. Gerd aber ließ sie täglich spüren, wie tapfer er das aushielt, wie arg er darunter litt, wie untragbar sie war.

Der Lügner kommt zum Schluss: »Otto Ulitz wollte, weil schon sein Vater Kommunist war, sein Talent in den Dienst seiner sozialistischen Ideale stellen. Er hat enthusiastisch an neuen Wirtschaftsmodellen mitgearbeitet, in den sechziger Jahren, die gerechter sein sollten, Modellen, die Engagement belohnen wollten. Er blieb seinen Ideen auch dann treu, als Walter Ulbricht abtrat und jene Ideen nicht mehr hoch im Kurs standen. Er hat weitergearbeitet. Er war für Günter Mittag tätig, er war in einer … Planungskommission … und hat dann, am Ende seiner Laufbahn, nach einer Reihe von Rückschlägen und ungünstigen Vorfällen, für die sogenannte Kommerzielle Koordinierung gewirkt, als Folge einer Art Strafversetzung. Er hat dabei viel erlebt und gesehen, vieles, das seine Ideale auf eine harte Probe stellte. Aber wie Leibniz, sein großes Vorbild, glaubte er an eine Ordnung, an einen richtigen, wahren und stabilen Zustand der Gesellschaft wie der Natur. Als das Land, das Otto Ulitz liebte, 1989 unterging, wenige Jahre nach Geburt seiner Tochter und dem Beginn eines häuslicheren, eines ruhigeren Lebensabschnitts, da erschien ihm das wie ein Angriff des Chaos, des bösen Zufalls auf alle Versuche, diese ideale höhere Ordnung auf Erden zu verwirklichen. Noch ganz zuletzt hat er dem Bericht widersprochen, der den Zusammenbruch der DDR-Wirtschaft vorhersagte.« Vera zieht die Stirn kraus und die Mundwinkel tiefer, derlei mag sie nicht leiden: Hier hat Gerd den Gottesmann ganz klar beeinflusst. Dieser Prediger verzichtet auf eigene Gedanken, also nennt er das Schürer-Papier nur deshalb »Bericht«, weil Gerd ihm nicht mitgeteilt hat, dass es »Schürer-Papier« heißt – oder auch »verfluchtes Schürer-Papier«, so jedenfalls nannte Otto Ulitz dieses Schriftstück.

Jetzt glättet sich Veras Gesichtsausdruck wieder, denn was der Pastor weiter spricht, ist wahr: »Er konnte und wollte das nicht akzeptieren. Er meinte, berechnet zu haben, dass die Angaben in jenem Papier, von dem sich die SED zum Handeln gezwungen sah, obwohl sie gar nicht mehr handeln konnte, nicht nur nicht stimmten, sondern dass sie gar nicht stimmen *konnten.*«

Süß, denkt Vera, wie er das betont, als wollte er sagen: Ich, der Lügner, verstehe schon, worum es hier geht, auch wenn es keine Bibelgeschichten sind, sondern Episoden aus der Konterrevolution.

»Dann hat er sich an alle Stellen gewandt. Ein letzter Angriff, einige letzte Angriffe auf das, was er als das Übel sah. Hartnäckig jedoch widersetzte sich sein Erzfeind, der Zufall: Hier war einer krank, dort einer abberufen, die Kanäle schienen umgeleitet oder verstopft. Otto Ulitz fand kein Gehör. Es ehrt ihn, dass er dabei nie an eine Verschwörung glaubte, dass er das Misslingen seines letzten Versuches, die Ordnung zu verteidigen, die er wollte, nicht als Zusammenspiel verabredeter Feinde interpretierte, sondern sich dem Zufall stellte, dem Unplanbaren, wenn er es auch stets hasste und anklagte. Es muss furchtbar für einen solchen Mann gewesen sein, für den Ordnung und Gerechtigkeit unmittelbar dasselbe waren, dass der Zufall und das Regellose ihm seinen Traum zunichte machten. In seinen letzten Lebensjahren indes fand er, so sagt man mir, zum Glauben – vielleicht zu einem alten Glauben, den er als Kind gekannt hat. Vielleicht aber fand Otto Ulitz auch nur zu einer anderen, höheren, weniger quälenden Form desselben Glaubens an die Ordnung als Gerechtigkeit, den er in seinen Mannesjahren gehegt hatte. Er mag gesehen haben, dass das Zufällige und Chaotische aufgehoben ist in einem Plan, wie ihn Menschen nicht machen können. Dachte er daran, als man ihn für den Eingriff am Herzen in Narkose versetzte, den er nicht überlebt hat? Lange Reihen von Zahlen mögen zufällig aussehen, Wirtschaftsbilanzen etwa, oder Lebensbilanzen – aber vielleicht sind wir Menschen einfach nur zu nahe an diesen Zahlen auf der Welt untergebracht. Möglicherweise erkennt man von weiter weg einen Sinn und ein Muster. Wer weiß«, es klang wie ein Seufzer, Vera fand es zu dick aufgetragen, »vielleicht ist der Name für dieses ›weiter weg‹ ja Mathematik, vielleicht ist er ›Jenseits‹, wie unser christlicher Glaube sagt. Bei Theodor Fontane gibt es eine Stelle …«

Da hört Vera weg, drückt aber die Hand des ehemaligen Liebsten etwas fester, um ihm auf ihre Art zu danken, dass er stellvertretend für sie zuhört, wenn es zum Schluss noch einmal aus vollen schöngeistigen Theologenbacken preußisch literarisch wird.

Das mit den Zufallszahlen aber, das geht sie an, das hängt ihr nach, noch als die blecherne, kraftlose, kleine Orgel zu spielen beginnt, noch als der Mann in Uniform – irgendwie briefträgerhaft, ein Postbote des Todes – und schwarzer Schärpe den Topf mit den Menschenresten an sich nimmt und ihn vor dem Lügner, vor Vera und Gerd quer über den Friedhof trägt.

Zufallszahlen, denkt sie.

Das habe ich doch neulich mit Manuel besprochen, wie war's gleich? Kolmogorow-Komplexität, Berry-Paradox, Algorithmen und, wie ging das? Die kürzeste Zahl, die man auf Deutsch nicht mit weniger als sechzehn Wörtern definieren kann? Aber es fügt sich nicht zusammen. Und dann muss sie sich auf den Weg konzentrieren, weil der so schwer zu erkennen ist. Denn ihr Blick schwimmt in beißendem Wasser, und das Atmen fällt ihr schwer, in Nase und Hals ist alles dicht.

Gerds leises Trostflüstern begleitet sie, während alle paar Meter ein lästiges Schluchzen aus ihr hervorbricht. Das Gehen scheint etwas Neues, Ungeübtes, weil die Beine abknicken wollen, weil eine böse Macht will, dass Vera hier auf diesen schmalen Pfad zu Boden fällt und liegen bleibt, ganz weggeschmissen, unbrauchbar und wertlos.

Dass der Mann neben ihr sie stützt, macht sie seltsam ärgerlich gegen ihn: Tu doch nicht so, als liebtest du mich, du findest ja, ich sähe aus wie ein Kerl, hast du selbst gesagt, und meine Haare sind, wie war das? Ein Vogelnest. Das muss aber ein armer Vogel sein, so kurz, wie diese Haare sind, da kann er keine Familie drin unterbringen, die Single-Gesellschaft breitet sich eben auch auf den Bäumen aus.

Ich bin wieder allein, wenn das hier vorbei ist, einsamer denn je.

Man steht am Grab.

Der Lügner sagt noch etwas, gestikuliert, ist das ein Segen? Der Postbote und der Lügner wollen den Topf in das Loch senken. Vera will das plötzlich nicht, sie will ihn festhalten, umarmen, an sich reißen, sonst ist er weg, gleich ist er weg. Sie scheint einen Satz sagen zu wollen, die Unterlippe bebt, der Geistliche und Gerd sind überrascht, vielleicht peinlich berührt, weil sie die Worte nicht findet und weil sie wankt.

Nur der Postbote wirkt, als kenne er das alles und verstehe es, und als verzeihe er ihr, mit seinen treuen alten Augen.

Da sagt sie über ihren Vater: »Der … der hat immer … der hat alles versucht und … sie haben ihn fertiggemacht. Sie haben ihn fertiggemacht, am Ende. Sie haben ihn gekriegt, und ich … und niemand hat ihm geholfen.«

Sie weiß selbst nicht, was das sein soll – eine Richtigstellung der Worte des Pfarrers? Eine Selbstanklage? Wer sind denn »sie«? Die Kollegen? Veras verrückte, tote Mutter? Die Imperialisten? Sie flüstert: »Die Imperialisten.«

Das ist der Feind, den er selbst wohl verantwortlich gemacht hätte, wäre er gefragt worden: Papa, wer bringt dich um, bin ich es? Nein, hätte er gesagt, du bist frech und undankbar und lebst mit Dreißig immer noch wie eine Studentin, obwohl du deine Studienzeit in Frankfurt mit verwirrten Halblinken verschwendet hast und dann das Studium aufgeben musstest. Vera, du landest auf der Straße, aber du bringst mich nicht um, das machen die Imperialisten.

Jetzt darf der Postbote die Urne – den Topf, denkt Vera – in das Loch senken. Ein Friedhofsarbeiter kommt und schaufelt Erde drauf. Begraben von einem Stellvertreter der Arbeiterklasse, na wenigstens das, denkt Vera und versucht zu lachen, damit Gerd und der Pfarrer erschrecken. Es klappt nicht.

Nach der Verabschiedung der Lebenden von den Fachleuten für den Tod geht Gerd mit Vera in ein Café – nicht zu Starbucks, das gibt es hier nicht, was sie schade findet, sondern in ein mit steifgebügelten Tischdecken und gefälschten Art-Deco-Spiegelchen ausstaffiertes Großmuttermuseum. Vera hat plötzlich Heißhunger. Sie bestellt einen Käsekuchen, matscht ihn beim Essen klein, pult mit der Gabel die Rosinen raus, mampft eifrig und sagt zu Gerd: »Das stellt der sich so vor, dieser Gottesmann, mit dem Zufall. Als Story ist das ja schön, Kampf der Ordnung gegen das Beliebige, Licht gegen Schatten. Aber dann sagt er was von Zahlen, und da soll er mal …tschuldigung …«, sie schluckt trocken, der Kuchen ist nicht eben saftig und das kleine Glas Wasser hilft wenig, aber sie will nichts Warmes trinken, »… da soll er mal die Finger von lassen, der Heilige.«

Gerd hebt die Brauen: »Du hast wieder diesen Blick, Vera. Als ob du mich gar nicht siehst. Willst du drüber reden? Wie es dir geht?«

Sie blinzelt das weg. Was will er denn, über Gefühle tratschen?

So ist das immer, dauernd geht es um Gefühle bei ihm, weil er gar keine hat, nur diese Klischees, aber dafür eine Riesenangst vor klaren Gedanken.

Vera sagt: »Nein, hör mal, ernsthaft … das ist ein Problem. Das hätte meinen Vater sehr interessiert. Das ist … ich weiß nicht, aber kann das nicht mein Gedenken sein? Eins, das denkt? Sieh es mal so: Du hast irgendeine Sequenz, 370464074003331 und so weiter, und dann machst du halt einen Test: Mit welcher Frequenz tauchen die einzelnen Ziffern auf, ist das gleichmäßig über die erste Million Stellen verteilt zum Beispiel, okay? Schön, und wenn das so ist, dann hat man zwar eine der ersten Bedingungen fürs komplett Zufällige erfüllt, die gleichmäßige Verteilung im Großräumigen. Aber das ist bei der Sequenz 0,12345678901234567 89 und so weiter auch der Fall. Da ist es auch gleichmäßig, aber eben nicht zufällig – du hast immer zuverlässig Null, Eins, Zwei, und nach Neun geht es wieder von vorn los. Also gut, dann machen wir es anders. Dann nehmen wir halt für diese Sequenz, von der wir wissen wollen, ob sie zufällig ist, die ersten zwei Millionen Stellenpaare, immer paarweise, nicht? Wenn sie da gleichmäßig sind … auch noch paarweise –, das müsste doch reichen? Falsch, wieder nicht, denn auch diesen Test kann man austricksen – da gibt's zum Beispiel die Champernownesche Zahl: 0,1234567891011121314 und so weiter. Da haut es sogar für Dreierabteilungen hin, nicht nur für Paare, und trotzdem ist die Zahl nicht beliebig, sondern es sind einfach alle natürlichen Zahlen hintereinander. Und wir wissen nun leider aufgrund entsprechender ähm Forschung, das ist wirklich insgesamt so. Unfassbar, aber wahr: Egal, wie gut unser statistischer Test für Zufälligkeit ist, es gibt immer eine deterministische Sequenz, die diesen Test reinlegen kann. Nimm S als Menge aller Sequenzen mit zehn Millionen Stellen, die von irgendeinem Test für zufällig befunden werden. Also, S ist keine leere Menge, das ist klar, denn irgendeine Sequenz muss den Test ja nun bestehen, sonst ist er nutzlos. Also geht man hin und sagt: Jetzt ordnen wir alle Sequenzen in dieser Menge und geben jeder davon wieder eine natürliche Zahl als Index. Und dann nehmen wir von diesen allen die erste. So: jetzt hast du einen Widerspruch. Der Test sagt uns, wenn diese Sequenzen ihn alle bestehen: Die erste Sequenz ist zufällig, sie ist mit keiner Regel zu bestimmen. Aber ich habe eben eine Regel für sie genannt: Die erste aus dieser wohlgeordneten Menge, die mit der Indexzahl 1. Tja, und deshalb …«

Gerd schaut sie an, als wollte er sie ohrfeigen.

Seine Wangen und sein Hals sind rot, seine Stirn ist gefurcht, seine Augen glühen. Er zischt wie ein Schnellkochtopf: »Pffff… bitte … Vera, du bist wirklich nicht ganz normal. Du musst in eine Therapie. So kann man doch nicht … eben noch warst du nichts als ein schlotterndes Elend, und jetzt redest du hier daher, als ob ich ein Schüler wäre und du …«

»Ich muss aufs Klo«, sagt sie, steht auf und geht. Sie setzt sich auf die glatte kalte Brille, pinkelt und lacht und weint und zählt bis fünfhundert. Danach wäscht sie sich lange die Hände und das Gesicht, mit eisigem Wasser.

Als sie zum Tisch zurückkehrt, an dem sie eben noch mit Gerd gesessen hat, ist er weg. Sie lächelt: Das hat er gut gemacht, das war sehr einfühlsam.

Sie ist erleichtert. Was jetzt mit ihr passiert, geht ihn nichts an.

Zwei: Anarchismus ist ein tröstlicher Aberglaube

Vera übernachtet bei Petra, weil Petra sehr guten Salat macht. Petras Freund ist gerade auf einer Demonstration in London. Vera ist aus Gründen, die sie im Augenblick nicht zu genau bedenken will, nicht bereit, in der Wohnung in Moabit zu schlafen, die ihr demnächst gehören wird.

Nach dem Salat und ein paar harmlosen Drogen, nach Musik bei Kerzenlicht – normalerweise mag Vera den ewigen Jazz nicht, der sich durch Petras Wohnung schlängelt, aber dieses Julia-Sowieso-Trio passt zum Regen draußen, zum Marihuanadampf drinnen, zu diesem ganzen viel zu langen Tag, als sanfter Abschluss – geht Petra früh ins Bett. Morgen muss sie wieder links sein und die Welt umbauen.

Vera stellt sich ans offene Fenster, raucht eine Marlboro und ruft Manuel an.

»Was machst du gerade?«, fragt sie.

Manuel sagt: »Ich fresse Yes-Törtchen. Hab schon sechs runtergezwungen. Jetzt gucke ich gleich ›Spider-Man 2‹ illegal im Netz, da passen noch ein paar Törtchen drauf.«

»Manuel, du tötest dich. Und falls du dich nicht tötest, dann schaust du dich irgendwann im Spiegel an und staunst, wie fett du schon wieder bist, und kriegst Depressionen. Gegen die helfen dann nur Zuckerschübe, also stopfst du dich weiter voll, fühlst dich noch schlimmer, frisst noch mehr …«

»Klingt doch gut. Konsequent«, sagt seine lustige Stimme.

Vera denkt: Ich bin auch nicht besser als Gerd. Ich könnte Manuel in Frieden lassen, ist doch sein eigenes Leben, das er da zerkaut.

Manuel sagt: »Und, wie war es? Ist er immer noch tot, dein Vater?«

»Du hättest mitkommen können. Dann wäre es nicht nur eine deprimierende, sondern eine absurde Trauergemeinde gewesen. Schön wahnsinnig. Ich und Gerd und du, da hätte man Pfeildiagramme machen können: Mein Vater hat dich gemocht, ihr habt euch ja nur zweimal gesehen, als er in Frankfurt war. Und er hat Gerd und mich gehasst. Gerd hasst dich und hat meinen Vater gehasst. Ich hasse Gerd und habe meinen Vater gehasst, aber auch geliebt, und früher habe ich Gerd geliebt …«

»Zu kompliziert, deine Pfeilbilder. Und fang bitte nicht an damit, dass du mich auch geliebt hast.«

»Dich kann man nicht lieben. Du bist zu viel.«

»Eben. Wollte schon sagen. Also, der Herr Fanatiker ist tot. Schade.«

»Weißt du was, der Pfarrer hat auch so was gesagt – nicht Fanatiker, aber: Idealist. Komisch, dass ihr den alle so seht, als wäre er von irgendwelchen Ideen angetrieben gewesen. Ich fand ihn … ich fand ihn nur noch wehleidig, zum Schluss.«

»Aber Kommunist war er doch immer noch, oder? Evangelischer Kommunist. Bizarr.«

»Ja, und?«

»Na, das sind eben alles so … die wollen alles ändern, wie deine Petra. Und du ja heimlich auch. Idealismus, Fanatismus … ich bin anders, ich bin ein ehrlicher Anarchist.«

»Wie, Anarchisten wollen nichts ändern?«

»Natürlich nicht. Anarchie, das ist doch das, was wir haben. Damit fahren wir klugen Leute immer noch am besten: Wenn überhaupt keine Regel gilt, keine Ordnung, wenn alles total anarchisch ist, dann gilt nicht mal das Faustrecht lange. Dann gibt es nur noch chaotische Fluktuationen von Information, und denen kann man sich anschmiegen, wenn man clever ist wie wir. Vera und Manuel, die zwei abgebrochenen Genies. Die Dummen kann man manipulieren und …«

»Sagt der Hilfsverkäufer von Elektroschund bei SATURN zur Hilfsverkäuferin bei der Kettenbäckerei.«

»Hast du 'ne Lebenskrise, oder was? Du enttäuschst mich. Ich meine, ich verlange ja nicht, dass dir alles egal ist, so wie mir. Auf diese Stufe der Erleuchtung muss man sich erst mal hocharbeiten. Das kommt nicht über Nacht. Aber wenigstens das, was wirklich egal ist, könnte dir egal sein. Dein Vater und so was. Das Erledigte.«

»Du bist ein Schwein, Manuel.«

»Ein fettes Schwein, Very.«

»Das ist der blödeste Spitzname, den mir jemals irgendwer aufgedrückt hat.«

»Ich weiß, Schatz.«

So blödeln sie weiter, weil das die einzige Art Trost ist, die sie sich zubilligt vor lauter Schuldgefühlen, und weil er das spürt. Sie mögen einander.

Das Gespräch geht fast zwei Stunden, Manuel hat es nicht eilig mit seinem Spider-Man.

Vera schläft danach traumlos und gut.

Petra ist schon wach, als Vera schwerfällig aus dem Bad schleicht, wo sie zwanzig Minuten gebraucht hat, um sich unter der Dusche zu erinnern, warum Drogen am Abend keine gute Idee sind: Der nächste Tag ist weg, man muss sich etwa zwölf Stunden lang ständig entscheiden, ob man kauen oder atmen, denken oder gehen will.

Es ist, als hätte man Grippe, obwohl nichts wehtut.

»Hey, weißt du, was mir gerade einfällt? Dein Erbe, das ist super. Denn dann bist du ja ab jetzt öfter in Berlin«, sagt Petra fröhlich. Sie hat Eier gekocht und frische Marmelade hingestellt. Petra ist ein wahrer Sonnenschein, Vera hält das heute morgen kaum aus. Sie setzt sich jedoch und isst, indes keine Brötchen, nur Knäckebrot mit Marmelade. Auch von Butter hält sie Sicherheitsabstand. Vera denkt: So schön sein wie Petra, mit immer nur ganz wenig Make-up, aber genau dem richtigen, das muss doch schwerfallen – wenn einen alle so angucken, als wollten sie in diese Person hineinkriechen, sie selbst sein oder sie besitzen. Andererseits hat Petra einen zehn Jahre jüngeren, ebenfalls sehr gutaussehenden Freund. Das macht wahrscheinlich schon einigen Spaß.

Vera kaut ernst, als wäre das ihre Pflicht.

Dass ihre Sparsamkeit beim Backwarenverzehr, überhaupt bei allem, was aus irgendeinem Ofen kommt, mit ihrem Job zu tun hat, würde sie nicht wahrhaben wollen, wenn man sie damit konfrontierte. Petra, weizenblond, mit schönen Strähnen bis über die Schultern, und mit glitzerndem Goldzahn vorne rechts im sonst makellosen Gebiss, schenkt ihr mehrfach Kaffee ein und sagt: »Willst du die Wohnung gleich vermieten? Es ist gerade so heftig hier. Leute werden geräumt. Ich bin alle zwei Wochen irgendwo, und wir klobern uns mit der Polizei, als wären es wieder die alten Hausbesetzerzeiten. Weißt du, achtziger Jahre.«

»Klobern«, sagt Vera nachdenklich, das soll heißen: Was erfindest du eigentlich immer für Wörter?

Petra fährt fort: »Wie im Bürgerkrieg. Und das Beste ist, wir haben in der Polizei einen Spion sitzen, Fadi, das ist der Bruder von Azar, die bei uns im Buchladen manchmal jobbt, aber noch in die Schule geht.«

»Ich kenne sie. War mal auf so 'ner Party bei Gerd und Fips, oder? Aber ist die Familie nicht … sind das nicht alles radikale Islamisten oder irgendwas, lauter Figuren, vor denen sie Angst hat, wenn sie mit euch rummacht?«

»Das sind relativ liberale Libanesen. Oder libarale Libenesen, hö. Sie erzählt ihnen gern, dass wir ganz viel für die Palästinenser machen. Das beruhigt ihren Vater so halb. Der hält uns für Altkommunisten, bei denen bekanntlich partymäßig nicht viel los ist. Stimmt ja fast. Enikö und einige von uns sind schon sehr züchtig. Und Fadi, der hat halt keinen anderen Beruf gefunden, der kann nur Sport und Moral, Handstand und Anstand, sagt Azar, da will er das Gesetz hochhalten. Ein braver linker Bulle. Jetzt haben sie ihn aus dem Büroscheiß in die Bereitschaft versetzt, da fahren sie ihn dann in der Wanne, die wir am 1. Mai immer umschmeißen, zum Fußball, zur Demo, zur Razzia. Er ist so ein Stormtrooper, eine Ausleihkraft für die Streife oder die Kripo, durchsucht auch mal unsere Leute, nimmt Menschen fest, observiert, und manchmal … manchmal erzählt er uns was weiter.«

Dabei senkt sie die Lautstärke verschwörerisch, und Vera lächelt: »Wegen dem Anstand.«

Petra zwinkert: »Genau. Aber sag mal, was machst du denn noch politisch da in deinem Frankfurt, wenn du jetzt nicht mehr an der Uni bist?«

»Ich war bei Blockupy, und ich laufe gegen Abschiebungen, gegen diese … Bereitschaftspolizei, und für die Kurden, und wir werden immer eingekesselt und abgedrängt und dann steht man rum wie für Eintrittskarten. Mehr is nich.«

»Und du hast keine Gruppe mehr oder was?«

»Wir waren doch keine Gruppe, Petra. Hör auf. Wir waren der Gerd, der hat mich dann mitgeschleppt, und du und Hanno, Andreas, Stephan, Silke, halt so ein paar Mathe- und Naturwissenschaftsleute, die keinen Anschluss an die anderen linken Unizirkel gefunden haben, weil die ständig nur von Badiou und Trallala geredet haben.«

»Naja aber … dein … der Dicke, dieser Manuel …«

»Das war nur Neugier. Der ist Mathematiker, aber nicht links. Genau genommen ist er nicht mal Mathematiker. Er sagt immer: Ich bin nicht Mathematiker, ich bin bloß berechnend. Das Ganze, die Pose, das Rebellische, das liegt daran, dass er sich selber vom Vermögen seiner Familie so gründlich abgeschnitten hat, mit seinem unmöglichen Benehmen. Das letzte, was die ihm bezahlt haben, war diese Operation damals – als er so fett geworden war, dass er nachts im Schlaf zu ersticken drohte. Da hat er, typisch Manuel, die Idee gehabt: Ich muss mir die Nasenlöcher vergrößern lassen, dann kommt mehr Luft durch. Und das haben sie dann bezahlt, aber danach nie mehr was. Er hat keinen Kontakt, und was auf seinem Girokonto war, das ist, glaube ich, inzwischen verbraten für Cheeseburger und … er spielt ja vor allem Lotto. Nach so einem System.«

Petra sagt darauf gar nichts. Dieses Thema und Veras Enthusiasmus dabei waren ihr stets unheimlich. Mit Manuel, hat Vera lernen müssen, kann außer ihr kein Mensch irgendetwas anfangen. Petra sagt: »Na … und Gerd. Aber Gerd war nicht Mathe und nicht Naturwissenschaft, Gerd war immer Philosophie.«

»Genau, das macht er jetzt hier als Professor. Und demnächst in Holland. Ist der denn noch aktiv mit euch, hier in Berlin?«, fragt Vera.

Petra zieht einen Flunsch, schenkt mehr Kaffee ein, trinkt viel zu viel davon mit nur zwei Schlucken und sagt dann: »Ich weiß es nicht. Er ist manchmal im Laden und er geht … manchmal mit. Bei der Liebknecht-Luxemburg-Demo war er mal wieder dabei, und … er sagt, er schreibt ein Buch.«

»Über Badiou bestimmt«, sagt Vera, und das »bestimmt« betont sie so, dass selbst Petra mitkriegt, wie dringlich ihre Besucherin aus Frankfurt jetzt lieber von etwas anderem reden möchte. Das tun die beiden daher und besprechen Liebeskram, Krankheiten, die geerbte Wohnung samt vorgesehener Entrümpelung und die künftige Vermietung mit Maklerhilfe, die wirtschaftliche Lage Deutschlands, die allgemeine Teuerung, dies und das.

Beim Abschied sagt Petra: »Wenn du dann aber erst mal öfter hier bist … also, du musst ja den Dings paarmal treffen, den …«

»Makler.«

»Ja, den Makler … Dann kannst du mitkommen zu Aktionen.«

»Mmmhjo.« Es klingt nicht entflammt, aber vorstellen kann sich Vera das schon. Sie muss wirklich mal wieder raus ins Geschehen, egal in welches.

Petra besteht auf Nähe: »Ehrlich, Vera, gerade bei den Räumungsgeschichten isses so, da zählt jeder Leib. *Human Shield* und dergleichen.«

Sie küssen einander auf die Wangen, im hohen Rahmen von Petras schwarz lackierter Tür. Vera sagt: »Ruf mich doch an, wenn was Großes bevorsteht. Ich kann im Moment noch relativ frei über meine Zeit verfügen, hab noch leidlich Urlaub dieses Jahr. Nur nächste Woche muss ich in Frankfurt sein, hab ich einer Kollegin versprochen, die nach Ibiza geflogen ist.«

»Im Herbst?«

»Im Herbst. Die malt.«

»Malerinnen und geniale Mathematikerinnen – diese Back Lounge ist ja echt ein Nest.«

Vera lacht pflichtschuldig und geht.

Sie ärgert sich schon auf der Treppe: Geniale Mathematikerinnen, was soll der Mist? Es gibt Leute, die sind so alt wie ich und haben in der Mathematik schon das Meiste hinter sich, haben Papers veröffentlicht, nach denen die ganze Welt schielt, richtige Arbeit, diese Lena Dingenskirchen zum Beispiel, eine Deutsche sogar, die ist nur ein Jahr später als ich geboren – man findet alles, was sie geleistet hat und weiter leistet, im Netz bei zbMATH (eine Fachinformationsquelle, die Vera immer noch fleißig nutzt, wenn sie dazu kommt).

Also, was soll's? Diese Frau, na, richtig: Dieringshofen hat bestimmt weniger seelisches Gepäck als ich, da klappt das. Wir können eben nicht alle genial sein. Oder anständig wie Azars Bruder. Den allermeisten fehlen dazu die reichen Eltern – obwohl das natürlich, ermahnt Vera sich und tritt dabei fast in einen original Berliner Hundehaufen, auch wieder unfair ist, schließlich können bei reichen Eltern ganz verschiedene Kinder herauskommen, nicht nur Streber und Weltbeglückerinnen, sondern auch zynische Alltagshelden wie Manuel. Na gut, egal.

Drei: Bahnhöfe sind nicht immer unterhaltsam

Der Widerspruch ist das Gesetz der Welt, aber anstrengend: Am Hauptbahnhof entdeckt Vera, dass sie nun plötzlich doch etwas Gebackenes essen will. Sie kauft sich eine Brezel, zieht sie aus dem Tütchen, knüllt das Tütchen geistesabwesend zusammen und steckt es in die rechte Hosentasche, statt es sofort wegzuschmeißen. Dann beißt sie in die Brezel und findet sie zu dicht, zu schwer, wie soll man sagen? Nicht gut.

Sie isst sie dennoch auf – wieso, fragt sie sich, bin ich eigentlich so hungrig andauernd, seit der alte Mann tot ist? Es kommt wohl vom Weinen und dem verausgabten Aufwand an Gefühlsenergie. Aber das gesteht sie sich nicht ein, obwohl sie schon wieder weint, und als sie die ungeliebte Brezel vertilgt hat, geht sie zum selben Kettenbäcker wie eben, kauft eine heiße Schokolade, entdeckt beim Kramen nach lockerem Geld den Tütenklumpen, kauft noch ein Croissant, geht mit Getränk und Hörnchen um die Ecke zum Stehthekenbereich, isst das Croissant und streicht die zweite Tüte glatt, aus der sie es geholt hat.

Dann legt sie die andere Tüte darauf, zu annähernder Kugelform zusammengedrückt. Sie schaut das Kunstwerk an und denkt: ja, eine stetige Abbildung. Der Rand des Balls liegt innerhalb der Grenzen des Randes der flachen Tüte darunter, und das bedeutet, so unglaublich es klingt: mindestens ein Punkt in dem zerknüllten Klumpen liegt genau über dem entsprechenden Punkt auf dem glattgestrichenen Papier. So nämlich ist das bei stetigen Abbildungen dieser Art – am einfachsten begreifbar bei einer Scheibe: Wenn ich sie in sich selbst, also um den Mittelpunkt, drehe, ist dieser Mittelpunkt der Fixpunkt. Das nämliche gilt auch für die Kugel: Wenn sie, sagen wir, voll ist mit Petras erstklassigem Kaffee, und man dreht und dreht sie und schüttelt den ganzen Kaffee so richtig durch, dann bleibt mindestens ein Kaffeepunkt an seinem Platz, wenn man das Volumen nicht insgesamt irgendwohin per Sprung verschiebt, wenn die Abbildung in sich also stetig bleibt. Das gilt in zwei Dimensionen, das gilt in drei Dimensionen, das gilt in n Dimensionen, wenn $n > 0$.

Für drei Dimensionen hat, erinnert sich Vera, Herr Brouwer das rausgekriegt, der arme Spinner, der dann zum Schluss fast so irre und krank war wie Papa.

Brouwer ist gestorben, als Papa gerade dachte, jetzt klappt es, jetzt hat Ulbricht den Bogen raus, jetzt wird die DDR das Musterland des Sozialismus. In den Sechzigern.

Den Fixpunktsatzbeweis für $n = 3$ hat Piers Bohl allerdings schon vor über hundert Jahren gefunden, und ganz kurz darauf fand Hadamard, wie war das noch, einen allgemeineren. Ab der Dimensionszahl $n = 2$ beweist man das heute mit dem Integralsatz von Stokes, oder?

Ein Mann in türkisfarbener Lederjacke, mit Glatze und Tattoos, schaut Vera an, fasziniert und irgendwie unangenehm berührt von ihrer Erscheinung, es wirkt wie Abscheu. Er trinkt einen Tee, neben seinem durchsichtigen, tassenartig behenkelten Glas steht ein Flachmann. Vera kennt den Blick: Wenn ich mit dem Denken anfange, wenn mir mathematisch zumute wird, gucken die Männer immer so, als hätte ich Feuer aufgestoßen oder mitten in ihrer größten Brunft vorgeschlagen, sie sollten sich zur Abwechslung lieber mal selber ficken. Vera überlegt, ob sich ein Blickduell mit dem Neandertaler lohnt. Sie entscheidet sich dagegen.

Sie räumt mit einer lässigen Handbewegung ihre Skulptur »Der Brouwersche Fixpunktsatz als Gleichnis auf die Sturheit meines Vaters und die noch viel größere Sturheit des verstorbenen Denkers Luitzen Egbertus Jan Brouwer« ab.

Vera schmeißt das Zeug, dazu ihren Kakao-Pappbecher, in den nächstgelegenen Müllschlucker. Dann geht sie, weil sie noch zehn Minuten Zeit hat, bis der Zug nach Frankfurt abfährt, in einen Zeitschriftenladen, weil sie ohne Buch hergekommen ist, auf der Rückfahrt aber nicht mehr an ihren Vater denken will, an ihre Mutter auch nicht, am besten an überhaupt nichts Privates, sondern lesen.

Sie stöbert ein wenig, entscheidet sich dann für den »American Scientist« – ein in ihren Augen seriöses Blatt, anders als der inzwischen nur noch boulevardeske »New Scientist« aus England, der tumbe »Scientific American« oder dessen deutscher Ableger »Spektrum der Wissenschaft« sowie die Konkurrenz »Bild der Wissenschaft« und der ganze »Geo«-Zinnober. Sie legt noch die UZ dazu, »Unsere Zeit: Sozialistische Wochenzeitung – Zeitung der DKP«. Die kauft sie manchmal, weil sie nicht genug Geld hat, jeden Tag »junge Welt« oder das »Neue Deutschland« zu bezahlen. Da die UZ wöchentlich erscheint, findet dort immerhin eine Art Auswahl der vielen schlechten Nachrichten statt, die Vera schätzt, auch wenn sie auf die direkten Verlautbarungen der Partei, die das Blatt herausgibt, verzichten kann. An der Kasse fällt ihr ein, dass sie außerdem Zerstreuung ohne Nutzen braucht.

So holt sie sich mit einem eleganten Ausfallschritt eine Musikzeitschrift aus dem Bereich der Elektronik, bei der sie die Person auf dem Titel kennt: »mixmag« empfiehlt sich als »deine weltweite Dance Music & Clubbing Adresse«, da fehlen mindestens drei Bindestriche, und in Clubs geht Vera schon lange nicht mehr, aber Ellen Allien mag sie, und das Coverfoto sieht aus, als ob Ellen Allien ihrerseits auch Vera mag.

Eine freundliche Täuschung.

»Tüte für Sie?«, will der Knecht auf dem Drehstühlchen wissen.

Vera sagt abweisend, mit Blick auf die Uhr, die ihr verrät, dass es langsam knapp wird: »Wäre nett.« So fummelt der mehlige Mensch erst an seinen Tüten, statt abzurechnen, und sie kleben zusammen. Er muss pfriemeln und zupfen. Dann fällt ihm ein, dass er noch nicht kassiert hat, so lässt er sein Einlesegerät den Code am Musikheft registrieren, danach aber findet er den Code an der UZ nicht – »Hat keinen Code, da oben steht es, zwoachtzig«, versucht Vera, ihm zu helfen. Aber das macht ihn nur langsamer: »Zwei … Euro … achtzig … Cent …«, spricht er beim Tippen, als hätte er eben lesen gelernt.

Es ereignet sich eine Katastrophe: Das Lesegerät hat Angst vor dem »American Scientist«, der Code ist vermutlich zu schön auf das Magazin gemalt, und »nirgends steht ein deutscher Preis«, quengelt der Sklave.

Da wird dann von hinten, aus irgendeinem Lager, noch eine Kollegin geholt, die schließlich die 5 Dollar und 95 Cent in irgendeine grotesk hohe hiesige Summe umrechnet. Vera bezahlt grimmig. Dann rennt sie. Der Zug ist schon da, die Türen stehen offen. Vera fällt hinein wie in ein Loch. Immerhin: Der ICE ist relativ leer, es lebe der Sonntagmittag.

Vier:
Mancher Heimweg führt ins Nichts

Als der Zug in Frankfurt einfährt, weiß Vera viel mehr als vorher über vieles, denn sie hat einiges gelesen – über die Karstadt-Sanierung (200 Millionen muss der neue Eigner aufbringen, sonst ist demnächst Feierabend beim Traditionskaufhaus, und wehe, die Belegschaft will noch was außer geduldet werden), über Pads und Potis und Fader für Geräte der Musikerzeugung und -verbesserung (das liest sie immer gern, von Manuel lässt sie sich oft sogar den aktuellsten Ramsch beschreiben und erklären, den er bei SATURN verhökert) und schließlich einiges über die ersten Säuger mit Plazenta, die vor 65 Millionen Jahren ihren Siegeszug auf diesem schlimmen Planeten antraten.

In Frankfurt hört eben ein schwacher Regen auf. Es ist kaum jemand auf der Straße. Das gefällt Vera sehr.

Sie beschließt, einen Spaziergang zu riskieren. Welche Richtung? Gleich heimwärts, aber auf Umwegen, oder in die Innenstadt? Wenn sie sich für Letzteres entscheidet, denkt sie, dann wird sie am Arbeitsplatz vorbeischauen, Ogün oder Saskia besuchen, und vielleicht freut sich, wer immer da gerade an der Kasse steht.

Aber das will sie lieber doch nicht, fällt ihr ein, denn so eine

Visite würden beide nicht verstehen – Vera hat bis einschließlich morgen frei, eine kleine, vom Arbeitgeber fürstlich gewährte Trauerzeit; das verplempert man doch nicht im Laden!

Außerdem liegt heute die »BILD am Sonntag« an der Kasse. Und von der Hetze, die da drin steht, kriegt Vera immer schlechte Laune, schlimmer als von der normalen BILD, sie weiß auch nicht, weshalb. Wenn ihr das passiert, ist die ganze wohlige Mehr-oder-weniger-Informiertheit wieder kaputt, die sie »mixmag«, der UZ und dem »American Scientist« verdankt. Also heimwärts, aber gemessenen Schritts.

Am Saar-Karree schaut sie das erste Mal in ihrem Leben bewusst auf die kleine Tafel vor dem »Panino«-Restaurant, weil ihr einfällt, dass sie jetzt, mit demnächst 65 000,– Euro auf dem Konto, zu den Angesprochenen gehört, wenn da steht, sie solle sich einen Mojito für 6 Euro 50 kaufen. Sie kann sich genau zehntausend davon leisten, dann ist das Geld weg.

Vielleicht lieber eine Minz-Limetten-Limo. Oder eine mit Orange-Ingwer, zu jeweils nur 4 »Tacken«, wie Petra sagen würde? Was das bloß neuerdings überall mit dem Ingwer ist, denkt Vera im Weitergehen – früher gab es gegen Erkältungen bloß heiße Zitrone oder Orange, jetzt gibt es Ingwerpulver, und sogar Haribo stellt Ingwergummis her, Süßigkeiten klebrigster Sorte, die Manuel, wie alles, was genug Zucker, Salz, Fett oder einfach Dreck enthält, wegschaufelt wie ein Bagger.

Modedroge Ingwer: »Der Kapitalismus war schon immer blöd, aber so blöd wie jetzt war er noch nie!« Danke für den Zwischenruf aus dem Jenseits, lieber Otto Ulitz.

Vera weiß, dass Manuel heute nicht arbeitet. Aber wie eine Straßenbahn in der Spur bewegt sie sich auf ihrem langen Umweg mit sanfter Unausweichlichkeit schließlich auf die Skyline-Plaza-Anlage zu, vorbei an der Baustelle für die neue U-Bahn-Haltestelle, die das Europaviertel, Frankfurts garstigste Gegend, effizienter mit dem Rest der Stadt verbinden soll, wofür man eigens eins von Veras Lieblingsbauwerken abgerissen hat. Ein Verteilerhäuschen war das wohl, jedenfalls ein kleiner Bunker, der irgendeine energetische

Infrastrukturfunktion erfüllte. Den hatte jemand bunt und liebevoll mit einer graphisch und textlich komplizierten Anklage der westlichen Zivilisation besprüht. Es ging dabei um irgendeine in der Dritten Welt gestohlene Kunst, und Vera erinnert sich an ein liebevolles Gefühlt beim Vorübergehen und Hinschauen: Toll, was sich die Menschen manchmal für Mühe geben, um zu erklären, dass sie mit stattgehabtem Unrecht nicht einverstanden sind.

Jetzt jedoch hat man da die Erde aufgerissen, Sperren aufgestellt und daneben Schilder, die darauf hinweisen, dass man hier nicht rauchen dürfe, weil in direkter Nachbarschaft von Gasleitungen gearbeitet werde.

Von Montag bis Freitag stehen in diesen Wochen, meistens nicht weiter als zwei Meter von diesen Schildern entfernt, Arbeiter, die diese Schilder aufgestellt haben, und rauchen fleißig, wie sich das gehört.

Hinter der Baustelle, neben einem Gebäude, das von oben nach unten als

H
O
T
E
L

ausgewiesen ist, verspricht eine Inschrift quer: »Glaube an den HERRN JESUS, und Du wirst errettet werden« – ohne Punkt, ohne Ausrufezeichen, eine saubere, nüchterne Proposition.

Vera überquert den Platz und ignoriert die Metallsäulen mit der Türöffnertaste auf Hüfthöhe, die Kinder und alte Leute so gerne drücken. Auf der Glastür, die ins Einkaufszentrum führt, steht in Weiß die Center-Hausordnung: »In der Ladenstraße ist das Rauchen grundsätzlich untersagt.«

Vera denkt: Wenn das nicht bald aufhört mit dieser Bevormundung überall, dann fange ich wirklich wieder so richtig an mit der Raucherei, und nicht nur mit dem bisschen Gras bei Petra oder bei Manuel zum Abschalten, alle paar Wochen.

Schaufensterbummel: Bin ich verrückt geworden? Es ist dasselbe wie vorhin bei der Kreideschrift vor der Zeitverschwenderkneipe: Vera hat plötzlich das Gefühl, als wüssten diese Geschäfte hier, dass sie neuerdings als Kundin in Frage kommt.

Vor der Zara-Boutique liest sie nicht, wie sonst, das Anwerbeschild (sie überfliegt es nur: man sucht »Mitarbeiter im Verkauf in Teilzeit (m/w)« und bietet »große Transparenz« sowie »spannende Entwicklungsmöglichkeiten«, das klingt ja fast wie ein Geheimdienst), sondern studiert die Preise der Klamotten, die ihr vielleicht stehen könnten: die Scheinschafspelzjacke aus unklar Synthetischem kostet 79 Euro 95, die längs gestreifte schwarzweiße Bluse 39 Euro 95, die Jeanshose, knuspriger und straffer als ihre, kostet nur 39 Euro 95, die Schuhe – schwarze Sneaker mit dicker weißer Sohle – immerhin 69 Euro 95, und das Tuch (doch, da steht nur: »Tuch«, eine noble Selbstbescheidung des Marketings) wäre für 25 Euro 95 zu haben. Immer diese 95 Cent, es ist doch zu albern.

Der nahe Geldautomat der Frankfurter Sparkasse (die in Kursivschrift nach ihrem Namen stolz mitteilt, wie alt sie ist: *1822*) schweigt sich aus: Dieser würdige Roboter wird sich niemals dazu herablassen, 95 Cent auszuwerfen, bei ihm gibt's nur Scheine.

Neben dem Klamottenladen lockt »Zara Home«. Hier erfährt man überhaupt keine Preise; aber für Leute, die Bettzeug, Handtücher, Glas und dergleichen brauchen, steht eine schöne Auswahl an Unsinn auf den Regalen. Am attraktivsten findet Vera zwei fast kinderschädelgroße Kerzen aus festem weißen Wachs. Die eine ist ein Pferdehaupt, wie aus einem Schachspielfigurenset für Riesen, die andere ein Männertorso, dem der Docht zum Hals rauswächst. Wieso denke ich eigentlich nur darüber nach, dass ich mir jetzt zuvor unerschwinglichen Mist kaufen kann, statt mich zum Beispiel zu fragen, ob sich nicht insgesamt an meiner Lebensweise was ändern ließe, mit dem kleinen Erbe? Wenn ich die Wohnung vermiete, wie mir das sowohl der Testamentsvollstrecker als auch der Makler empfohlen haben, bedeutet das, Erbschaftssteuer hin oder her, mittelfristig jedenfalls ein unvorhergesehenes monatliches Einkommen, das mich schlagartig von der Scheiße bei den Backhökern befreit.

Ich könnte wieder studieren, die Promotion nachholen. Ich könnte auch erst mal reisen. Ich könnte irgendetwas gründen, vielleicht mit Manuel, ein Startup oder wie das heißt. Freiheit wird mir vorstellbar. Ein beunruhigender Gedanke.

Die Rolltreppe ist abgeschaltet.

Vera geht trotzdem hoch. Oben steht sie einen Augenblick entschlusslos zwischen Food Court und Osianderscher Buchhandlung. Der Food Court, nah am McPaper, wo sie gelegentlich Notizbücher und Stifte einkauft, ist reich an Auswahl: »Premium Döner« oder »Ciao Bella Italian Food«, Essen aus aller Welt, einer Welt, die überall englisch spricht, zum Nachtisch Meloonia Frozen Yogurt. Aber nichts hat heute geöffnet. Das Speiserondell sieht aus wie ein Mahnmal, genau wie das Schaufenster des Buchladens, in dem Anne Frank, Daniel Kehlmann und Donna Leon mit großen Gesichtern und besonders wertvollen Worten für Geistiges werben.

Das Reisebüro Thomas Cook macht Vera zwei Angebote: Willst du nach Mallorca, neun Tage für 561 Euro, um deine Gedanken zu ordnen oder zu vergessen? Oder willst du lieber nach Kuba, als Gedächtnisreise für den toten Sozialisten, eines der wenigen übriggebliebenen staatsförmigen Reste der Weltpartei besichtigen, der er sich zurechnete, vierzehn Tage zu 1176 Euro?

Vera will heim.

Sie geht noch bis zum metallgittergesicherten Eingang von Manuels Arbeitsplatz, steigt dort die starre Rolltreppe runter, verlässt das Ungeheuer Skyline Plaza und entscheidet sich schließlich gegen den Europaviertel-Horror und für den putzigeren Weg – die Frankenallee, wo ihr auf regennassem Bürgersteig ein kleiner grauer Hase begegnet, der erschöpft aussieht, vielleicht krank, vielleicht auch in Trauer.

Er rennt nicht weg vor ihr, sondern kreuzt ihren Weg verschlafen, am hellen Tag, nun ja, verhangen ist es oben ja.

Der Hase schaut sie nicht an, seine Augen haben eine blass violette Zeichnung, eine Art Maske. Er erreicht das grüne Gitter vor einem der Wohnblockrasen, kriecht aber nicht drunter durch, stupst es nur mit seinem Kopf an. Hoppelt weiter, möglicherweise doch nicht krank oder traurig, nur verschlafen. Er sieht nicht allzu beschädigt aus.

An einem Krautbüschel verharrt er, beißt ins Grüne, kaut.

Genosse Kaninchen hat keine Eile. Vera grüßt ihn telepathisch, lieber nicht offen mit ihm reden, es könnte gesehen werden, man könnte sie für verrückt halten, schließlich gibt es da dieses genetische Risiko, ihrer Mutter wegen, die ja oft mit Tieren geredet und sogar mit Katzen gesungen hat, bevor ihr bösere Formen des Wahnsinns einfielen.

Vera geht nach Hause.

Sie macht sich eine Suppe, trinkt heiße Milch statt Ingwersud. Dann ruft sie Manuel an, der aber nicht abnimmt. Vera liest die UZ fertig und setzt sich danach mit ihrer letzten Tüte Balsamico-Chips vier Stunden lang vor das läppische Koma, das Fernsehen heißt. Schließlich tut sie sich noch zwei Gläser vom indischen Whisky an.

Dann heult sie auf dem Klo noch einmal sehr lange und sehr erfrischend.

Schließlich kriecht sie ins Bett, zwischen dessen Decken sie, kurzfristig leicht verblendet, den Hasen von heute Nachmittag sucht.

Er ist nicht da. Sie schläft beim Suchen ein.

Fünf:
Man darf der Wahrscheinlichkeit nicht alles glauben

Manuel Lemke steht nicht einfach auf, er erhebt sich.

Es ist eine große Sache. Das Bett bebt, der Boden knarrt, sobald die Füße ihn finden, obwohl gar keine Holzdielen in diesem Boden stecken.

Manuel wischt sich eine lange braune Strähne aus der Stirn und feiert, als er endlich aufrecht sitzt, diesen ersten Sieg des Tages. Auf dem Nachttisch steht ein Medium Milk Shake von McDonald's. Der war gestern eiskalt, ein beträchtlicher Teil davon hatte feste Konsistenz. Aber der Zuckerbatzen hat sich inzwischen in der Kunstmilch aufgelöst. Weil es Manuel tatsächlich gelingt, sich den Becher vornübergebeugt zu greifen, belohnt er sich damit, dass er ihn austrinkt. Viel war nicht mehr drin.

Manuel steht auf, geht aufs Klo, wäscht sich lange, denn unhygienisch ist der schwere Mann nicht. Dann holt er sich die zwei letzten Ecken Calabrese-Pizza aus dem Kühlschrank und ist wieder einmal überrascht, wie viel besser sie kalt schmeckt. Er isst nur eines der zwei Stücke, es soll für heute Abend noch was übrig bleiben.

Er kleidet sich an. Bevor er das Haus verlässt, schüttet er sich zwei, drei glasierte Ingwer-Zitrone-Gummis von Haribo auf die Hand und schluckt sie wie Tabletten. Sie sind tatsächlich, was die Werbung von ihnen sagt, »erfrischend scharf«.

Mit der Bahn fährt Manuel bis zur Galluswarte.

Von dort aus geht er zu Fuß, weil noch Zeit ist bis zum Arbeitsbeginn und er weiß, dass er Bewegung braucht.

Das Herz, natürlich, daran muss er denken.

Die OP an seinen Atemwegsausgängen hat er damals nicht aus Jux und Dollerei vornehmen lassen, was immer Vera glauben mag. Von den Erstickungsanfällen, von den Panikattacken nachts hat er ihr nichts erzählt. Wozu hätte er das tun sollen?

Man muss ja den einzigen Menschen, mit dem einen so etwas wie eine Freundschaft verbindet, nicht noch mutwillig erschrecken.

Manuel weiß nicht, welche Laune er heute haben wird. Die Lamellen am Skyline-Plaza-Bau helfen ihm nicht, es herauszufinden, obwohl er sie oft als Orakel nutzt: Wenn er sie lustig findet, ist er gut drauf, wenn er sie albern findet, geht es ihm schlecht.

Aber heute sind sie nur für einen völlig wertungsfreien

Protokollsatz gut: links leuchten sie grün wie frische Zitronen, nach rechts hin dann wie reife Früchte derselben Sorte, am Ende werden Mandarinen draus – falsch, das ist gar nicht das Ende, es gibt noch die Seite, die zur Mainzer Landstraße hin liegt, aber da kommt Manuel so gut wie nie vorbei.

Oben im SATURN stellt er nach der Umkleide fest, dass heute zwar wenig Betrieb herrscht, man ihn aber seitens der spärlichen Kundschaft offenbar für besonders vertrauenswürdig oder kompetent hält. Erst will ein quasseliger Student einen Reisestecker für England, den man auf der Höhe »Licht«, also links von »Foto«, schließlich gemeinsam findet, weil der Student sich weigert, sich aus einer Schütte in der Raumesmitte ein Multifunktionsgerät andrehen zu lassen, das zwar teurer ist als sein begehrtes Einzelspielzeug, dafür aber auf die Steckdosen mehrerer Länder weltweit mit ein paar einfachen Handgriffen umgestellt werden kann. Als der kritische Kunde versorgt ist und Manuel schnaubend zur Treppe aufbricht, um oben seinen Dienst bei Musik, Filmen und Software anzutreten, und sich innerlich schon gegen die Hänseleien der beiden Arschlöcher bei den Waschmaschinen und Kühlschränken stählt, tritt von rechts Almut an ihn heran, die bei den Computern aushilft, und wispert ihm, erkennbar in Bedrängnis, gepresst zu: »Sag mal, Manuel, entschuldige, ich weiß, du musst hoch, aber da ist so ein Typ und der will was über dieses Surface Dingsbums …«

»Das Surface Pro von Microsoft?«

Manuel folgt dem Blick der ängstlichen jungen Frau.

Der Kerl, den sie nicht alleine betreuen will, sieht tatsächlich derb aus, Bomberjacke, Tarnhose, Goldkette überm Sweater, aber kein starker Nacken, eher ein Vogelhals mit hervortretendem Adamsapfel und Knick drin, pockiges Gesicht, gemeine Augenbrauen.

»Na okay«, sagt Manuel und lässt sich zu dem User führen, der einiges über »Features« wissen will und »Funktionalitäten«.

Ja, diese Sprache haben sie jetzt alle drauf, »Funktionen« ist zu einfach, es muss klingen, als spräche da ein Programmierer, dabei ist der Typ wahrscheinlich Besitzer eines Call Shops oder Lizenznehmer für einen Spielautomatensalon oder gleich Zuhälter.

Manuel brettert ihn richtig zu: »Das Ding kann alles, was ein Laptop kann, aber es ist nicht schwerer als ein Bierdeckel …«, die härteste Charmeattacke, und als der Knilch versucht, noch mal eine Frage ins Gespräch zu quetschen – »Ah, ja also, aber wie kann …« –, schneidet ihm Manuel eiskalt das Wort ab: »Ich hab das selber, doch, ich hab mir das selber gekauft, weil es so verdammt leicht ist. Sie sehen ja, ich hab's nicht so mit dem Tragen, rein körperlich, aber man braucht ja sein Zeug, nicht, und das hier, das merke ich gar nicht, wenn ich das mitnehme, da ist mein Smartphone schwerer …« – und noch ein paar von diesen herzlosen rhetorischen Knüppelschlägen.

Da gibt der Vielleichtzuhälter seinen Widerstand auf, kauft den Apparat und trollt sich. Bewunderung ist zu viel gesagt, aber Almut sieht danach doch aus, als wäre sie froh, dass es Manuel gibt.

Abermals siegreich schleppt der Gigant sich die Treppe hoch und hilft dort Leuten, die neueste Staffeln von Weiß der Teufel was suchen, unter heroischem Aushalten der mal offenen, mal verdeckten Anzüglichkeiten der beiden Waschmaschinentrottel, die ihn neuerdings »Professor« nennen.

»Ich bin hier nur ein weiterer Depp, genau wie ihr«, wehrt er sich einmal schlaff. Da sagt der Pickligere von beiden: »Aber wir sind Fachhandel, wir haben eine Ausbildung, und du bist bloß studiert.«

»Ja, tut mir leid, ich les auch bestimmt nie kein Buch mehr, bitte nicht schlagen«, sagt Manuel, und dann überhört er, was die beiden von den Büchern wissen, die unten tatsächlich gekauft werden dürfen, »Top 10«, nach der SPIEGEL-Bestsellerliste sortiert.

Eine SMS von Vera Ulitz trifft ein, die wissen will: »Kannst du essen um 12?«

Er tippt: »Kann immer alles essen. Aber erst um 1.«

Sie ist einverstanden: »Hol dich ab im Skyline«.

Er erwidert, weil ihm danach ist: »OK oben Restaurant Menü 1: Mastsau an Karpfenpaste mit Schnürsenkeln auf Stinklappen aus Ziegendarm in Marzipansauce. Delikat!«

Sie funkt retour: »Stirb doch. Will Nordsee.«

Er lenkt gern ein: »Nordsee geht klar.«

Sie holt ihn pünktlich ab und freut sich gleich an der geistigen Beweglichkeit des massigen Menschen. Noch während man auf der Rolltreppe steht und Vera die Düfte, die von »Lush« herüberwehen, durch geweitete Nüstern aufnimmt wie ein Pferd den Geruch von frischgemähtem Gras, fängt er an, für sie zu denken: »Hör mal, ich hab noch mal überlegt, was dein Pastor da erzählt hat, mit diesem Zufall … Ich meine, wahrscheinlich liegt er da gar nicht so falsch mit deinem Vater. Ich habe mich ja nun eingehend mit dem Zufall und mit Chancen und dergleichen beschäftigt. Wie du weißt, werde ich bald groß im Lotto gewinnen.«

Sie lacht. Er meint es aber ganz ernst, lässt sich nicht aus dem Konzept bringen: »Und da wurde mir schnell klar, das größte Problem ist, dass die Leute lauter falsche Intuitionen haben, weil unser Hirn dafür einfach nicht entwickelt ist. Evolutionär gesehen …« Sie schüttelt den Kopf – wer, den sie kennt, würde sonst auf einer Rolltreppe im Skyline Plaza die Wendung »evolutionär gesehen« benutzen, und das in dieser Lautstärke, so dass die kleinen Migrantenkinder staunen, was der fusselige Bär mit den haarigen Armen in der SATURN-Uniform da erzählt, wie macht er das nur? »… hör mal zu, evolutionär gesehen ist es doch so: Wir haben da eine Musterfindemaschine, eine Maschine, die Muster erkennt, im Kopf, und dabei schätzt sie dann leider nur sehr überschaubare Mengen von Ereignissen einigermaßen richtig ein, in dem Bereich eben, der für die Affen wichtig ist, die wir sind. Da werden ganz wenige Elemente korreliert, was weiß ich, wenn es dunkel wird mitten am Tag, dann kommt wahrscheinlich gleich ein Gewitter und so was. Aber für große Ereignismengen, großes Omega, da sagt uns die Intuition dauernd lauter Quatsch, zum Teil sogar ganz Gegensätzliches, wie ja die Umkehrung eines falschen Satzes oft genug ebenso falsch ist – zum Beispiel: Wenn wir an einem Automaten spielen oder sonst an irgendwas, das einen Zufallsgenerator drin hat, und wir gewinnen mehrmals, denken wir sofort, ah, das ist eine Glückssträhne, jetzt bleibe ich dran, und dann aber auch umgekehrt: Wenn ich lange nicht gewonnen habe, denke ich, jetzt muss es aber bald kommen – und das ist leider beides Quatsch. Das Einzige, worauf man sich mathematisch einigermaßen verlassen kann, ist erstens das Gesetz der großen Zahl, nämlich dass bei einem echten Zufallsgenerator früher oder später, wenn es nur genug Runden sind, eine gleichmäßige Ergebnisverteilung rauskommt, und zweitens der zentrale Grenzwertsatz, der mir mehr oder weniger sagt, wann ich mit Konvergenzen rechnen kann. Endlicher Erwartungswert, endliche Varianz, also wie weit weg ist die Normalverteilung, das Gleichmäßige? Alles nur sehr ungefähr. Und diese ganze Frage der Einrichtung der Gesellschaft, ob man jetzt eine liberale freie Marktwirtschaft will, was dann in den Augen deines Vaters sozusagen das Chaos ist, wie der Pfarrer sagt, oder einen Sozialismus – da geht es im Grunde darum, Spiele zu konstruieren, Spiele mit unterschiedlichen Gewinnchancen, nicht? Was dein Pfarrer da also den Zusammenhang zwischen Ordnung und Gerechtigkeit nennt …« Sie nähern sich dem Nordsee-Restaurant und Manuel kommt etwas unwillig Veras Aufforderung nach, sich erst einmal mit ihm an die Theke zu stellen und auszusuchen, was er essen will.

Sie selbst weiß schon, was sie möchte: »Ich will ein Grillviech«, nämlich ein paniertes Seelachsfilet mit Bratkartoffeln. Er bekommt Entscheidungsflimmern, sie kennt das: »Oder sollen wir doch hoch zum Alex Skyline Garden? Die haben da so Specknudeln …«

»Du bist auch ’ne Specknudel«, keilt sie gutmütig zurück, und er sagt: »Nee, gut, hast schon recht, ist ja besser hier.« Manuel entscheidet sich für einen Garnelen-Burger, der ihm aber nicht reicht, also muss noch eine Calamares-Box dazu, und als Vera ihn streng von der Seite ansieht, die Brauen hebt und sagt: »Ist das alles? Ich lad dich nämlich ein«, ergänzt er ohne jede Spur von Ironie: »Gut, dann nehme ich noch den Pudding hier vorne. Nehm ich gleich mit, so, aufs Tablett, dann muss ich nachher nicht mehr aufstehen und ihn holen. Ach so, und ein Bier bitte.«

Vera nimmt eine Cola Zero, obwohl Manuel ihr mal erklärt hat, dass da irgendein Süßstoff drin ist, der das Gehirn verfaulen lässt, und dass dieses Zeug in Amerika ursprünglich gar nicht zugelassen werden sollte, aber dann ausgerechnet Donald Rumsfeld, damals noch Lobbyist in der Lebensmittelbranche, es hingetrickst habe, dass die Menschen es jetzt zu sich nehmen und damit ihre Zentralnervensysteme ruinieren dürfen. Vera hat sich für das hirnzerstörende Zeug aus purer Solidarität entschieden: Wenn Manuel seine Gesundheit schon mit jeder Mahlzeit *en gros* ruiniert, dann will sie sich wenigstens den Verstand kaputtmachen.

Jetzt, um die Mittagszeit, brummt das Lokal. Die beiden müssen auf ihr Essen nicht lange warten. Vera bezahlt mit einem Fünfzig-Euro-Schein und bekommt gar nicht wenig zurück. Sie zählt ihr Retourgeld nicht nach, was ihr ein sehr schwaches, aber nett kitzelndes Glücksgefühl verschafft. Sie hat heute früh nämlich beschlossen, mindestens eine Woche lang ihre üblichen fixen Ideen von täglicher Haushaltsführung vollständig zu suspendieren, bei Kleinkram also nicht mehr auf jede Ziffer zu achten und auf diese Weise den neuen bescheidenen Wohlstand zu genießen.

Kaum sitzt man am Tisch, fährt Manuel, der den Lärm und Betrieb ringsum nicht beachtet, mit seiner kleinen Privatvorlesung zum Thema Glücksspieldesign als Sozialtechnologie fort: »Das Entscheidende ist, man kann sogar die eigentlich zutreffende Idee, die hinter dem Gesetz der großen Zahl und hinter dem Grenzwertsatz steckt, gegen den menschlichen Verstand richten, indem man ein Spiel einfach so konstruiert, dass diese ganzen Konvergenzen nicht … Also, es gibt da so eine Firma, die baut solche Glücksspielautomaten, diese sich drehenden Rädchen, und die hat das mal veröffentlicht, vor ein paar Jahren, die Auszahlungswahrscheinlichkeit, das war gestaffelt, aber auch ineinander geschachtelt. Für 8 Spiele 1 zu 1, für 33 Spiele 5 zu 1, für 219 Spiele 80 zu 1 … Die Auszahlung bei 80 zu 1, die passiert oft genug, dass die Leute denken, sie haben das Glück überrascht, will sagen: Das Ding ist derart gebaut, dass die Leute denken, das Spiel sei großzügiger, als es tatsächlich ist. Glück haben ist eine Art Droge in diesem Zusammenhang, ein Versprechen, das sagt, die Schwelle sei niedrig: Je mehr Glücksfaktor, desto geringer wirkt sich der Unterschied aus zwischen Fachleuten, die strategisch spielen können, und irgendwelchen Anfängern, die dann glauben, sie könnten es genauso gut.«

Vera wird nachdenklich: »Ah. Hm. Ja. Der Marxismus würde sagen, so funktioniert der Umbau der frühen kapitalistischen Stufe der freien Konkurrenz zum Monopolkapitalismus: weil unter den Monopolen alles zusehends Glückssache wird, wie schon im Feudalismus, wo es halt davon abhängt, welche Eltern du hast, ob das Adlige sind oder Leibeigene, das kannst du nicht beeinflussen … Und im Monopolismus wird es wieder Glückssache, aber eben deshalb denken die Leute, es sei wie in der freien Konkurrenz, wo jeder eine Chance hat, Fleiß und Intelligenz vorausgesetzt. Die Chancen sind jetzt aber viel schlechter, als die Leute denken, nur kriegen sie dauernd diese Meldungen serviert von der Situation 80 zu 1, weil die oft genug passiert, und dann wollen eben alle mitspielen.«

»Nur, das kannst du den Linken heute nicht erzählen«, sagt Manuel schulterzuckend, »die sind nicht wie dein Vater, die gucken dich komisch an, wenn du loslegst mit solchen Folgerungen, mit logischem Argumentieren, die sagen nur: Eine andere Welt ist möglich. Und so …« Das ist ein lahmer Abschluss, er weiß es selbst.

Sie hakt nicht nach, treibt ihn nicht in die Enge. Die Erwähnung des Toten hat ihre Stimmung gedämpft, und dass die Linken es nicht mögen, wenn man über die Dinge folgerungsbeflissen nachdenkt, wie sie das liebt, das kann sie jederzeit verallgemeinern: Nicht nur die Linken, nicht nur Leute wie Gerd, finden schon ihren Blick unangenehm, wenn sie anfängt, sich nach innen zu wenden und ihre Axiome zu überprüfen und ihre Schlüsse zu ziehen. Sondern das, was ihr aus anderen Gesichtern zurückgemeldet wird, wenn die Menschen merken, jetzt denkt Vera nach, ist generell eine Form von Ablehnung, von verdorbener Stimmung – gestern am Bahnhof in Berlin zum Beispiel, oder manchmal in der Back Lounge, wenn sie über irgendein Problem nachsinnt: Wie dann die Kundschaft, die Kolleginnen und Kollegen gucken, das ist jedes Mal niederziehend, entmutigend, das ist, nun ja, wohl der wichtigste Grund, warum sich Vera in ihrer kleinen Single-Wohnung abends immer öfter einfach vor dem Fernseher betrinkt, bis sie nicht mehr denken muss.

»Und was machste heute noch, mit deinem angebrochenen Urlaubstag?«, fragt Manuel, der emsig kaut. Sie will nicht zugeben, dass sie sich darüber bis jetzt nicht die geringsten Gedanken gemacht hat, und spricht daher das erste Wort aus, das ihr in den Sinn kommt: »Kino.«

»Was, Kino?«

»Na, weißt du nicht, was ein Kino ist?«

»Brauchst nicht patzig zu werden.«

Sie winkt ab, er schlägt zur Versöhnung vor: »Na, noch ein schöner Apfel oder was anderes Gesundes?« Sie muss grinsen, ihm ist wirklich jeder Vorwand recht, mit dem Essen möglichst nie aufzuhören, also lässt sie sich zu »Früchte Akin« rüberziehen, wo es schöne Pfirsiche gibt. Ihm reicht eine Birne.

Manuel mag keine Umarmungen, deshalb tippt sie sich an einen nichtvorhandenen Hut, um sich zu verabschieden, und er sagt: »Kauf dir doch mal ein paar neue Fetzen. Ich nehme an, das schwarze Zeug ist noch von dem Ritus vorgestern übrig, richtig?«

»Was soll ich mir denn hier kaufen?«, fragt sie, gar nicht mokant, sondern ehrlich ahnungslos. Sie denkt an den Boutiquenbummel: Nichts hat ihr da wirklich gefallen.

Er zuckt wieder mit den imposanten Schultern und sagt: »Na, einen Blazer oder diesen Destroyed-Look, den sie jetzt haben, Ripped-Jeans und all das.«

»Destro… was für ein was?«, sie merkt, dass er Späße macht.

Er grunzt: »Pftsch, chrrnz, egal. Kaputte Hosen halt, Very. Sehr teuer. Aber das hat so diesen Rocker-Glam-Faktor, weißt du. Täte dir gut. Oder Accessoires – oben haben sie ganz scharfe Business Bags.« Sie spielt mit, guckt erlesen verständnislos. Er erklärt: »Handtaschen für Erfolgsziegen. Tu was für dein Image, Ulitz. Sonst sehen alle, dass du vom Ulbricht abstammst oder wem.«

Damit wendet er sich ab und trottet, ein breiter Schatten dieser Zeit, zurück zum Elektronikfachhandel.

Einigermaßen ziellos verlässt Vera das Einkaufszentrum zur Stadtseite hin.

Sie geht erst einmal Richtung Bahnhof, wo ihr auf einer Litfaßsäule nah dem Gebäude, das den HERRN JESUS empfiehlt, eine Botschaft der Volkshochschule wie eine höhere Eingebung vorkommt. Deren Schwerpunkt im Hinblick auf Migration und Verwandtes ist derzeit offenbar eine Frage: »Frankfurt – Heimat oder Transit?«, mit anderen Worten: Wenn ich jetzt ein bisschen Geld habe, und etwas Besitz in Berlin, wer sagt dann eigentlich, dass ich hier wohnen bleiben muss?

Ein gesellschaftliches Leben führt Vera längst nicht mehr. Ab und zu Manuel zu besuchen oder von ihm besucht zu werden, fühlt sich eher nach Rentnerinnendasein an. Und auf den Festen der Leute, mit denen sie arbeitet, ist sie eine Fremde, mehr noch als auf den politischen Veranstaltungen und Demonstrationen, zu denen sie, seit Gerd nach Berlin abgehauen ist, nur noch geht, weil man sie dort grüßt, wobei der Altersdurchschnitt sich stetig von ihr fortbewegt, nach unten, ins kindlich Begeisterte. Was soll sie da noch?

Sechs:
Im All kann man sich zur Not immer verstecken

Vera geht tatsächlich ins Kino.

Es läuft ein 3D-Film, nach ihrer Zählung erst der dritte, den sie sieht, seit diese neue Technik, die es erlaubt, künstliche Tiefe auch in Farbe zu zeigen, irgendwann vor fünf, acht oder zehn Jahren in die Theater kam. Damals war es noch das AStA-Völkchen gewesen, der kleine linke Zirkel, mit dem sie sich in »Avatar« gesetzt hatte. Danach hat Gerd sie nur noch einmal in Derartiges mitgezogen, nämlich in die »Schlümpfe«. Ihr damaliger Geliebter, späterer Verlobter und jetziger Deserteur war seinerzeit für gewöhnlich den halben Tag lang bekifft, sie allerdings auch, und in diesem Zustand war das tatsächlich ein Erlebnis gewesen, dieser Schlumpfwahn, dieses Knubbeluniversum aus kleinen blauen Männchen mit Slapstick und Action in unwirklichster Geschwindigkeit.

Man händigt ihr an der Kasse die nötige Brille aus. Vera kauft sich Popcorn – gesalzen; den Karamell-Klebekram, den Manuel bevorzugt, würde sie selbst bei Hunger verschmähen – und eine weitere Hirnzersetzungs-Cola. Dann betritt sie den kühlen, dunklen Saal und setzt sich sehr weit vorne hin, in die dritte Reihe. Sie blickt sich um und ist aus moderater Menschenscheu zufrieden damit, dass außer ihr nur sechs Leute an diesem Montagmittag weit genug aus dem Erwerbsleben gerutscht sind, bei dennoch hinreichend Kleingeld, um sich auf dem neuesten Stand der Zerstreuungsmaschinerie ins gigantisch Abstruse katapultieren zu lassen.

Der Film, den Vera nach dem Kriterium maximaler Buntheit des Plakats ausgesucht hat, überrascht durch intelligente Witze, eine geschmackssichere Musikauswahl – das meiste kennt Vera, ihr erster Verlobter war ein Plattensammler – aus dem Fundus der Vergangenheit – das nennt man wahrscheinlich »Retro«, mutmaßt sie –, überzeugenden Gebrauch der Tiefentechnik – Sachen sausen auf Vera zu, an ihr vorbei oder von ihr weg – schöne Explosionen sowie Zweikämpfe, ein bewaffneter Waschbär, der offenbar Schopenhauer gelesen hat, und ein einsilbiger, aber gutmütiger sprechender Baum, der Glühwürmchen aus dem Nichts erschaffen kann. Das alles trägt wenig Sinn, aber die angezeigten zwei Stunden vernichtet es zügig und angenehm.

Als das Deckenlicht im Kinosaal wieder aufblendet, sind alle Überlegungen zu Veras Lebens- und Wohnsitzplanung erfolgreich vertrieben.

Sie geht danach noch ein Eis essen und lustwandelt durch ein, zwei Parkanlagen, bis es zu spät ist, Manuel abzuholen – ein Glück, fällt ihr ein, sonst denkt er noch, ich habe wirklich nichts und niemanden auf der Welt als ihn.

Bei Hugendubel kauft sie sich einen Krimi von Jan Seghers, den sie noch nicht kennt, geht nach Hause, hört ein wenig Radio – sie spielen Bruckner –, legt sich aufs Bett, liest den Seghers, trinkt keinen Tropfen, löscht das Licht und träumt von Maisfeldern in Brandenburg.

Sieben:
Ein öder Job schickt das Hirn ins Exil

Am Dienstag findet sie sich in weniger als zwei Stunden wieder bei der Arbeit zurecht.

Es kommt ihr vor, als hätte die Zäsur der Reise nach Berlin, die ihr gestern noch wie eine halbjährige Auszeit vorgekommen war, nie stattgefunden.

Ogün teilt sich die erste Schicht mit ihr.

Er kümmert sich um den Coffee Point und den hinteren Bereich des Ladens, wo richtige Sessel mit richtigen Rückenlehnen stehen. Vera steht unterdessen an der Kasse und überwacht die Wand mit dem Gebäck. Als ihre Handgriffe und Standardantworten für die Klientel automatisch werden, beginnt das, was sie bei sich den »Leerlauf« nennt; ein Abdriften in allerlei gedankliche Spielereien, Assoziationen, ins Spekulieren und Knobeln, kleine, unschuldige Gedankenfluchten in mathematische Systeme und Probleme. Sieht das Zeichen, das die Zusammensetzung von Kaffee, Milchkaffee oder Latte Macchiato links neben becherförmigen Staffeldiagrammen aufschlüsselt, nicht wie die eckige Klammer beim abgeschlossenen Intervall aus?

Warum haben sie nicht die geschweifte Klammer dafür genommen, die man normalerweise in solchen Fällen sieht, die aber natürlich für Leute vom Fach eher eine Menge nahelegt? War das ein mathematisch geschulter Mensch, der sagen wollte, die Schaumschicht beim Milchkaffee oben ist eine Art Grenzwert, der aber gerade noch zum Getränk dazugehört?

Und dann die Formen der Backwaren: Die Topologie beim Donut, das ist ja das Offensichtlichste, aber wie sieht es mit dem belegten Weizenbrötchen aus und dem belegten Körnerbrötchen? Inwieweit gehören die Körnchen zur Mannigfaltigkeit, die das Brötchen ist, und was sagt mir die Börek-Schnecke über den Fixpunktsatz von Brouwer, den ich, denkt Vera, vorgestern anhand von Schnellbäckertütchen durchgenommen habe?

Brouwer bringt sie über den Zwischenschritt »man kann die obere Seite der Börek-Schnecke als einen Kreis ansehen, genauer: als eine Scheibe« und den Gedanken an stetige Abbildungen, also, wie die Fachfrau sagt: Morphismen, in dieser Scheibe zur kategorientheoretischen Beschreibung des Brouwergedankens: Wenn D die geschlossene Schneckenscheibe ist und f ein stetiger Endomorphismus von D, dann hat f einen Fixpunkt.

Von da aus dekliniert sie, einfach aus Laune, das grundlegende Vokabular der Kategorientheorie durch – eine Abbildung g heißt Isomorphismus, wenn es eine andere Abbildung g hoch −1 gibt, die eine Retraktion und zugleich ein Schnitt (also eine Ko-Retraktion) von g ist.

Eine Abbildung wiederum, die sowohl ein Endomorphismus (wie bei der Punktverschieberei auf der Schnecke) als auch ein Isomorphismus (also eine umkehrbare, strukturerhaltende Abbildung) ist, nennt man Automorphismus.

Derlei denkt sie, etwas anderes redet sie: »Wenn Sie das nicht wollen, diese Softdrinks mit Kohlensäure, und auch keinen Eistee, dann gibt es hier noch was anderes, das nicht heiß ist, hier vorne in der Schütte, Capri-Sonne, sogar zwei Sorten, Kirsch und Orange.«

»Gibt's das auch in Multivitamin?«, fragt die müde Frau, wahrscheinlich Crystal-Meth-abhängig und dringend auf der Suche nach Süßem.

Vera bedauert: »Das gibt's schon. Aber nicht bei uns.«

Die Schicht geht überraschend schnell vorbei. Der zäheste Abschnitt des Arbeitstages ist der gänzlich unsinnige Monolog eines Stammkunden. Der Mann ist ein alter Leser der »Frankfurter Rundschau«, die hat er immer dabei. Er regt sich auf darüber, dass es in der Back Lounge jetzt ein Brotprodukt namens »Weltmeisterstange« gibt. Der Mann bezieht den Namen auf die neulich (oder wann war das? Vera ist sich nicht sicher) von etwas namens »Deutschland« gewonnene Fußballweltmeisterschaft und nörgelt: »Das möchte man doch gar nicht kaufen. Man möchte doch so einen nationalistischen Taumel nicht unterstützen, schlimm genug, dass jetzt alle nach Krieg mit Russland rufen.«

Ein netter Mann, eigentlich, aber Vera ist nicht die öffentliche Meinung und will nicht von ihm agitiert werden, zumal hinter ihm in der Schlange zwei ungeduldige Türken stehen, die übrigens Weltmeisterstangen kaufen wollen.

Es gibt dann aber wider Erwarten doch keinen Ärger, und schon ist die Schicht vorbei.

Acht: Widerstand erfordert Vorbereitung

Die nächsten Tage sind jenem ersten Arbeitstag sehr ähnlich, von gelegentlichen Besuchen bei und von Manuel abgesehen. Schnell ist eine Woche vorüber, ohne dass Vera auch nur entschieden hätte, wann sie das nächste Mal nach Berlin fahren will, um damit zu beginnen, das Regelbedürftige zu regeln.

Auf das Buch von Jan Seghers folgt ein zweiter Band desselben Autors, bei dem sie sogar Anstreichungen vornimmt, weil sie die Lektüre plötzlich an ihre politisch aktive Zeit erinnert: Da steht ja wirklich, wie es ist, das darf man doch nicht unangestrichen lassen, das ist doch großartig, wenn ein Buch so klar sieht, wie die Verhältnisse liegen, und dabei noch spannend ist. Als ihr einfällt, dass sie selber keinen blassen Schimmer hat, wie ihre eigenen Verhältnisse liegen, da sie nicht mal mehr auf E-Mails von Gerd antwortet, der jetzt jämmerliche Aufmerksamkeitserschleichungsversuche unternimmt, etwa die Lancierung der Auskunft, er habe »angefangen umzuziehen«, und dass ihr Leben überdies alles andere als spannend ist, also in jeder Hinsicht das Gegenteil der Bücher von Seghers, schämt sie sich hinreichend, um eine ganze Flasche Chianti, nämlich Pèppoli von 2009, immerhin zu 19,– Euro das Stück, an einem Abend zu vernichten. Was sie sich dabei denkt, ist trist: 19 Euro, ich muss wirklich mal aufhören, mir von jedem Quatsch die Preise zu merken, das wird sonst wie in dieser neuen Sherlock-Holmes-Fernsehserie, die ich mag und die Manuel ablehnt, wo man auf dem Bildschirm auf computeranimierten Textbeigaben sieht, welche Informationen Sherlock an den Menschen und Dingen abliest.

Bei mir sind das nur Preise.

Vom Wein, den Vera in den nächsten Tagen so großzügig in ihren Alltag schüttet, als wollte sie die Zeit verflüssigen, rutscht das unklare Nichts von Leben ein wenig besser, gegen das sie sich behaupten muss. Aber es zieht, es stört, es macht sie unzufrieden.

Als Vera gerade darüber nachdenkt, ob die junge Kundin mit zwei fehlenden Vorderzähnen, an deren Hals und auf deren Armen dem aufmerksamen Blick gelbliche Flecken mit roten Rändern auffallen, eine womöglich ansteckende und gefährliche Krankheit hat, meldet sich das Smartphone. Es ist nicht Manuel, der Vera per SMS aus ihrem Stumpfsinn zerren will:

anfang nächste woche schmeißen sie einen arbeitslosen aus seiner wohnung in neukölln. krieg mal den arsch hoch, frau privatdozent … p – PS danach tonnenweise zitronennudeln bei mir. bring dein nilpferd mit, wenn du willst

Nach Schichtschluss ruft Vera die Aktivistin an.

Petra sagt: »Es wird passieren. Diese Räumung. Wir haben das aus zweihundertprozentig sicherer Quelle.«

»Wer, dein Achmed da?«

»Sehr schön, sehr rassistisch, Frau Ulitz. Er heißt Fadi und ihm ist nicht wohl dabei. Diesen Meyer, so heißt das Opfer, schikanieren sie seit Monaten, beim Jobcenter und bei der Krankenscheiße. Dann gab es plötzlich ein Gutachten, er könne arbeiten, aber wolle nicht, dann hieß es, die Wohnung sei eh zu groß, da wohnt nämlich noch eine Freundin von ihm und die hat auch noch ein Kind, aber das ist nicht sein Kind, jedenfalls, was ist jetzt? Die machen das extra am Morgen, wenn die Woche losgeht, damit ihm keiner hilft.«

»Und ihr wollt da zwanzig Mann hoch …«

»Ja, sehr schön, sehr sexistisch, aber es sollen auch Frauen mit. Du zum Beispiel. Musst du nicht eh mal die Bude von deinem Vater angucken und den Makler besuchen? Kannst du nicht mal an einem Montag da bei deiner Brezelscheiße blaumachen oder wie sieht es aus?«

»Wenn du weiter so quengelst, dann komme ich gar nicht.«

»Pardon, Majestät!« Das sagt Petra mit dieser Heiterkeit eines schönen Menschen, der weiß, dass man ihm nichts abschlagen wird. Vera gibt nach.

Neun: Man muss das Erbe kennenlernen

Auf der Zugfahrt am Sonntagnachmittag liest Vera sechsmal hintereinander dieselbe deutschnationalliberale Europapropaganda in der »Süddeutschen Zeitung« und nimmt sie auch beim sechsten Mal nicht wirklich auf, so nervös und von unbestimmbarer Vorfreude gekitzelt ist sie. Sie hat, so drückte sie sich gegenüber Manuel aus, »vergessen, formell freizunehmen, also: mit Absicht vergessen«, denn die Aufforderung Petras, blau zu machen, war einfach zu attraktiv. Vera denkt: Meine Güte, was tu ich, das gibt Schwierigkeiten, was will ich, was ist mit mir los? Auf dem Berliner Hauptbahnhof isst sie ein öliges, aber leckeres, weil knuspriges halbes Hähnchen, das sie zusammen mit einem Becher Mineralwasser ungefähr sechs Euro kostet (zumindest das Kleingeld merke ich mir nicht mehr, denkt sie, es wird besser).

Im Sitzen, beim Abtupfen der Mundwinkel mit einem ganz schwach nach Zitrone duftenden Synthetiktüchlein, überfällt sie die Eingebung, es sei vielleicht besser, von den Schlüsseln, die ihr der Anwalt übergeben hat, doch keinen Gebrauch zu machen, sondern in ein Hotel zu gehen, vielleicht in dieses »nh« an der Friedrichstraße, wo sie damals nach dem großen Weihnachtskrach mit ihrem Vater bockig und fast pleite drei Tage ausgeharrt hat, bevor sich der alte Mann zwar, wie üblich, wieder mal nicht entschuldigen konnte, ihr aber doch anbot, sie könne ihr Gesicht wahren, wenn sie wieder zurückginge in diese Wohnung, in diese Papier- und Büchergruft mit den uralten Computern, den Disketten als Sockel für Aschenbecher, in die enge, verfinsterte Gruselwelt, diesen Fuchsbau des kranken, klugen, stolzen Tiers, das jetzt gestorben ist: »Ich war auf die Welt böse, nicht auf dich. Komm zurück.« So hat er's gesagt, es war das Netteste, was er in seinen letzten Lebensjahren zu ihr sagte.

Vera denkt daran, dass sie noch nie alleine in seiner Wohnung übernachtet hat, höchstens mal eine Weile auf ihn gewartet, wenn er plötzlich, am Sonntag, dringend spazieren gehen und »ohne Leute nachdenken« musste. Da saß sie dann und konnte nicht abhauen, weil er ihr die Fahrkarte noch nicht gegeben hatte, die er stets für sie kaufte, am Bahnhof, nach ihrer Ankunft – dieses demütigende Ritual. Es gab nie Geld, es gab immer nur die Karte, so wie er die andere Karte, die für die Hinfahrt, per Post nach Frankfurt schickte, anfangs noch mit der fadenscheinigen Begründung: »Früh kaufen spart Geld.«

Er war ja in manchem ein Knauser, obwohl er das, wie das kleine Erbe zeigt, nicht zwingend nötig gehabt haben dürfte, von der Eigentumswohnung mal ganz abgesehen – Dass diese Wohnung ihm gehörte, hat man Vera erst nach seinem Ableben eröffnet, sie war immer davon ausgegangen, der Mann wohne zur Miete; obwohl sehr wohl sein kann, dass er es mal erwähnt hat im Rahmen seiner endlosen Erörterungen darüber, was nur alles werden solle, wenn es ihn einmal nicht mehr gäbe.

Er wusste zu wirtschaften, das muss sie ihm lassen.

Vera überlegt, ob sie Manuel anrufen soll, der von ihrer Reise – ihrem Ausflug, wie sie's bei sich nennt – durchaus angetan war, als sie ihm davon erzählte, vorgestern, beim mexikanischen Essen mit ihm und seinem langhaarigen Kumpel aus dem Comicladen.

Sie entscheidet sich gegen die Idee mit dem Anruf, kauft stattdessen im Tabak-und-Lotto-Laden ein Päckchen Marlboro, aber weder Streichhölzer noch ein Feuerzeug. Die Zigaretten sind eher eine Art Talisman als ein Genussmittel. Vera verstaut sie in der rechten vorderen Brusttasche der etwas zu großen dunkelblauen Jeansjacke, die ihr Gerd geschenkt hat. Soll sie womöglich den anrufen, solange er noch in Berlin lebt? Oder doch Petra?

Aber dann gibt es Leute, die wissen, wo sie gerade ist. Das will Vera nicht.

Petra weiß bislang nur, was in Veras letzter Kurznachricht stand: »Bin wahrscheinlich Montag da. Du kannst mir also ab frühmorgens eine SMS schicken, falls es losgeht.«

Mehr soll sie nicht wissen, im kleinen Wort »wahrscheinlich« wohnt Veras ganze Entscheidungsfreiheit.

Petra zu fragen, ob Vera bei ihr und ihrem jungen Protesthelden übernachten darf, wäre eine Art Kapitulation vor den Resten alter, ungenauer Ängste, die Vera mit diesem Ausflug gerade überwinden will. Alle diese Ängste regiert der Aberglaube, in Papas Wohnung könnte ihr irgendetwas auflauern.

Sie steht, wie ihr jetzt erst auffällt, bereits auf der richtigen

Seite des Bahnhofs, falls sie nach Moabit will. Da warten Taxis. Es sind von hier nur zehn, höchstens fünfzehn Minuten zu Fuß bis zur Höhle des Verstorbenen.

Ein netter Mann in grobem Militärmantel mit langem, weißem Haar und Maximilian-Schell-Gesicht bietet ihr die Straßenzeitung »Motz« an. Sie bezahlt zwei Euro, steckt die Zeitung ein und denkt: Es gibt Obdachlose. Ich aber habe Angst vor dem Nachtgespenst unterm Bett meines Vaters, in dem er noch nicht mal gestorben ist.

Das ist im Krankenhaus passiert. Man könnte sagen, der Obdachlose ist ein Omen, das mir sagt: Hab dich nicht so, Vera, sei froh, dass es eine Wohnung gibt, die dich erwartet.

Seit sie ein Kind war, führt sie solche inneren Dialoge mit sich, in denen es um Interpretationen äußerer Zufallsereignisse geht, stets in Rufweite der vernünftigen Überlegung, dass es in Wirklichkeit keine übernatürlichen Zeichen gibt, keine Interventionen eines stabilen Sinns in den Fluss des sinnlosen Geschehens. Sie fummelt das Zigarettenpäckchen aus der Brusttasche, reißt es am Bändchen auf, streift die transparente Plastikverpackung ab, klappt den kleinen Pappkasten auf, hebt mit dem Daumennagel die dünne Bedeckung auf, zieht eine Zigarette heraus, steckt sie sich in den Mund und geht los, zur geerbten Wohnung.

Eine dunkle, freie, irgendwie kulissenhafte Straße empfängt sie, als sie zwölf Minuten später um die letzte Ecke vor dem Ziel geht: ein Filmset, Lindenstraße, und der Mond steht überm Dachfirst wie bestellt. Eine schwere Tür, ein paar Treppen, zweimal Aufschließen.

Was gehört jetzt genau wohin? Ach so, richtig, dreimal aufschließen. Otto Ulitz war misstrauisch, er hat sich eingeschlossen, weil er sich nach 1990 von so vielem ausgeschlossen fühlte.

Die Wohnung ist größer und innen besser beleuchtet, als Vera sie in Erinnerung hat. Sie war das letzte Mal vor anderthalb

Jahren hier. Das Schlafzimmer ist der kleinste Raum, eine Mönchsklause eigentlich: Ein Bett, ein Billy-Regal – sie und Gerd haben das hingestellt und mit der Wand verschraubt –, im Regal ein paar Bücher, vor allem Lehrmittel, ah: Felix Klein, Brouwer sogar, die Klassiker, und allerlei Marxistisches, teils von Verlagen, die es nicht mehr gibt. In der Küche steht der erste der beiden uralten Computer, die er liebte. Dort stapeln sich auch, vor der Kommode, Papiere, allerdings nicht ungeordnet, sondern alle paar hundert Seiten mit blauen oder roten Zungen markiert, auf denen Otto Ulitz in seiner kleinen, spitzwinkligen Schrift mit Kugelschreiber notiert hat, was für Projekte, Themensammlungen, Aggregate ihn beschäftigten.

Sie liest einige dieser Zungenaufschriften: »Gleichgewichte und Katastrophen«, »Störung«, »Inf-Ver«, das Letzte hat er ihr oft zu erklären versucht, es bedeutet: Informationsverteilung, »das Wichtigste, der Schlüssel«, wie er sagte.

Der größte Raum, getrennt von Schlafzimmer und Küche durch den schmalen Flur, ist das eigentliche Arbeitszimmer. Dessen rückwärtige Wand beherrscht ein weiteres Ikea-Regal, ebenfalls von Vera und dem Mann, den Otto Ulitz »Trottel« nannte, dort angebracht. Darin befinden sich zahlreiche Bände mathematischer Fachliteratur und Wirtschaftsbücher in Bibliotheksmassen, darunter sogar Neues und Neuestes (über digitale Wirtschaft, »Info-Ökonomik«, »Smart Cities«, Hedgefonds, Rating-Agenturen, die Welthandelsorganisation, Patentrecht, IT, Agrobusiness).

Auf der gegenüberliegenden Seite, an den großen Fenstern mit weiß gestrichenem, aber abblätterndem Rahmen, lädt ein Eckschreibtisch aus gekalkter Eiche zum Arbeiten ein. Darauf stehen offene und geschlossene Kästen für Kugelschreiber, Scheren, Tesafilm, Pritt-Stifte, Textmarker, alte Fotos. Daneben setzt ein zweiter alter Computer Staub an. Wie der erste war er wohl niemals mit irgendeinem Netz verbunden. Neben diesem Rechner wartet auch das Telefon mit extra großen Tasten und Kabel am Hörer auf Anrufe, die nicht kommen.

Etwas, das funkt, »kommt mir nicht ins Haus«, daran hat sich Otto Ulitz bis zuletzt gehalten.

Unterm Korpus des Schreibtischs versteckt sich ein Hocker, den Vera bis heute im Verdacht hat, dass er in Wirklichkeit ein kleiner Beistelltisch ist – die Sitzfläche kam ihr stets etwas zu groß vor, aber sie hat ihren Vater nie danach gefragt: Noch so ein banales Geheimnis, das er mit ins Grab nehmen konnte, wie die Frage, ob er seine Tochter am Ende wirklich gehasst hat, die doch früher sein »Augenstern« gewesen war und sogar, jetzt fällt es ihr ein, »mein Fixpunkt«, was immer diese sehr unfamiliäre, sehr technische Formulierung bedeutet haben mag, die er sich wohl von Brouwer geliehen hat, um etwas zu sagen, das er schöner nicht ausdrücken konnte oder mochte.

Auf einer schäbigen blauen Kommode glotzt vor der Heizung, orthogonal zum Schreibtisch, ein kompakter, aber nicht zu kleiner Fernsehapparat von Samsung ins Nirgendwo. Kein Flachbildschirm, ein 1999er Modell, darunter schweigt ein seit langem nicht mehr benutzter VHS-Recorder. Kassetten liegen neben der Kommode.

Viel Raum nimmt in diesem Zimmer die Stadt aus Papierstapeln ein. Sie sind weniger ordentlich als in der Küche, teils kniehoch und mit verwegener Statik, manche auch ohne die Zungen oder Reiter, vieles aber ist am jeweils obersten Blatt dennoch zu erkennen, weil voller Graphen: Symmetrie also liegt da drüben, Kategorien hier, dann Sachen voller Summen- und Produktzeichen, dort algebraische Geometrie und Topologie.

Forschung ist das nicht, eher Selbstquälerei. Er wollte, wie er oft sagte, »wach bleiben und alles vertiefen«, betrieb also ein andauerndes, unsystematisches *Studium Generale* der Mathesis insgesamt. Zwischen den Blättertürmen – teils weiße Seiten, teils Graphenpapier – steht ein etwas abgeschabter, mit glänzend grünem Cord bespannter Sessel.

An der Wand zwischen dem Arbeitsplatz und dem zweiten Schlafraum, der erstens das Gästezimmer mit komfortablem, für zwei Personen geeignetem, etwas niedrigem Zweitbett und zweitens eine Abstellkammer ist, hängt, mit einer Reißwecke befestigt, ein Bild von Leibniz – es ist eine alte Postkarte aus der DDR.

Leibniz und Ulbricht, Hammer und Sichel oder Zirkel und Ährenkranz, das war die Welt meines Vaters, denkt Vera.

In jedem Raum, auch im Bad, hängt an der Decke eine Lampe mit mal zwei, mal drei Fassungen. Darin brennen, wenn man sie einschaltet, langlebige, helle Glühbirnen. Die Augen des alten Mannes waren im letzten Lebensabschnitt nicht mehr die besten, er schaltete die Festbeleuchtung nicht nur nachts, sondern auch im Dämmer ein – manchmal, im Herbst und Winter, sogar tagsüber.

Vera streift ihren Rucksack ab, nimmt eine 1,5-Liter-Flasche Mineralwasser und ein Käsebrötchen mit Tomate und Salat heraus, setzt sich in den grünen Sessel, isst und trinkt. Sie stellt die halbleere Flasche auf den Boden, steht auf, berührt einen der Papierstapel, leicht vornübergebeugt, mit zwei Fingerkuppen der Rechten. Kein Staub. Sie geht ins Gästezimmer, das Bett ist bezogen und frei, umringt von Umzugskartons, in denen wer weiß was ruht. Zwischen den Kartons stehen noch mehr Papierstapel, Bücherstapel, auch Zeitungen. Sie geht noch einmal in die anderen Räume, löscht dort überall das Licht. Nimmt ihren Rucksack mit ins Bad, holt ihre Hygienesachen raus, wäscht sich, putzt die Zähne.

Sie zieht sich nicht aus, sondern schaltet, zurück im Gästezimmer, erst die kleine Leselampe am Boden ein, dann das Deckenlicht aus.

Neben der Leselampe, oben auf einem Bücherstapel, liegt ein blaugelber Band über »endliche Strukturen«, Körper, Polynome, Gruppen. Sie legt sich angezogen auf den Rücken, auf die Bettdecke, blättert, liest sich bei einem Einschub über Automorphismen fest, weil das Thema sie vor kurzem in ihrer Kettenbäckerei beschäftigt hat.

Sie mag die Art, wie das klingt, diesen Ton, den Frau Kristina Reiss und Herr Gernot Stroth da leise und konzentriert anschlagen:

Manche Abbildungen haben eine (aus mathematischer Sicht) wunderbare Eigenschaft: Man kann sie entweder auf zwei Elemente anwenden und dann die Ergebnisse verknüpfen oder erst die beiden Elemente verknüpfen und dann die Abbildung anwenden und bekommt immer dasselbe Ergebnis.

Dieser niedliche Einschub in Klammern, wunderbar. Heimat Unendlichkeit, Geborgensein im Abstrakten. Vera ist schläfrig. Sie knipst das Lämpchen aus.

Einen Moment lang fragt sie sich, ob sie wohl jetzt, mit geschlossenen Augen, hören kann, wie den Papieren ihres Vaters kleine Haare wachsen, weil das bei Toten so ist, wenn man sie nicht verbrennt. Das müsste ein grusliger Gedanke sein, aber für sie fühlt er sich tröstlich an, und sehr bald schlummert sie darüber ein.

Zehn:
Die Polizei darf man ernst nehmen

Vera weiß nicht, wo sie ist. Ihr dudelndes Smartphone findet sie schneller als sich selbst.

Die Leitung schaltet sie frei, noch bevor sie den Kopf von den Träumen der Nacht gelöst hat. Schon hört sie Petras Stimme: »Was ist jetzt? Biste in Berlin? Kommste? In 'ner halben Stunde geht's los!«

Vera wollte früh raus, in Ruhe frühstücken. Daraus wird nichts mehr: Es ist schon fast neun. Was ist mit der inneren Uhr passiert? Normalerweise weckt das erste Tageslicht Vera. Die Fenster hier sind groß genug, der Raum ist lichtdurchflutet, wie konnte das geschehen? Vera raunzt: »Mmha. Hmjömm. Ja, Mensch, jetzt zünd mal nicht die Stadt an. Bin da. Bin unterwegs und … dann da, so rum. Schick mir die Adresse, ja?«

»Is gut. Du olle Schnarchtrulla!« Es klingt freundlich und animiert, wie vor einer Schulexkursion. Zum Glück ist Vera schon – genauer: noch – fast ganz angezogen, wenn sie sich auch nicht entsinnt, gestern Abend die Schuhe abgestreift zu haben – aber da stehen sie, die Schnürsenkel sind zugebunden, Vera steigt gern so rein und raus, Gerd hasst das.

Er ist aber nicht da, also schlüpft sie rein, geht ins Bad, putzt die Zähne und kommt währenddessen darauf, dass ihr die Adresse ja gar nichts nützt, weil sie allein von der Straßenbezeichnung her nicht abschätzen kann, wie weit das weg ist, welche Verkehrsmittel man am besten benutzt und so weiter.

Die Adresse ist inzwischen eingetroffen. Vera schätzt ihre Fähigkeit, *ad hoc* den korrekten und effizienten Gebrauch der einschlägigen Apps auf ihrem Smartphone erlernen zu können, realistisch mager ein. Immerhin hat sie noch eine Taxitelefonnummer gespeichert, vom Beerdigungswochenende her. Sie ruft bei der Taxizentrale an, es meldet sich auch gleich jemand und verspricht, der Wagen sei in etwa fünf Minuten da.

Sieben Minuten später steht Vera auf dem Kopfsteinpflaster und winkt den langsam näherkommenden Fahrer mit einer Eile zu sich, die sie eigentlich gar nicht hat. Von ihr allein hängt es ja wirklich nicht ab, ob jener arme Schlucker, seine Bekannte und deren Säugling aus ihrer Bleibe geschmissen werden.

Nach zehn Minuten Fahrt fällt Vera etwas Albernes, Peinliches, dennoch Wichtiges ein, und um das zu klären, stellt sie zunächst die Frage: »Sind wir noch weit weg?«

»Nö, weit nicht«, sagt der gemütliche Muslim am Steuer, dessen Religion sie daran erkennt, dass er einen Koran auf dem Handschuhfach liegen hat, »aber ich weiß nich, was für Stau noch kommt.«

Vera räuspert sich und sagt: »Es ist nämlich so, ganz dumme Geschichte, also ich muss … ich würde gerne schon ein, zwei Straßen vorher aussteigen und dann zu Fuß gehen, wenn Sie mir sagen können, wie ich von da aus dann hinkomme. Es geht auch nicht ums Geld, ich zahle nicht weniger, ich gebe Ihnen ein gutes Trinkgeld, nur, naja, ich soll, ich will da zu einer Demonstration, zu einer politischen Sache, und ich habe schon«, sie muss ein bisschen lachen, weil er so nett grinst, da er ihre

Klemme offenbar mühelos begriffen hat, »also ich … ich habe schon kein Plakat dabei und keinen Molotow-Cocktail und nix, das ist alles total unangenehm, da kann ich doch nicht mit dem Taxi hinfahren wie irgend so eine Touristin, und nachher sieht das noch die Polizei und hält mich für die Anführerin, weil ich Geld zum Taxifahren habe …«

»Is klar«, sagt der Mann, »wir nehmen die letzte Kreuzung davor, da kann ich dich rauslassen.«

Der Ort ist schnell erreicht, der Fahrer erteilt seinen Rat: »Da, siehst du den Blumenladen? Wo die Eimer stehen. Da gehst du um die Ecke, da ist das.«

Vera denkt: Ich muss also nur den beiden Kleinbussen folgen, auf denen »POLIZEI« steht, die da eben eingebogen sind – zwei ganze Kleinbusse, wie viele Polizisten passen da rein, acht, zehn? Wird wohl doch eine größere Sache.

Sie läuft los, als müsste sie dringend einen Zug erreichen. Es ist wie in einer romantischen Komödie, die berühmte letzte große Szene: Kriegen sich die beiden, oder verfehlen sie sich? Dann aber wird, als sie den Blumenladen hinter sich lässt, ein Kriegsfilm daraus. Noch ist die Schlacht nicht im Gange. Vera erlebt erst das Anrücken der Heerscharen: Die halbe Straße, dummerweise just die Hälfte, auf der sie sich dem ihr bezeichneten Haus nähert, ist voller Polizisten, es sind schon um die fünfzig, sie schätzt per Überschlag, anhand der Mannschaftswagen, dass es auf achtzig hinauslaufen wird, und die Menschen, die sich auf der anderen Seite (wie ist das bei Hochzeiten? Links die Leute der Braut, rechts die des Bräutigams?) eingefunden haben, zum Teil tatsächlich mit Plakaten –

KEINEN VERTREIBEN ALLE BLEIBEN
HOLT EUCH DAS GELD BEIM JOBCENTER!
WIDERSTAND!

sind auch schon ungefähr siebzig, achtzig Personen.

Vera muss sich beeilen, wenn sie an der Polizeiballung noch vorbeikommen will. Die Ordnungskräfte sind martialisch ausstaffiert, in Schwarz, mit aufgenähtem Stadtwappen, tragen weiße Helme, den Körper geschützt hinter Plastikschilden, kleinen schwarzen Schildkrötenpanzern an Kinn und Mund, bewaffnet mit Knüppeln, an den Beinen vorn tarngrüne Schienen, als Knieschutz – dieses letzte Detail macht die Sache erst richtig brenzlig, denn es bedeutet, dass man mit Gegenwehr rechnet, dass man sich hier prügeln wird, wenn es soweit kommt.

Vera beschleunigt ihre Schritte und stolpert zu ihrem größten, wie ein Schmerz hell durch sie schießenden Ärger genau beim Abtritt vom Bürgersteig, als die meisten Augen auf sie gerichtet sind, von Verteidigern wie Angreifern.

Auch Petra erkennt sie jetzt, die erst strahlend lächelnd und dann erschrocken aussieht: Wird Vera fallen? Aber jemand fängt sie ab, tritt von der Seite her zu ihr, stützt sie ohne Übergriff, nachgerade tänzerisch, elegant, wird sie später denken.

»Oh, ah, Danke!«

Der Mensch, der da steht und sie sofort loslässt, damit sie wieder ihren Gehrhythmus finden kann, hält mühelos Schritt mit ihr. Es ist ein Mann, schlank, etwas größer als sie, schwarze Jeans, blaue Sneaker, dunkler Teint, welliges, schwarzes, schulterlanges Haar, prononcierte Wangenknochen, schöne, dunkle Augen. Er lächelt grimmig. »Ganz schön viele«, sagt er. Vera erwidert: »Ah. Ähm, Sie … wollen auch …«

»Ich will helfen, ja.«

Als man sich zu zweit in die ungeordnete Front am äußeren Rand der Menge der Demonstrierenden aufnehmen lässt, sagt Vera, weil sich das so gehört, bevor sie durch vier, fünf zwischen ihnen beiden stehende Leute voneinander getrennt werden: »Ich bin Vera.« Dabei denkt sie: Sein Hemd war bestimmt nicht billig, mindestens 200 Euro, was macht so jemand auf einer Demo für sozial Abgestürzte?

Diese Frage beantwortet er nicht, aber die Antwort auf eine andere, die sie auch nicht explizit gestellt hat, gibt er ihr gerade noch: »Frigyes. Freut mich.«

Als sie ihn leicht verständnisschwach anschaut, schickt er hinterher: »Ich heiße Frigyes«, als hätte man einander am

Rande eines Konzerts oder in irgendeinem Supermarkt getroffen. Es klingt fast wie »Free Jazz«, aber es ist ein Name, denkt Vera.

Dann tritt Petra dazwischen, atemlos: »Hey, bist ja wirklich gekommen, geilo.«

Bevor die Freundinnen einander richtig begrüßen können, nimmt einer der Polizisten seine Brülltüte und verkündet etwas von »Hausfriedensbruch und Landfriedensbruch«, woraufhin gepfiffen wird, gejohlt und geflucht.

Dann treten die entscheidenden Leute aus der Eingangstür auf die Treppe: ein gar nicht mal sonderlich abgerissen wirkender Mann um die Dreißig (also etwas jünger als Free Jazz, denkt die Mathematikerin) und eine noch eine Spur jüngere Frau mit einem Baby, das sofort seine politische Kleinkindpflicht tut und eine mittlere Revolution zusammenschreit.

Das staatsfeindliche Lager applaudiert, das Kind versteht dies als Anfeuerung und schreit noch mehr. Aus dem Kriegsfilm wird ein Western, als vier der Schwarzuniformierten sich vom Pulk lösen und zur Treppe vorstoßen, ohne Schilde.

Einer dieser Männer ist offenbar eine Art Befehlshaber oder Gruppenchef. Er schreitet beherzt voran. Die beiden Protestprofis links und rechts neben Vera breiten ihre Arme etwas über Gürtelhöhe aus, damit sich niemand provozieren lässt und vorprescht.

Richard, den alle »Steven« nennen, Petras Freund, ergreift das Wort und richtet es an die Polizisten: »Was wollt ihr denn? Der Mietrückstand ist Ämtersache. Das Amt ist schuld, die schikanieren ihn. Da müsst ihr das Geld holen.«

Vera hat das Gefühl, dass diese Sätze nicht so sehr für die Ordnungskräfte als für deren Gegnerschaft bestimmt sind, eine Art Zusammenfassung, worum es hier eigentlich geht. Der Oberpolizist macht eine Kopf- und eine Handbewegung. Einer seiner Männer steigt am Chef vorbei auf die Treppe, wovon das Baby so verblüfft ist, dass es für einen Moment vergisst, zu krakeelen. Nun spricht der Oberpolizist, dessen Helmplexiglasscheibe anders als die seiner Untergebenen nach oben geklappt ist, Steven und die Staatsfeinde an: »Hörnse, wir wollen hier keine Sitwazion, die außer Kontrolle gerät. Die Sitwazion ist die, dass Sie hier demonstrieren können meinetwejen, wobei das eine nich anjemeldete Demonstrazion dann wäre, aber ich möchte Sie auffordern, dass Sie uns hier nich behindern bei der ordnungjemäßen Durchführung der Räumung. So ist die Sitwazion jetz.«

Die Stimmen, die ihm antworten, tun das durcheinander und aufgebracht.

Die Absperrung aus Menschenarmen sinkt und Vera spürt, wie seitlich und von hinten Druck auf sie ausgeübt wird.

Auch im Lager der Bereitschaftspolizei kräuseln sich Kräfte, wie Vera an einzelnen Körperhaltungen und Gewichtsverlagerungen im Stand erkennt. Sie dreht den Kopf ein wenig nach rechts. Ihr Blick begegnet dem des Mannes im weißen Hemd, der sie vorhin beim Straucheln vor dem Fall bewahrt hat. Unter all den Gesichtern, von denen eine euphorisierende Hitze ausgeht, bewahrt seines als einziges auffällig Ruhe. Er sieht sie. Er scheint zu wissen: Was jetzt kommt, kann man nicht wollen, aber wenn es kommt, muss man es aushalten und darf sich nicht drücken.

Petra drängelt und schlängelt sich rechts an Vera vorbei, riskiert einen provozierenden Ausfallschritt auf den Oberpolizisten zu. Vera versucht, die Lücke zu schließen, geht nach rechts, ist zu nah an der Treppe, nimmt also mit dem rechten Fuß mehr gezwungenermaßen als willentlich die erste Stufe und hört die Frau mit dem Baby sagen: »Finger weg«, weil der Polizist vor ihr Hand an sie zu legen droht. Bewegung kommt in den Ordnungskräftepulk. Er setzt sich in Marsch. Mehr Pfiffe aus Veras Gruppe. Einer der Beigeordneten des Oberpolizisten nähert sich Vera von links, die ihm ausweicht, indem sie ganz auf die Treppe steigt, ihm direkt ins Gesicht sieht und etwas sagen will, sie weiß nur noch nicht ganz genau, was. Da greift der Mann, der aus seiner Wohnung vertrieben werden soll, unvorsichtigerweise den Polizisten bei der Frau an – bloß ein Schubsen. Er trifft die Schulter, und der zweite Polizist, direkt vor Vera, packt die Frau mit dem Kind rechts am Arm, auf dem der Säugling liegt, und drückt zu, mit seiner Klammerhand im Handschuh. Die Frau schreit auf, etwas zu laut vielleicht, und auch das Baby brüllt wieder. Vera denkt: Das geht zu schnell, da ist ein Fehler passiert, bitte noch mal zurück. Aber dann sieht sie, wie fest Daumen und vier Finger des Polizisten sich in den Arm im weißen Strickjäckchen graben, so fest, dass es vermutlich wirklich wehtut, und spürt die Angst der Frau, die sich noch nicht einmal um sich selbst, sondern auf eine für Vera instinkthaft animalische, körperlich spürbare Weise um das Kind ängstigt.

Ohne Überlegung, ohne Kalkül, ohne einen Gedanken an die Folgen schlägt Vera zu – eine Ohrfeige an den Plastikhelm, dass der mit innerem Widerhall wie eine mit aller Kraft geschlagene Glocke dem Polizisten um den Schädel wackelt. Der Mann taumelt. Leute jubeln, fluchen, schreien. Vera spürt, wie sie zurückgezogen wird, sie weiß nicht, von wem, und dann losgelassen, so dass sie gegen die schlecht verputzte Wand fällt.

Sie hat das Signal gegeben. Die Schlacht beginnt.

II. AUFBRUCH

Eins:
Wer sucht, der findet Schwierigkeiten

Sechs bei Rewe gekaufte Plastiktöpfe stehen auf einem langen Fensterbrett. Darin duftet schwärzliche Erde, aus der Basilikum schnurgerade in die Höhe wächst, von einem Folienkragen umgeben. Das Arrangement sieht aus wie ein kleiner Drogengarten.

Vera betrachtet es durch die Badezimmertür. Neben den Pflänzchen hocken vier, fünf Leute auf improvisierten Sitzgelegenheiten aus Jacken und Mänteln. Sechs Töpfe: Es gibt also, denkt Vera, genug Grünzeug für mehrere Portionen der beliebten Zitronennudeln, die Petra ausgibt. Etwa ein Dutzend Menschen löffelt schon im Stehen. Die Logistik ist erstklassig, irgendwoher hat man genügend Teller, genügend Gabeln. Die ersten werden schon gespült, um sie samt neuen Portionen der Gruppenspeisung an Hungrige weiterzugeben. Auch die kleinen muschelförmigen Nudeln sind in ausreichender Menge vorhanden, wie der steinharte Käse in verschiedenen Sorten, nicht nur Parmesan, den Azar in der Küche reibt, wo der tragbare CD-Player steht und die weiche Esperanza-Spalding-Jazzmusik deshalb am lautesten ist.

Das Schwatzen und Lachen, die gutgelaunte Großsprecherei

des kleinen Häufleins übertönen diese Musik dennoch. Vera freut sich, zu dieser Gesellschaft zu gehören. Im Badezimmer, wo drei große Töpfe voller bereits fertig gekochter Nudeln in der Badewanne stehen, überschlägt sie, während sie ihre Wunden vor dem Spiegel versorgt, die Zahl der Anwesenden. Es dürften immerhin rund dreißig Menschen sein, etwa ein Drittel der Aufständischen von der Schlägerei eben, diejenigen nämlich, die es nach der Verhaftung des Wohnungsvertriebenen und einiger anderer, darunter Steven, sowie dem kurzen Umzug durch Neukölln unter Parolenrufen und Feindseligkeiten gegen teure Autos schließlich in Petras Wohnung geschafft haben.

Der harte Kern? Eher: die Arbeitslosesten der Empörten, darunter nicht wenige Studierende. Diejenigen aus der Räumungsbekämpfungsschar, die in Lohn und Brot stehen, haben sich nach der Hauptsache am schnellsten zerstreut – zum Teil »auffe Arbeit«, wie die beiden Druckereifachkräfte, auch ein Mann von der Stadtreinigung und eine Trendfriseurgehilfin, die Vera beim Rumstehen, als sich der rebellische Elan schon etwas erschöpft hatte, im Zuge einer Art Small-Talk-Nachbesprechung kennengelernt hat. »Hast du Feuer?« und dergleichen genügt als Ouvertüre bei solchen Begegnungen. Bald hatte man sich die Lebensläufe erzählt.

Einen moderaten Hieb gegen die linke Schläfe und die Braue daneben, mehr hat Vera nicht abgekriegt. Sie ließ sich ohne viel Gezerre von der Treppe holen und einem ersten Corral voller Abgedrängter zuschieben, als die heiße Phase der Auseinandersetzung begann, die nach Veras Schätzung nicht länger als fünf bis acht Minuten dauerte. Dann ließen selbst Steven und seine Revoluzzervorhut aus einem halben Dutzend der erfahrensten Ruhestörungskräfte die Sorte Provokation bleiben, aus der »Sitwazionen« entstehen.

Vera schneidet sich von einem Streifen Hansaplast Classic genug Pflaster für die Braue weg. Sie löst die weiße Deckfolie ab, klebt das Pflaster umsichtig an die aufgeschürfte Stelle, streicht es glatt und denkt: Was auf der Schachtel steht,

»Starke Klebkraft«, das ist nicht gelogen – ich spüre, wie mir der Leim in den Kopf zieht. Sie stellt die Pflasterschachtel zurück in den Spiegelschrank und beginnt den langen Weg zur Küche. Ein Geduldsspiel: Man muss ganz vorsichtig an den erschöpften, aber immer noch elektrisierten Rebellinnen und Rebellen vorbei.

Angerempeltwerden mögen sie so wenig wie Vera selbst.

Die Mathematikerin betrachtet die Gesichter und erkennt darin etwas von dem eigenartigen Lächeln wieder, das sie auch bei sich selbst im Spiegel gerade gesehen hat. Der Gedanke dazu heißt: Es war gewiss ganz sinnlos, was wir gemacht haben, aber eben auch nötig. Denn zwar wurde der Mann, dem wir helfen wollten, jetzt nicht nur aus der Wohnung geschmissen, sondern auch noch eingesperrt, und was mit der Frau und dem Kind passiert ist, weiß offenbar so recht niemand – die Friseurgehilfin behauptete, sie habe sie in einem Auto wegfahren sehen, »das war ihr Typ, dem ist sie eigentlich davongelaufen, aber der hat eh schon seit Wochen gebettelt, dass sie zurückkommt, und jetzt hat sie ihn angerufen, mitten aus dem Krawall, und da isser jetzt als Retter aufgetaucht, da haben sie beide was davon« –, aber wenn der Krawall sich nicht ereignet hätte, wäre die Unausweichlichkeit dessen, was dann gleichwohl geschah, von allen hier jetzt Anwesenden gegengezeichnet worden, ratifiziert, akklamiert.

Sie machen mit uns, was sie wollen, das stimmt leider, aber dann müssen wir wenigstens zum Ausdruck bringen, dass wir das tatsächlich nicht wollen, und so ist es geschehen. Wir haben gezeigt und gesagt, dass uns nicht egal ist, was mit uns passiert – nein, besser, es ist ja gar nicht mit uns passiert. Die meisten hier sind keineswegs von Obdachlosigkeit bedroht, auch wenn bei vielen nicht viel Geld auf dem Konto liegt, vielleicht sogar schon die EC-Karte gesperrt ist und ernste Schulden aufgelaufen sind, womöglich Mietrückstände wie beim Opfer dieses Tages. Aber es könnte uns passieren, dass man bei uns Geld eintreibt oder Pfändungen vornimmt, wir gehören zur Grundmenge Omega derer, aus deren Zahl man alle

Teilmengen selektiert, für die gewisse Eigentumsrechte nicht gelten, weil sie es an Mitmacheifer in dem Spiel haben mangeln lassen, das Manuel neulich bei Nordsee beschrieben hat.

Was haben wir also heute festgestellt? Dass wir noch nicht so stumpf sind, den ekelhaften Gedanken zu denken: Wenn's den neben mir erwischt, trotte ich erst mal weiter, schließlich bin ich verschont geblieben.

Was erleben wir jetzt? Lustige Dialoge auf dem Flur.

Einer sagt: »Siebzig Prozent der Westdeutschen, aber nur dreißig Prozent der Ostdeutschen finden, dass die DDR ein Unrechtsstaat war.«

Eine antwortet: »Ach, was wissen diese Ossis denn schon von der DDR!«

Vera hört im Näherkommen Azar beim Käseraspeln über ihren Bruder reden. Sie benutzt keine lieben Worte. Offenbar ist in dieser Sache etwas wie ein Streit im Gange. Allerdings lässt sich von da, wo Vera sich dem hellsten Raum in der Wohnung zentimeterweise entgegenschiebt, nicht ausmachen, an wen sich Azars wütende Rede richtet: »Was? Blödsinn! Dann lass ihn denken, dass er da jetzt der Geheimagent ist. Der Idiot. Jawohl, ein Idiot ist das, mein Herr Bruder. Du kannst ihn ruhig verherrlichen. Aber du tust ihm damit keinen Gefallen. Dem muss man mal das Hirn aufräumen! Für den ist das alles ein Spiel, der hat doch noch im Grunddingens, wie heißt das, Grundlagenpraktikum, nee, Fachpraktikum, als er schon auf Streife mitgefahren ist, dauernd zu Hause erzählt, dass das alles wie CSI ist, wie Fernsehen, und mein Vater war so scheißemäßig stolz auf den Supersohn, weil das ja wie ein richtiges Studium ist, weil es da Rechtswissenschaften und Kriminalwissenschaften und Psychologie und sogar BV… V… BWL gibt und Ethik auf dieser FH. Nur, dann wurde es ernst, dann haben sie ihn zum Fußball geschickt ins Stadion, richtig auf die Fresse, und dann zur Demo, dann hat er nicht mehr so viel erzählt. Aber seit Steven ihn aufgerissen hat für die Infos, gibt er wieder an wie früher.«

Es klingt fast, als spucke sie am Ende aus, ein Rufzeichen als merkwürdiger Kontrast zu diesem makellosen Deutsch, das sie redet.

Es ist Petra, die ihr widerspricht: »Was? Nein!« Dabei entdeckt sie Vera und winkt sie zu sich, was auf die Gäste, die noch in Veras Weg stehen, offenbar den Eindruck eines Hoheitsakts der Hausherrin macht. Denn sie weichen sofort beiseite, lassen Vera durch, und die hört jetzt deutlich, was Petra zu Fadis Verteidigung vorzubringen hat: »Wir müssen irgendwen bei der Polizei haben, oder? Wenn am Ende lauter Linke zusammenstehen, die sich untereinander alle kennen, und keiner macht sich schmutzig, dann können wir einpacken. Na, und der Druck für solche Leute, im Kopf, die uns da helfen, der ist riesig, weil das schizophren ist. Weil sie einerseits diesem kriminellen System dienen, den Vermietern, den Kapitalisten, irgendeinem Gangsterhaufen auf einer Wehrkundetagung, wo sie dann Leuten den Kiefer spalten, damit die nicht einen Farbbeutel auf den Drecksack werfen, der serbische Krankenhäuser bombardieren lässt oder afghanische Hochzeiten ... also, auf der einen Seite hast du das, und auf der anderen wissen sie, es ist falsch, und wären lieber auf der Seite, wo der Kiefer knackt ...«

»Ja, soll ich jetzt weinen oder was?«, blafft Azar. Petra sagt: »Nein, aber du kannst mal anerkennen, was Fadi da macht. Er riskiert mehr als wir, er verliert nicht nur seinen Job, wenn das rauskommt, er ist juristisch ganz anders dran als du oder ich ...«

»Er ist ein Spieler, Petra!«, wiederholt Azar.

Petra greift nach Vera, legt ihr den Arm um die Schulter und zieht sie dicht zu sich, dann sagt sie zu Azar: »Ein Spieler, okay. Und das ist schon der schlimmste Vorwurf, den du bringen kannst? Sorry, aber das ist kleinbürgerlicher Moralkram. Wir sind hier doch alle nicht ganz astrein. Wir nehmen Drogen, wir sind keine Vorbilder für revolutionäre Disziplin. Am moralischsten ist da wirklich noch dein Bruder. Der ist gar nicht so weit von dir entfernt. Vielleicht hat's mit eurer religiösen Erziehung zu tun, die ihr nicht ganz abgestreift habt.«

Azar prustet verächtlich, blitzt Petra und, für Vera peinlich, auch sie mit ihren schönen braunen Augen an und sagt: »Religiöse Erziehung? Dummes Zeug. Sag doch gleich, ich bin halt Islamistin, ich gehöre in die Hamas, in den schwarzen Sack, einen Sprengstoffgürtel um den Bauch und ab in den Himmel. Petra, es stimmt, du bist wirklich nicht ganz astrein, du bist nicht ganz weg vom Rassismus, den du bei deinen Eltern wahrscheinlich …«

»Ja, und ein Schlampe bin ich auch!«, macht sich Petra auf diese typische Art lustig, die Vera immer ein wenig wie eine Machtdemonstration vorkommt und sich, schriebe man sie auf, witzlos und grob ausnähme, während sie an Ort und Stelle charmant wirkt, selbst auf Azar, was ausschließlich an Petras Gesicht liegt, an diesen hübschen Zügen, dieser Überlegenheit einer linken Lichtprinzessin – und dann hebt Petra die Flasche Olivenöl hoch, die sie schon die ganze Zeit lang am Arm hat lässig schlenkern lassen, und liest vor, was draufsteht: »Molivo 1863, griechisches natives Olivenöl von der Insel Lesbos! Lesbos, Mädels! Wenn das die Hamas erfährt!«

Dann leckt sie am Flaschenhals herum, mit ihrer himbeerfarbenen Kinderzunge, und Vera, die sie dabei an sich drückt, als teilten sie etwas unaussprechlich Verdorbenes miteinander, will los von ihr – allerdings auch wieder nicht dringlich genug, um ihr das offen zu zeigen. Vera denkt: Sie weiß wahrscheinlich nicht mal, dass wir sie alle lieben, obwohl sie dauernd solche scheußlichen, distanzlosen, auch erpresserischen emotionalen Auftritte hinlegt. Veras Blick begegnet den ernsten Rächerinnenaugen Azars. Mit verblüffter Erleichterung erkennt sie, dass die Wütende genau weiß, wie sich der anstrengende Moment für Vera anfühlt.

Azar gibt nach, weil sie Vera eine Verschärfung der Lage ersparen will, aus Empathie, denn sie hat selbst schon erlebt, wie das ist, wenn man von Petra als Statistin in einem ihrer kleinen Sketche missbraucht wird: »Okay. Okay, okay, okay. Lass uns aufhören. Ich kann Fadi selber sagen, was mich aufregt.«

Vom Flur her betritt Toni, eigentlich Antonia, den Raum.

Sie will wissen, »ob denn jetzt schon die nächste Ladung fertig« sei.

»Du kannst Zitronen reiben!«, erklärt Petra. Vera schämt sich, dass sie nicht selbst auf den Gedanken gekommen ist, zu fragen, was sie beitragen kann. Toni, eine lebhafte Person, von Beruf Fahrlehrerin, im Übrigen eine der ältesten Revolutionärinnen hier, sogar Mitglied der Partei Die Linke, bläst sich eine ihrer schönen elastischen Locken aus dem Gesicht und fordert Vera wortlos auf, sich ihr anzuschließen. Man nimmt also zu zweit unbehandelte Zitronen aus dem groben Steinzeug, in das Petra sie geschüttet hat, greift sich je ein von Azar noch nicht komplett mit Käsefragmenten dichtgeraspeltes Reibeisen, reißt Späne aus der Haut des Obstes, schneidet es danach mit dem großen Tranchiermesser entzwei und presst es aus, über dem Teller, in dem die Raspel liegen. Am Ende entfernt man die Kerne, die hineingefallen sind, und reicht den ganzen wichtigen Beitrag zur Sauce an Azar weiter. Dabei wird geplauscht … nichts Substanzielles: Es geht um die Lage in Berlin, gemeinsame Bekannte, sogar das Wetter kommt vor.

Vera redet ein wenig unkonzentriert, weil sie schon den ganzen Abend kleine Diagramme im Kopf anlegt, die ihr helfen könnten, eine private Recherche zu vereinfachen: Der Mann draußen am großen Spiegel heißt Florian und ist mit Nadine da, das sind zwei Studierende aus Petras Welt, aber Nadine kennt wiederum auch den Mann, der für die Zeitung »junge Welt« schreibt und am Basilikumbord sitzt, wo dieser mal telefoniert, mal mit Christine redet, die neben ihm sitzt und eine Freundin von Azar zu sein scheint, welche wiederum Gabor und »Lurch« mitgebracht hat. »Lurch« ist sicher kein echter Name und passt auch nicht zu dem braungebrannten Plattenladenchef, der müde vor sich hin isst. Vera weiß, was sie von denen allen will, dasselbe nämlich, was sie eben noch von Petra wollte, dann aber doch nicht gefragt hat, weil Petra in so angriffslustiger Laune zu sein schien. Die Spottpfeile sitzen Petra in solchen Momenten recht locker im Köcher, da wäre es nicht ratsam, nach dem Mann im weißen Hemd zu fragen.

Vera merkt eben erst, dass sie das – wer ist Frigyes, kommt er auch noch, kennt ihn hier irgendwer? – nicht nur schon den ganzen Nachmittag lang beschäftigt, sondern dass es sogar das Einzige ist, was ihr im Kopf herumgeht, dass es ihre Stimmung ganz grundlegend beeinflusst – wenn sie etwas aufschnappt, das in seine Richtung weisen könnte, einen Namen, eine Geschichte, wird sie optimistisch, aufgeregt. Wenn sie aber einen jener heimlich ausgespähten Erkundungswege als Sackgasse erkennt, die sie der gesuchten Information nicht näherbringt, melden sich Vorboten einer kindlichen Niedergeschlagenheit, so à la: Jetzt kommt der Herbst und ich werde bald ein langes halbes Jahr kein Eis essen können.

Wie immer in Fällen, in denen die Außenwelt sich mit ihrer lästigen Ungenauigkeit weigert, etwas preiszugeben, das Vera zu wissen oder zu verstehen wünscht, driften ihre Gedanken schließlich in die Mathesis ab: Diesen Mann hier zu suchen, das ist wie die Fahndung nach einer höherdimensionalen Kugel, die exakt in einen höherdimensionalen Würfel eingepasst ist – sagen wir, irgendwas ab fünf Dimensionen: Zwar gibt es Berührpunkte, zwar ist das eine auffällige Kugel – niemand hier, zum Beispiel, ist so gut gekleidet wie der Mann, den sie sucht, und da ihn sicher ein paar kennen, wüssten sie, wenn man diesen Umstand erwähnen würde, sicher alle, wer das ist –, aber wenn man es als Computerproblem mit mehreren Eichparametern sieht, aus denen man gleichsam mehrere Dimensionen machen kann, erkennt man, dass es eben doch sehr viele Ecken des mehrdimensionalen Würfels gibt, in welche die Kugel, da sie ja die Gesamtheit aller Punkte mit gleicher Entfernung vom Kugelmittelpunkt ist, sozusagen nicht hineinreicht.

Je mehr Dimensionen der Würfel hat, der Raum also, in dem gesucht wird, desto mehr dieser Ecken kann Vera ohne Berührung mit der Kugel erforschen: Da ist sie nicht, dort ist sie nicht, und doch bleibt sie die größte Kugel, die überhaupt in diesen Würfel passt.

Im konkreten Fall heißt die Metapher »mehrere Dimensionen« etwas, das man in die Frage kleiden muss: Ist die Verbindung des Mannes zur hier versammelten Gruppe eine zufällige oder eine zwingende, kennt er Leute hier nur aus dem Berliner Nachtleben oder ist er ein Überzeugungsmensch, hat er im letzteren Fall irgendeine organisatorische Beziehung zu denen hier, die ihrerseits in irgendeiner Organisation engagiert sind, oder ist es was Berufliches, ist es was mit Medien, kennt ihn also eher der »junge Welt«-Typ oder vielleicht die Türkin vom freien Radio? – und so fortan.

Man muss es quantifizieren, allgemein angegangen ist es einfach nur entmutigend, denkt Vera, man muss wissen, wie viele Dimensionen der durchsuchte Würfel tatsächlich hat, damit man die Schwierigkeit der Aufgabe nicht mehr nur spürt, sondern einschätzen kann.

Vera weiß es nicht, aber dieses Gleichnis wird sie noch sehr beschäftigen, freilich auf etwas anderes bezogen als auf die Fahndung nach dem schönen Mann mit den schwarzen Haaren, in die man hineingreifen und an denen man schnuppern will – was für Gedanken sind das?

Für den Augenblick ist es Petra, die sie in die Gegenwart zurückholt, mit einem sanften Stupsen in die rechte Seite und der Frage: »Hallo? Erde an Vera! Du hast wieder diesen glasigen Blick. Wo bist du, Süße?«

Vera kann den verhuschten Ton selbst nicht leiden, in dem sie darauf Antwort gibt, aber was soll man machen? »Ich bin irgendwie, du, ich weiß es nicht, übermüdet oder … nach der Keilerei hab ich meinen Boss angerufen … da in Frankfurt in der Backhölle … und gesagt, ich bin krank, aber … naja, ich muss dann morgen entweder zum Arzt oder wieder arbeiten, und hier kenn ich keinen Arzt und zurück will ich auch nicht …«

Petra senkt ganz unerwartet die Stimme, rückt etwas näher: »Na, wenn es wegen dem Arzt ist, heute Abend kommt sogar einer vorbei hier auf die Party, absolut vertrauenswürdig …«

Vera wehrt schwächlich ab: »Nee, weißt du, ich sollte ja jetzt auch mal den Makler treffen, wenn ich schon da bin, hab aber absolut keine Lust. Und heute Morgen … ich bin einfach auch nicht richtig ausgeschlafen.«

»Verstehe«, sagt Petra, und es ist wieder etwas von dieser Magie im Spiel, die sie um sich verbreitet. Denn nicht nur glaubt ihr Vera sogar, dass sie's versteht, sondern die beiden finden sich, unter dem an der Wand hängenden Speiseschrank, plötzlich in einem stillen, vertraulichen Gespräch wieder, mitten im Kommen und Gehen, trotz Jazz, und das liegt, denkt Vera, einfach nur daran, dass Petra ihre Stimme senkt – schon verstehen alle Anwesenden, sofort versteht der Raum selber: Petra wünscht sich einen stillen Winkel, und damit hat sie ihn auch schon.

Scheu, fast schüchtern klingt Petra plötzlich, als sie Vera ansieht und fragt: »Du, sag mir mal … wie ist das passiert? Ich meine, mit dir. Du warst …«, sie sucht nach Worten. Vera ahnt die richtigen, atmet tief durch, und in diesem Augenblick, ein ernster Zufall, hört sogar die Musik auf. Die Leute im Zimmer rücken ein bisschen von den beiden Frauen ab, um ihnen Gelegenheit zu einem Gespräch zu geben, das man aus der Entfernung für privat halten muss. Dabei berührt es das Öffentlichste überhaupt, die Politik und den Beruf: »Also, ich will dir echt nicht … aber, Vera … du hast die Profs vor dir her gescheucht, du hast sie an die Wand genagelt, du warst die Beste. Und dann nachmittags oder abends genauso klar und unermüdlich in den AGs, im Ausschuss, bei den Debatten, vor der Demo … wir haben dich alle … alle so bewundert in Frankfurt, ich … tu es immer noch, wir waren uns alle sicher … ich dachte, wow, jetzt kenne ich jemanden, die wird mal richtig berühmt, entweder als Mathematikerin oder sogar in der Politik, weißt du, na ja, es gab diesen Spitznamen … wie wir dich immer genannt haben, da in Frankfurt?«

Vera weiß es, sagt aber nichts. Petra lächelt wie eine Veteranin, die alten, umkämpften Zeiten nachtrauert, als sie es ausspricht: »Die Kommissarin. Weißt du, nich wie im Krimi, sondern politisch. Die Kommissarin.«

»Das ist kein Spitzname«, seufzt Vera leise, »das ist ein sowjetischer Film, den die meisten erst nach dem Untergang des Sozialismus gesehen haben. Was ich sagen will: Schnee von gestern, Petra. Heute führst du die Leute an. Na gut, du und Steven, ihr macht das. Und ihr macht das nicht schlecht. Es hätte viel schlimmer ausgehen können heute. Das wissen vielleicht die Amateure da draußen nicht, aber du und ich, wir wissen das.«

Um Petras Lippen spielt etwas wie ein unausgesprochenes Wort, aber sie bezwingt sich, denn sie merkt: Das Thema ist uferlos, Vera will da nicht hin.

Vera sagt entschuldigend: »Ich bin einfach falsch aufgestanden heute. Wie sagst du immer? Bad …«

»Bad hair day«, sagt Petra und nickt.

Vera stimmt zu: »Genau. Weißt du, ich glaube, für den Protest war ich reif, aber noch nicht fürs Feiern … Ich geh zurück nach Moabit, hau mich mal hin und überlege, was ich machen will, okay?«

Petra sagt: »Klar. Ruf mich dann aber an, ja? Wenn du … wenn dir wieder danach ist. Und wegen dem Arzt, falls du hierbleibst. Der stellt keine Fragen, der schreibt dich krank und aus.«

Dankbar macht Vera »mmhmm«. Die beiden Frauen umarmen sich. Vera versucht, sich auf dem Gang davonzuschleichen, während hinter ihr die Musik wieder losgeht. Jetzt ist es Pharrell Williams, er behauptet, er sei *happy*.

Jemand streift sie ganz vorsichtig an der Schulter. Vera wendet sich dem Menschen zu, es ist der Mann von der Zeitung »junge Welt.«

Er sagt: »Hallo, entschuldige. Ich bin Mike. Bist du, darf ich fragen, die Eva Ulitz?«

Er macht einen netten Eindruck, Dreitagebart, Jeans, T-Shirt mit irgendwas Totenköpfigem drauf, also berichtigt Vera ihn freundlich: »Vera. Vera Ulitz.«

»Ja, Entschuldigung. Vera Ulitz. Blöder Versprecher.« Er guckt, als wäre es ihm schrecklich peinlich, sie lacht, weil sein Gesichtsausdruck sagt: Ich habe einen Star beleidigt.

»Was kann ich für dich tun, Mike?«

»Ähm ich wollte … ich schreibe für …«

»Für ›junge Welt‹, ich weiß«, sagt sie so, dass man heraushört: Gegen diese Zeitung hat sie keinen Widerwillen.

Er zuckt mit den Schultern: »Naja, wir haben deinen Vater zweimal gedruckt, mit alten Sachen, aus Sammelbänden, Büchern, die in der DDR erschienen sind, wegen Ulbricht, dem Neuen Ökonomischen System und … Mensch, mein Beileid, wirklich, das ist jetzt unsensibel. Verdammt«, er streckt ihr die Hand hin. Sie ist so verblüfft, dass sie diese Hand sogar schüttelt, und gibt sich dann richtig Mühe, ihm mit ihrer Mimik zu versichern, dass er sich keineswegs ein so tiefes Loch gegraben hat, wie er zu glauben scheint: »Ich hab von den Artikeln nur gehört. Ich hab sie nicht gelesen, weil …«

Jetzt ist es an ihr, Verlegenheit zu zeigen, sie zuckt ebenfalls mit den Schultern und sagt: »Ich fürchte, er hat das alles wieder und wieder erzählt, wie dieses Schürer-Papier die DDR kaputterklärt hat, wie er und andere dagegen zu schwachen Widerstand geleistet haben, wie das Elend damit anfing, dass man sich von den Russen das Neue Ökonomische System Ulbrichts hat verderben lassen …«

»Ja«, sagt er, erkennbar erleichtert darüber, dass sie tatsächlich weiß, wovon die Rede ist, wenn schon nicht, worauf er hinauswill, »wir haben eine Serie gemacht, über Schürers Papier und darüber, dass die DDR so pleite vielleicht gar nicht war, wie Gorbatschow sie haben wollte, um sie Kohl zum Fraß vorzuwerfen, und die Fehler von Mittag und all das – eben die politökonomische Seite der …«

»Der Konterrevolution«, sagt sie, ohne Ironie. Da lässt er endgültig ab von seiner Beklommenheit und sagt: »Ja, und da hat er sich gemeldet und uns diese beiden Texte angeboten, über Wirtschaftsrechnung, mit einem Zusatz darüber, wie das unter Honecker vernachlässigt wurde. Er hat gesagt, er säße an was Größerem, einem Buch darüber, wie die Informationswirtschaft schon im Keim in dem sozialistischen System steckte, das man in den Sechzigern wollte … Wie zukunftsweisend das gewesen sei, soll heißen, dass die DDR tendenziell einen Vorteil hätte haben können – all die Probleme wären da nie aufgekommen mit Copyright und Monopolen und Google … Man hätte das machen können. Er sprach von einem Buch, an dem er da säße, und ich dachte halt … weil ja daraus nun wohl nichts mehr wird, und er hatte doch gesagt, er wollte uns das mal geben, zur Durchsicht … ob du weißt …«

Ihr geht ein Licht auf: »Ob ich weiß, wo er das Buch hat. Wo das liegt.«

Sie denkt an die Stadt aus Papier in der verlassenen Wohnung, an die feinen Haare, die dem Nachlass nachts wachsen. Vera schüttelt den Kopf: »Ich weiß nix drüber. Nix Konkretes. Unsere … wir standen einander nicht mehr sehr nahe. Ich fürchte, ich hab ihn enttäuscht.«

Jetzt ist es ihm wieder unbehaglich, er schaut Richtung Boden. Sie mag den schmalen Mann mit den hellblauen Augen inzwischen ziemlich, er ist so skrupulös. Dann sieht Mike sie an und sagt: »Du, das war jetzt sehr unsensibel, aber es sind, glaube ich, wirklich wertvolle Zeitzeugnisse, und in diesem ganzen Eifer der bürgerlichen Medien, das alles auszuradieren und ungeschehen zu machen …«

Sie legt ihm tatsächlich kurz die Hand auf den Arm, in der allgemeinen Enge, und sagt: »Nein, hör mal, ich bin ganz deiner Meinung. Ich müsste einfach mal nachsehen, ja? Es geht nur nicht wie der Blitz. Hast du eine E-Mail-Adresse, die …«

Er hat sogar eine Karte. Sie nimmt sie, und er ist erfreut darüber, dass sie verspricht, sich zu melden. Dann entschuldigt sie sich wegen Müdigkeit. Er zeigt aufrichtig Verständnis, sie nickt noch einmal Petra zu, die sie anstrahlt. Dann ist Vera draußen, im kühlen und dunklen Treppenhaus.

Sie atmet durch und denkt: Das lief doch schon ganz ordentlich, diese erste Rückkehr unter Menschen nach – ja, eben nicht nur nach dem Trauerfall (reimt sich auf Mauerfall, denkt sie zerstreut), sondern, Petra hat schon recht, nach jahrelangem Verschwundensein aus der Welt überhaupt. Vera schließt die Augen, lehnt sich rückwärts an die kühle Holzvertäfelung, atmet ein. Atmet aus. Atmet ein. Ein Buch also. Über die DDR, über sozialistische Ökonomie, wahrscheinlich auch – das Thema hat ihn nicht mehr losgelassen – über Verrat, Betrug, Kleinmut, Fehler der Partei.

Mein Erbe, denkt Vera, und: Ich kann das Geld und die Wohnung nur annehmen, wenn ich mich auch um dieses Buch kümmere, was immer dran ist, in wie unbehauener und undurchschaubarer Form es auch vorliegen mag.

Der gefasste Entschluss gibt ihr Kraft. Mit mehr Energie als seit Monaten geht sie, fast ein wenig beschwingt, die Treppe runter – und ist nicht einmal überrascht, als sie den rechten der beiden Männer, die dort in der offenen, schweren, doppelten Flügeltür stehen und rauchen, als den schönen Fremden im weißen Hemd und der roten Wildlederjacke erkennt. Als sie die Treppe herunterkommt, schaut er sie an, als sei er ähnlich erfreut wie sie über diese zweite Begegnung.

»Hallo!«, sagt er, und sie erwidert: »Hey. Entschuldung, wie war …«

»Frigyes. Frigyes Makkai. Vera, richtig?«

»Ja. Vera Ulitz.«

Er fragt: »Auch zum Rauchen raus?«

Sie denkt: Er war also oben, und ich habe ihn nicht gesehen, kurios. Dann trifft sie die zweite Entscheidung heute, eine kleinere, aber nicht unwichtige: »Ja, bloß, ich hab keine Kippen.«

»Kein Problem«, sagt der Mann und reicht ihr die Schachtel Gauloises. Der andere Mann, in blauem Trainingsanzug von Puma, mit kurzem, ja auffallend kurzem Haar, hat das nötige Feuerzeug. Er schaut sie mit einer Mischung aus Neugier und ernster Zurückhaltung an, sie denkt, was hat er denn, und Frigyes lacht, dann fragt er den andern: »Was denn? Hast du Angst vor ihr?«

»Sie hat einen harten rechten Haken, das is mal klar«, scherzt der Mann düster, aber nicht unfreundlich. Vera versteht, wen sie vor sich hat: »Fadi? Du bist der Bruder von …«

»Von Azar, ja. Und du …«, setzt Fadi an, während sie den ersten, eindeutig euphorisierenden Zug an der Zigarette riskiert. Aber es ist Frigyes, der den Satz beendet: »Du hast ihm vorhin ordentlich eine gebrezelt, als er versucht hat, die Frau mit dem Baby aus der Kampfzone zu holen.«

»Na ja, du hast der Frau wehgetan«, sagt Vera zu Fadi. Es ist keine Verteidigung, nur eine nüchterne Feststellung.

Fadi guckt kurz zu Boden, dann richtet er sich auf: »Ja, ich war zu grob. Das war überhaupt eine große Scheiße, das Ganze.«

Frigyes klopft ihm brüderlich auf die Schulter: »Jetzt gräm dich mal nicht tot. Es hätte alles viel schlimmer kommen können.«

»Lustig, das habe ich zu Petra auch gerade gesagt«, verrät Vera. Fadi schaut sie mit einer schmeichelhaften Mischung aus Neugier und Respekt an und pflichtet ihr bei: »Das kannste aber singen. Ich dachte, das gibt Tote.«

Eine kleine Weile schweigen die drei zusammen, dann sagt Fadi so, wie man »packen wir's an« sagt: »Also, ich geh dann mal hoch, mich von Azar anscheißen lassen.«

Diesmal ohne Schulterklopfen, aber kameradschaftlich, sagt Frigyes: »Nimm's nicht so schwer. Hast du gut gemacht, heute.«

»Von mir aus«, grummelt der Abgekämpfte gutmütig und verschwindet im Aufgang.

Vera und Frigyes stehen ein, zwei Minuten stillvergnügt und schweigend beieinander. Es ist, als müssten sie nichts sagen, um trotzdem eine Art Konversation miteinander zu pflegen. Dann sagt er: »Vera Ulitz. Dein Vater war ein Wirtschaftsmann in der DDR, oder? Und Forscher. Steven hat so was erzählt, weil ich … ich hab dich mal auf einer Party gesehen, vor ein paar Jahren, mit … Gerd Heinen, oder? Dem Philosophen? Eine Wahlparty von der Linken war das, und ihr habt da so irre getanzt … vor allem du … Da hab ich gefragt, wer ist das denn? Und Steven hat gesagt, das ist die Vera, die stammt aus dem Geistesadel der Deutschen Demokratischen Republik.«

Vera erinnert sich an die Party, an den Suff und daran, dass sie sich leider an viel weniger erinnert, als an jenem Abend passiert sein muss. Sie war mit den Frankfurter Zirkel- und Parteileuten dagewesen, Gerd hatte eben erst die Fühler nach Berlin ausgestreckt. Wilde Zeit, aber schon auf dem Scheitelkamm ihrer politischen, nun ja, Arbeit. Danach ging es bergab mit ihr. Eins jedoch ist wahr – sie lächelt in sich hinein bei dem Gedanken –: Die konnte schon tanzen, die Kommissarin. Sie schämt sich nicht für das wilde Wesen, das sie war, und sagt daher nur: »Ja.«

»Und dein Vater … war er ein Honecker-Anhänger? Ich meine, war er gut angeschrieben bei der Regierung, oder warst du ein Dissidentenkind?«

Der Herr ist ja sehr neugierig, denkt Vera, und fühlt sich dabei wohl, sagt also: »Er war lange kein Honecker-Anhänger, eher Ulbricht-Verehrer, und hat den Honecker erst liebgewonnen … nein, das stimmt so nicht … man muss es anders sagen: Er hat hohe Achtung vor Honecker gehabt, bekommen … entdeckt, als sie den von Moskau aus an die BRD ausgeliefert haben, mit diesem bestellten kriminellen Gutachten, von wegen, er sei gesund und transport- und verhandlungsfähig, und dann haben sie ihn hier eingesperrt, völkerrechtswidrig, und er hat sich vor Gericht geäußert als der alte Antifaschist und Sozialist, der er eben doch war. Das hat meinem Vater imponiert. Dieser Auftritt vor Gericht.«

»Komisch …«, fängt Frigyes an, nachdenklich und behutsam, und als er sieht, dass sich bei diesem Wort eine senkrechte Missbilligungsfalte zwischen Veras Augenbrauen zeigt, sagt er: »Nein, Moment, ich finde es nicht komisch, dass dein Vater beeindruckt war oder dass Honecker sich nicht hat unterkriegen lassen trotz …«

»Krebs.«

»Ja, es ist nur komisch, weil es eine Verbindung ist, an die ich gar nicht dachte bis jetzt, zwischen dir und mir – dass der Staatschef von deinem Vater und ein Onkel von mir mal eine Weile zusammen im Gefängnis waren. Sogar in derselben Zelle.«

Vera glaubt, sich verhört zu haben: »Wie, Honecker hat … du meinst seine erste Haft, hier in Berlin, unter Hitler, als …«

»Nein, nein, diese Sache da, 1992, als er von Moskau kam, Honecker. Da haben sie ihn …«

»Er war in Moabit. Im Zuchthaus in Moabit, ganz in der Nähe der Wohnung, in der mein Vater … mein Vater hat damals noch nicht da gewohnt, aber später hat er mich mal zu dem Knast geführt, 2000, da war ich gerade in der wildesten Trotzpubertät, da hat er gesagt, hier, schau, da haben sie ihn eingesperrt, zweimal, einmal die Nazis und einmal die Kohl-Imperialisten. Und da soll …«

»Ja, da, am Anfang, da war er …«

»Aber Honecker, der muss doch in Einzelhaft, ich meine …«

»Ja, du musst es ja nicht glauben.«

Es klingt nicht beleidigt, eher verspielt, und Vera hakt nach: »Nein, ich hab nur noch nie … ein Onkel, sagst du?«

»Ja. Wir sind eine große Familie. Sinti. Mein Zweig der Familie ist aus Ungarn.«

Fast sagt Vera: Ach so, daher der ungewöhnliche Name, aber dann erkennt sie, dass das ein Fauxpas wäre, und sagt stattdessen: »Hat er viel erzählt, dein Onkel? Von Honecker?«

»Meinem Vater ja. Mir nicht. Weißt du was, ich frag ihn das mal. Es ist ja doch sehr interessant, nicht? So was. Echte Geschichte. Na ja, du hast sie ja in der Familie. Ich hab gehört, dein Vater ist neulich gestorben. Tut mir leid.«

Es ist eine Überleitung vom Politischen zum Persönlichen, ganz ungezwungen, und die Stimme dazu spricht samten, maskulin, so anziehend wie der ganze Mann. Vera sagt: »Ja, ich bin noch gar nicht … ich arbeite dran. An der Trauer, am Erbe, an allem.« Er nickt nicht, aber seine tiefen dunklen Augen sagen, dass er gehört hat, was sie nicht gesagt hat, und ihr seine Teilnahme nicht aufdrängen wird.

Dann fällt ihm ein: »Das mit meinem Onkel … das kannst du sogar nachlesen, glaube ich. Das hat man bei uns in der Familie ein bisschen stolz … also, es gibt da so Briefe oder Aufzeichnungen von Honecker aus dem Gefängnis. Das hat er für seine Frau gemacht, für Margot Honecker, und da erwähnt er den Mithäftling.«

»Ah ja«, sagt sie, ein bisschen lahm, denn jetzt erreicht das Gespräch einen Punkt, an dem sie nicht genau weiß, wie es weitergehen soll. So benutzt sie einen albernen Ausdruck, den sie noch nie in den Mund genommen hat, der aber aus Gerds Locker-und-modisch-Vokabelbestand stammt, mit dem ihr ehemaliger Verlobter soziale Klippen umschifft: »Ist hiermit ein Bookmark dran. Ich lese das mal nach, bei Erich Honecker.«

Frigyes lächelt so, dass sie für einen Moment seine ebenmäßigen Zähne sieht. Dann steht plötzlich, von oben aus dem Treppenhaus gefallen, Nadines Begleiter Florian zwischen ihnen und spricht den schönen Mann an: »Frigyes, kannste mal hochkommen? Nadine will was wissen, wegen dieser Fernsehgeschichte.«

Frigyes lässt seine fast ganz weggerauchte Zigarette auf den Boden fallen, tritt darauf und fragt: »Welche Fernsehgeschichte?«

»Dieses Ding, was dieser Redakteur da will, wegen dem Theaterzeug am HAU da, wo diese Frau da, deine …«

»Du meinst Mara.«

»Ja, Mara. Sie hat die Nummer von der nicht, und …«

»Ja, ist okay, komme gleich. Kommst du auch noch mal mit hoch?« Frigyes schaut Vera direkt an, sein Blick ist unlesbar: Einladung? Floskel? Herausforderung?

Jetzt gilt's, denkt Vera – und sagt: »Du, ich war am Gehen, bin müde …«

»Nee, kein Ding«, sagt er. Täuscht sie sich, oder ist das ein Zwinkern?

»Man sieht sich«, sagt der schöne Mann, und sie erwidert: »Genau.«

Dann geht sie sofort los, als wüsste sie, wohin sie will. Dreißig Schritte später würde sie am liebsten umkehren oder sich wenigstens selbst mit voller Kraft in den Hintern treten: »Bin müde«, was soll denn das sein? Er hat sie praktisch angeflirtet, und wie reagiert sie auf diese sehr willkommenen Signale? Armselig – so schilt sie sich, und dann beginnt das vertraute Hin und Her, das ihr soziales Leben seit ein paar Jahren, seit sie den Anschluss an Gerds umtriebiges Erschließen immer neuer Freundeskreise verpasst hat, lähmt und zusammenschnurren lässt: Was hätte sie tun sollen, wirklich mit hochgehen? Wie hätte Petra das erlebt? Wie wäre das Mike von der Zeitung vorgekommen? War es nicht gerade die große Errungenschaft dieses Nachmittags, dass Vera den gastlichen Ort in dem Gefühl verlassen hat, man hätte sie gern dabehalten?

Ein winziger Triumph, aber eben doch einer: Sowohl Petra wie dieser Mike haben sie eben nicht behandelt wie Gerd immer, als leicht beschwerliche Selbstverständlichkeit, wie ein Mauerblümchen, das man trösten und einbinden und bemuttern und erziehen muss, sondern als wichtige Person, von der man weiß, sie ist nicht immer und nie lange da, und man muss ihr sagen, dass man sie schätzt, dass man hofft, sie werde das, was sie ist, weiß und kann einmal wieder in den Dienst der großen Sache stellen, der Abschaffung des falschen Lebens.

Na, denkt Vera, schöner Scheiß, so kann ich mir das aufhübschen, aber andererseits, wie bescheuert bin ich denn, erst stundenlang Ausschau halten nach dem Typen, und dann finde ich ihn, und er wirkt interessiert, und ich renne weg – wohin übrigens?

Sie hat einen Taxistand erreicht. Der Fahrer des vordersten von drei Wagen schaut sie an, als wüsste er genau, dass sie gerade eine echte Chance vermasselt hat, und als wollte er sagen: Bevor du bei mir auch so eine unentschlossene Nummer ablieferst, überleg dir genau, ob du einsteigen willst oder nicht und wohin ich dich fahren soll. Für flirtgehemmte Autistinnen mit mathematischer Meise habe ich nämlich keine Zeit.

Vera nimmt ihre Courage zusammen und fragt deutlich: »Sind Sie frei?«

»Bin ich«, sagt er, der fast nur aus blondem Bart besteht, steigt mit ihr ein und schaut sie fragend an, so dass sie keine Wahl hat, als sich mit der Nennung des Fahrziels selbst zu verblüffen: »Hauptbahnhof.«

Während der Fahrt ruft sie in der Back Lounge an. Saskia nimmt ab. »Hey, Vera. Wie geht's dir?«

»Besser. Bin morgen wieder da«, und noch ein paar Phrasen, dann trennt Saskia die Verbindung, weil »so Hölle viel los ist«.

Vera, die sich nicht mit dem Fahrer unterhalten will, der ab und zu im Rückspiegel nach ihr sieht, ruft als nächstes Manuel an, der aber nicht abnimmt. Sie wartet seine Mailboxansage ab und spricht dann auf den Speicher: »Hallo, hier ist der einzige Mensch auf der Welt, dem es nicht egal ist, ob du dich totfrisst. Ich wollte dir nur sagen, dass ich in Berlin bin und dass ich dich wirklich hätte mitnehmen sollen. Weil ... jetzt haben wir den Dreck, jetzt habe ich mich verliebt. Mehr morgen. Anrufen ist zwecklos, ich schalte jetzt alles ab und fahre weinend nach Frankfurt zurück, Danke, passt.«

Sie gibt ein übertriebenes Trinkgeld und weiß, dass sie bald wieder hier sein wird, und sei es nur, weil sie ihre Reisesachen nicht in der Spukwohnung liegen lassen will.

Natürlich schaltet sie dann schon in Wolfsburg ihr Handy doch wieder an und ruft Manuel zurück, der inzwischen neunmal durchgeklingelt hat, ohne ihr auch nur ein Wort zu SMSen oder gar auf die Mailbox zu sprechen. Er will den ganzen Mist tatsächlich hören, und da sie im Großraumabteil fast alleine sitzt – nur ein schnarchender Geschäftsreisender, ein Teenagerpärchen und zwei alte Frauen leisten ihr Gesellschaft, abgesehen von der aktuellen Ausgabe der Zeitung »junge Welt«, die sie noch am Berliner Hauptbahnhof gekauft hat –, kann sie die Geschichte ausschmücken bis in die winzigsten Details: das weiße Hemd, das schiefe Grinsen beim armen Fadi. Nicht einmal die Verbindung oder der Akkuzustand lassen sie im Stich. Nach anderthalb Stunden sagt Manuel: »Das klingt total neurotisch, ich freu mich sehr für dich.«

Genau diesen Tonfall hat sie gebraucht. Vera ist erleichtert, sie hält mühelos das Niveau: »Ich will, dass wir morgen Abend saufen gehen. Ich will, dass wir das feiern. Und dann will ich, dass du mir das wieder ausredest.«

»Na, da hab ich ja wieder den schönsten Job«, sagt Manuel, und dann folgt etwas Unerwartetes: »Hör mal, Vera, ich bin fix und alle. Es war heute … na, es war schlimm, wir haben neuen Ramsch reingekriegt und es gibt jetzt immer diese Ansprachen vor Arbeitsbeginn, dass und wie wir das alles verkaufen sollen, wo ich nicht mal weiß, ist das betriebsangeordneter Unsinn oder so eine Eigenmächtigkeit von diesem Würstchen, das mein Chef ist, also … ich muss mal schlafen, okay?«

Vera nimmt ihn ernst: »Muss ich mir irgendwelche Sorgen machen?«

»Nö. Nur: schlafen. Morgen: Nudeln, Saufen, Feiern, dir alles ausreden.«

Vera bedankt sich.

Zwei:
Nachrichten sind Herausforderungen

Am nächsten Abend gehen Vera und Manuel italienisch essen. Er ist nach der Ruhe, die er sich verordnet hat, wieder bestens gelaunt, verdrückt ganze Eimer voll Nudeln, führt sie danach zu einer neuen Bar unweit der Hauptwache, schafft es nicht, ihr den geheimnisvollen Mann auszureden, von dem sie derzeit nicht weiß, ob und wie sie ihn jemals wiedersehen wird, versucht es aber auch nicht ernsthaft, sondern füllt sie kunstvoll ab und setzt sich schließlich mit ihr in die Straßenbahn.

Manuel passt auf sie auf, während sie im Abteil mal schläft, mal milde deliriert, bringt sie nach Hause, schließt ihr die Haustür auf, geht mit ihr die Treppe hoch und bringt sie ins Schlafzimmer. »Aussieehh… auszieheeen willichmi… will ich mich … selps!«, erklärt sie. Er winkt ab und geht nach Hause.

Unterwegs fragt er sich, wieso er nüchtern ist, wo er doch fast genauso viel gebechert hat wie die Verliebte.

Das muss dann wohl, überlegt Manuel, die Liebe selbst sein, wovon sie so berauscht ist.

Vera leidet am nächsten Tag mit heiliger Duldsamkeit unter ihrem enormen Kater, fühlt sich aber schon zwei Tage später wieder blendend.

Gegen dreizehn Uhr holt sie vor Beginn ihrer Nachmittagsschicht in der stramm traditionslinken »Internationalen Buchhandlung« den bestellten Band mit Erich Honeckers letzten Aufzeichnungen ab und findet unterwegs zur Arbeit schon auf Seite 11 mehr und Besseres, als sie zu hoffen gewagt hat – unter der Überschrift »29. Juli 1992« steht: »Um meine Bilder muss ich kämpfen. Zwei Fotos von den Enkeln hat man mir abgenommen. Bin mit einem Sinto in der Zelle. Wir verstehen uns gut.«

Sie liest und blättert. Drei Seiten weiter, unter »30. Juli«, wird sie erneut fündig: »Nach dem Frühstück – mein Sinto versorgt mich wie einen guten Freund –, kommt das Geburtstagskind (70 Jahre) Dr. Friedrich Wolff.«

Es ist absurd, denkt sie, wie sehr sie diese Sätze freuen.

Sie drückt das Buch an sich wie einen Schatz, dann betritt sie die irreale Welt des Broterwerbs, geschützt vor Ogüns Reizbarkeit und Saskias Geschwätzigkeit durch ein Geheimnis, eine Verbindung, eine Ahnung, der sie noch keinen Namen geben will, so kostbar ist das alles.

Saskia wünscht sich, kaum hat die Schicht begonnen, von Vera etwas zunächst völlig Unverständliches: »Kann ich von dir Arbeit haben?«

»Ähm?« Vera ist sich nicht mehr sicher, ob sie dieselbe Sprache spricht wie die Kollegin. Diese erläutert: »Ich will Schichten haben von dir. Ich will, dass du deinen Urlaub schon … halt schon früher nimmst, wenn du noch so viel hast. Du sagst doch immer, du hast noch so viel Urlaub.«

Vera sagt das wirklich oft, weil es wahr ist, aber auch, weil sie damit ein bisschen darüber jammern will, wie wenig Anlass zum Wegfahren sie hat, wie arm ihr Privatleben ist.

»Worauf willst du raus?«, erkundigt sie sich, als wäre das Ersuchen eine Falle. Saskia verdreht die Augen, packt die verschmutzten Plastikunterlagen zusammen, die sie eben an den Tischen vorn am Fenster eingesammelt hat, und sagt, mit Blick zunächst auf den so entstandenen kleinen Stapel und dann wieder auf Veras Gesicht: »Hör mal, ich kann das jetzt nicht stundenlang erklären, aber ich brauche einfach relativ schnell mehr Geld, ja? Ich will einspringen für dich, und außer der Reihe, damit … verstehst du?«

Vera versteht es und nimmt es sofort als Chance – sie kann ja nach Berlin, die Wohnungsgeschichte endlich ins Rollen bringen, und sich vielleicht nach einem gewissen Sinto erkundigen, ihn suchen und finden, über Petra, womöglich in Erfahrung bringen, ob er Single ist – »Gut, ist nächste Woche zu spät? Zu früh?«

»Nee, das ist ideal«, sagt Saskia erleichtert, und dann dreht sie sich weg, will nach hinten aufbrechen, wo sie die Tabletts saubermachen muss, überlegt es sich aber anders, wendet sich Vera erneut zu und sagt: »Es ist nur, weil ich krank bin und keiner glaubt's.«

Vera stutzt: »Öh, krank und …«

Sie legt die Greifschere weg, mit der sie die Hörnchen zurechtschieben wollte, sieht Saskia mit ungeteilter Aufmerksamkeit an und sagt: »Du willst mehr arbeiten, weil du krank bist?«

Saskia guckt gepeinigt, als sie sich erklärt: »Mit den Beinen. Ich hab so was mit den Beinen, es tut mal weh, und mal spüre ich sie abends kaum, im Bett, das ist total gruselig und …«

»Taubheit«, sagt Vera.

Saskia nickt kräftig: »Ja, so sagen sie. Die Ärzte. Aber ich war … es ist so, ich war doch vorletzte Woche in der Uniklinik, nachdem wir vorher schon alle diese Tests bei der normalen Ärztin gemacht haben …«

Veras Mimik sagt der jüngeren Frau: Ja, ich erinnere mich, du warst im Krankenhaus, aber als du damals gesagt hast, es ginge um Tests, und als danach nichts mehr kam, dachte ich, vielleicht war es blinder Alarm. Mein Fehler.

Saskia fährt fort: »Und da haben sie mir die Nadel hinten reingestochen, so eine mordslange Nadel ...«

»Liquor-Punktion«, stellt Vera fest.

Saskia übergeht das: »Jedenfalls, die Sache war dann auch nix. Die finden's nicht. Und da hat meine Versicherung ... also ich mache jetzt Schatzu und ...«

Vera sagt »Shiatsu« und kommt sich im selben Moment ziemlich schwachsinnig vor, weil sie die Frau berichtigt, als gäbe es einen relevanten Wissensunterschied zwischen zwei Verkäuferinnen – als wäre die eine, weil sie eine Abiturprüfung bestanden, ein Studium angefangen und dann abgebrochen hat, irgendwie berechtigt, die andere zu belehren.

Saskia merkt es gar nicht, sondern sagt: »Naja, und das hilft ein bisschen, aber ich will noch weitere Untersuchungen machen lassen, und das kostet Geld.«

»Aber du bist doch krankenversichert?«

»Seit der Unikliniksache sagen die von der Kasse: Dann ist es ja jetzt geklärt, dann habe ich nix, dann ist es eben die Lebensweise.«

Das klingt für Vera einerseits unfassbar und andererseits absolut authentisch – ja, so reden die, denkt sie, und sagt: »Schweinerei. Du zahlst das jetzt also alles selber?«

»Muss ja wohl. Also, kann ich dann nächste Woche ...«

»Ja, ja, klar, auf jeden Fall«, winkt Vera ab, und setzt an: »Aber sag mal, das würde ich mir nicht bieten lassen, wenn die einfach sagen, du bist gesund, während ...«

»Ist halt so.« Saskia hat keine Lust, das im Einzelnen zu analysieren, aber Vera versucht es trotzdem: »Hör mal, du musst das nicht schlucken. Die sind doch für so was da, diese Kasse ist doch ...«

»Naja, aber es wird halt dann auch alles zu teuer irgendwann, nicht?«, gibt sich Saskia abgeklärt und sieht jetzt auch ungeduldig aus. Vera fasst nach: »Nein, hör mal, das ist diese Lügerei, von wegen, ein ordentliches Gesundheitssystem ist eben nicht bezahlbar. Die Wahrheit ist doch, diese ganzen Verschlechterungen der Versorgung seit zwanzig Jahren, das machen die einfach, weil das Geld nicht mehr in Gesundheit und Bildung und andere Sachen für Nichtreiche wie dich und mich gehen soll, weil die Reichen das durchsetzen können – Kostenexplosion im Gesundheitswesen hieß es in den Neunzigern überall, über unsere Verhältnisse hätten wir angeblich gelebt in dieser Bundesrepublik, und es war eiskalt gelogen, denn relativ zum Bruttosozialprodukt hat sich nichts Nennenswertes verändert, es war nicht teurer als in der seligen Sozialstaatszeit, sie haben einfach die absoluten Zahlen genommen und alle damit eingeschüchtert, weil sie das als überflüssige Ausgaben sehen, aber das war Inflation und … Also, dann könnte man auch sagen, Kostenexplosion im Klopapierwesen, da sagt das niemand. Das war alles einfach die Reaktion darauf, dass man jetzt die Samthandschuhe ausziehen konnte, sie haben ja schon 1992 auch in der Industrie hier … die Metallunternehmer haben einfach das Stufenabkommen mit den Gewerkschaften außerordentlich gekündigt, glatter Rechtsbruch, und seitdem gibt es nichts als Zerstörung des Tarifrechts überall, Sozialkürzungen, Zerstörungen …«

»Du, ja, das ist Scheiße. Ich muss mal nach hinten, nicht?«

Vera sieht, wie gelangweilt und gequält Saskia sie anschaut, und nickt nur, und ärgert sich, als die andere Frau weg ist: Warum predige ich hier rum? Ist doch völlig zwecklos! Warum erzähle ich von 1992? Weil 1992 das Jahr war, in dem Honecker in den Knast musste und die deutsche Arbeiterklasse vom Tarifrecht bis zum Sozialwesen auch gleich lernen durfte, was das für sie bedeutet, wenn Honecker nicht mehr im ZK sitzt, sondern in einer Strafanstalt in Moabit. Es ist lange her, und was inzwischen daraus wurde, findet sich vollständig ausgedrückt in zwei Wendungen, die Saskia eben gebraucht hat: »Muss ja wohl« und »Ist halt so«.

Wer sich daraus ein Gewissen macht oder sich darüber aufregt, endet wie mein Vater, denkt Vera. Dann fällt ihr ein: Das Schlimmste an dieser Sache hier ist nicht Saskias elender

Gehorsam, diese grausige »Flexibilität«, sondern dass Leute wie ich Eltern haben, die auch schon gescheitert sind beim Versuch, das zu ändern – dass das schon ein Fluch mehrerer Generationen ist, und dass wir vielleicht noch mehrere Generationen vor uns haben, bevor sich wieder eine Chance bietet.

Auf dem Heimweg denkt Vera dann, dass Saskia auf eine scheußliche Art sogar recht hat, wenn sie Veras Analysekrümel nicht haben will. Denn was bringen die ihr? Vera könnte genauso gut eine lange Geschichte von den blauen und grünen Dämonen erzählen, die hinter allem stecken, anstatt von Gesamtmetall und dem Gangster Seehofer und dem durch das Ende des Sozialismus gekippten Kräfteverhältnis zwischen Besitzenden und Nichtbesitzenden. Das sind für eine Frau wie Saskia ungreifbare Realitäten, es gibt keinen Hebel, also ist es irrelevant.

Vera schnauft, ärgert sich: Nein, die Wahrheit kann nicht irrelevant sein, auch die abstrakte nicht! Wir sind doch Menschen, keine Hasen, die immer nur den nächsten Flecken Gras suchen können und damit leben müssen, wenn die Menschen ihn weggemäht haben. Sie ruft Manuel an: »Gehst du gleich nach Hause jetzt, nach deinem Quatsch, oder hast du was vor?«

»Hab nix vor. Oder soll ich was vorhaben?«

»Ich könnte vorbeikommen.«

»Okay, bring was von Joey's mit. Eine große Pizza mit Peperoni für mich. Und Eis.«

»Eine bestimmte Sorte?«

»Irgendwas. Hauptsache: Ben & Jerry's. Vielleicht dieses eine mit so Keksen oder Karamell oder … Überrasch mich.«

Sie schnalzt mit der Zunge, das soll zum Ausdruck bringen, dass sie seine Lebensstilentscheidungen in Zweifel zieht. Dann sagt sie: »Du bist wie ein Fünfzehnjähriger, der die ältere Schwester Schnaps kaufen schickt. Nur dass die Kalorienmonster, die du mich holen lässt, legal sind für dein Alter, obwohl sie bei deinem Gewicht verboten sein sollten.«

»Wenn du mir das Zeugs an der Tür nicht vorzeigst, lass ich dich nicht rein, dann kannst du mich weder volllabern, noch dich ausheulen, noch mir den ganzen Salice Salentino weggluckern, wenn wir schon von Alkoholismus reden.«

»Du hast Salice?«

»Drei Flaschen. Von 2008.«

»Okay. Peperoni, Ben & Jerry's.«

Als Vera Manuels Bestellungen, ergänzt um eine Pizza Margherita für sie selbst, um Viertel nach sieben zu ihm bringt, trifft sie den massigen Mann in fahriger und übler Laune.

Sie kommt in die Küche und stellt dort die Kartons und Becher ab. Er hält ihr einen Brief hin: »Schau dir den Scheiß an. Wir haben ja drüber geredet, aber das hier … Ich meine, ich bin jetzt nicht komplett pleite, wenn ich das bleche, aber es widerspricht doch meinem Gerechtigkeitsempfinden. Das geht nicht, was bezahlen, was man gar nicht benutzt.«

Es ist ein amtliches Schreiben, auf dem das für Manuel zuständige Finanzamt ihm mitteilt, er habe 195,45 Euro zu entrichten – für Leistungen einerseits, andererseits als Gebühr dafür, dass er diese Leistungen auf »Mahnung(en)« hin nicht schon früher bezahlt hat.

Vor lauter »Ersuchende Stelle« und »Geschäftszeichen« und »das Finanzamt hat mich deshalb beauftragt, die Rückstände einzuziehen« versteht Vera zunächst gar nicht, worum es geht: »Was hast du nicht bezahlt? Sind das Steuern oder … wie?«

»Fantasy-Steuern, ja. Ausgedachte Schikane.«

»Was?«

»Fernsehen und Radio.«

»Okay, aber um unsere bisherigen Gespräche zu diesem Thema zusammenzufassen: Du hast gar kein Fernsehen und Radio. Du hast einen Riesenflachbildschirm und einen DVD-Player, mit Angestelltenrabatt gekauft.«

»Zahlst du denn was? Diese Rundfunkscheiße?«

»Klar. Ich hab ein Kofferradio auf dem Kühlschrank.«

»Aber mit der Glotze hältst du es genauso wie ich.«

»Exakt. Fernsehapparat, aber kein Anschluss. DVD, früher VHS. Bei meinem Vater ist es sogar noch so: VHS. War ja gerade in der Wohnung. Aber du …«

»Mir hat diese GEZ, also … als das noch GEZ hieß, haben Sie mir schon immer diese Rechnungen und Mahnungen geschickt, weil ich halt hier gemeldet bin. Da ist der Datenschutz gar nichts, da kriegt jede Wohneinheit so ein Anschreiben, Volksempfängerpflicht.«

Sie setzt sich, nimmt das Besteck entgegen, klappt den Karton auf und fängt an, ihre bereits zerteilte Pizza in weitere, kleinere, mundgerechte Stücke zu zerlegen, dann isst sie, betrachtet und liest dabei aber den Brief vom Amt, während Manuel die Weingläser holt, sie hinstellt und dann die erste Flasche entkorkt. Sie wundert sich ziemlich: »Also da steht, wenn du die Durchführung von Vollstreckungsmaßnahmen vermeiden willst, ist es erforderlich, dass der Gesamtbeitrag sofort an das Finanzamt entrichtet wird. Und dann steht ein … das ist ein Ultimatum, in einer Woche, und falls nichts passiert, hier, das ist der völlige Irrsinn: dann wird er dich am Mittwoch zwischen 11 und 18 Uhr aufsuchen. Aufsuchen, du liebe Güte. Und dann musst du den geschuldeten Betrag nebst zusätzlich 20,– Euro Kosten der Vollstreckung bereithalten, sonst kommt …«

»Ja, Pfändung.« Er lacht grimmig und trocken.

»Ja, tatsächlich«, sagt sie, »Pfändung von Sachen, hier: ›unter Umständen auch von PKW unter Verwendung einer Parkkralle‹. Einer Parkkralle! Die sind bekloppt.«

Er wirft den Korken in den offenen Müllsack an der Geschirrspülmaschine und sagt: »Das heißt, ich habe mein Eigentum verwirkt, wenn ich nicht dafür bezahle, dass sie mir erzählen, in ihren Medien …«

Vera erinnert sich an heute Mittag: »… welche Sozialkürzungen jetzt wieder dringend nötig sind, weil du und ich über unsere Verhältnisse gelebt haben, und welche Kriege mit dem so eingesparten Geld dann wieder bezahlt werden können und müssen, und welche …«

»Ja, so ist das. Von wegen Eigentum: Ich habe kein Auto, ich habe keine Wohnung. Jedenfalls nicht, wenn sie beschließen, dass die darauf jederzeit Zugriff haben, falls ich ihre Propaganda nicht finanziere. Und ich hab mich … also, bevor du was sagst und mich zu zivilem Ungehorsam aufforderst und deiner ganzen anderen Kommunistenscheiße wieder – ich habe mich heute den ganzen Tag erkundigt, im Netz und telefonisch, weil der Schrieb da heute morgen in meinem Briefkasten lag, den müssen sie abends oder nachts eingeworfen haben, da gibt es irgendwelche Zustellungssklaven außerhalb des normalen Postbetriebs offenbar, jedenfalls … Ich gebe es zu, ich habe in meiner wertvollen SATURN-Arbeitszeit versucht, rauszukriegen, ob ich mich gegen diese unverschämten Drohungen, gegen diesen Irrsinn von Erpressung irgendwie wehren kann.«

»Und … kannst du nicht?«

»Kann ich nicht.«

Er schenkt ihr Wein ein, dann schenkt er sich auch welchen ein. Danach klappt er seinen Pizzakarton auf und rupft mit bloßen Händen eine lange und riesige Ecke aus dem immer noch warmen Essen, die er sofort zu verspeisen beginnt.

»Es ist nämlich so, dass das schon versucht wurde«, erklärt er beim Kauen, »ummmb… und man hat das abgebügelt, man hat den Leuten mitgeteilt, das wäre eben so eine Summenbildung, da könne man nicht jeden Einzelfall prüfen, das wäre verwaltungstechnisch schwierig, und wenn man davon ausgeht, dass die Mehrheit eben doch das Angebot nutzt, und da ja jemand wie ich auch noch einen Laptop hat, wo ich zumindest potenziell …«

»Also noch mal, dein Eigentum ist einfach aufgehoben – so wie sie es den Kommunisten vorwerfen, von wegen, da wird alles verstaatlicht, und in Wirklichkeit … das steht ja sogar schon irgendwo bei Marx, dass es eben der Kapitalismus ist, der für die große Mehrheit der Leute das Eigentum, das ihm angeblich so heilig ist, schon aufhebt.«

»Echt? Bei deinem Marx? Wo denn?« Er meint es nicht neckisch, er will es wirklich wissen. Da sinkt sie verdutzt auf ihrem Stuhl zurück, schaut ihn mit großen Augen an und sagt: »Weißt du was? Ich hab's vergessen. Im ›Bürgerkrieg in Frankreich‹, glaube ich, aber ich bin mir nicht sicher, und es könnte sogar stattdessen bei Lenin sein. Ich habe die Bücher nicht mehr. Vor fünf, sechs Jahren sind die auf den Flohmarkt gewandert. Und mein Vater … er hat Sammelbände und so was in seinen Regalen, aber die MEW zum Beispiel habe ich bei ihm auch nicht gesehen.«

»ME… was?«

»Marx-Engels-Werke. Blaue Bände. Haben alle, die auf Marx bauen.«

»Und dein Vater nicht?«

»Vielleicht im Keller«, sagt sie.

Er nimmt einen großen Schluck Wein direkt aus der Flasche, bevor er sagt: »Was sind das für Zeiten, wo die Marxisten nicht mehr wissen, wann und wo der Meister die Scheiße schon beschrieben hat, in der wir jetzt alle stecken?«

Man redet sich unter Dampf in zischende Tonlagen.

Es kommt nichts dabei heraus als ein Abend, bei dem man vergleichen kann, was man für Horrorgeschichten aus dem Sozialen zu erzählen hat, von Veras Kollegin, die mehr arbeiten will, um sich ärztlichen Beistand kaufen zu können, bis zu Manuels ehemaligem besten Freund aus der Kindheit, der Ortlieb heißt und Sohn des Gärtners war, der bei Manuels Eltern die großzügigen Bad Homburger Grundstücksbepflanzungen in Schuss hielt. Ortlieb ist gelernter Schlosser, der sich vor einem Jahr vom Arbeitslosengeld II in die lichten Höhen einer staatlich bezuschussten Maßnahmenarbeit als Hilfshausmeister an irgendeiner Schule im Taunus hochgearbeitet hat, wo man ihn aber nach Ablauf dieser Maßnahme jetzt nicht in ein ordentliches Beschäftigungsverhältnis zu übernehmen willens oder fähig ist, weshalb er von seinen Schulmüllbergen gerade wieder in den Graben ALG II zurückpurzelt und von dort aus kräftig »Kurs nimmt auf Hartz V oder VI oder was immer in Berlin gerade für seinesgleichen gekocht wird«, so Manuel.

Als das Thema mehr nicht hergibt, schaut man sich eine legale, allerdings im Laden »ausgeborgte« DVD von »Spider-Man 2: Rise of Electro« an, denn, erklärt Manuel: »Ich hab das neulich nicht fertiggeschaut, so aufregend ist das, oder was.«

Dazu trinken die zwei sich in eine Art Traum, ein Segeln unter der falschen Flagge der negativen Solidarität des Nichtsausrichtenkönnens. Dann gleitet Vera irgendwann aus Manuels Wohnung wie ein Schemen, besoffen genug, keinen Schmerz mehr zu spüren, aber nicht so besoffen, dass sie nicht staunt, als sie in der S-Bahn auf ihrem Smartphone direkt nacheinander von drei E-Mails angesprochen wird – mehr, als sie sonst in einer ganzen Woche bekommt, wenn man den Spam nicht mitzählt.

Die erste ist von Karsten Kopetzky, ihrem Makler:

Liebe Frau Ulitz,

gute Nachrichten: Die Erbschaftssteuergeschichte scheint durch zu sein, der Anwalt hat mir versichert, dass er Ihnen die nötigen Unterlagen schon morgen zuschicken wird. Da Sie, wenn ich Sie richtig verstanden habe, bald vermieten wollen, schlage ich Ihnen vor, wir treffen uns nächste Woche, machen einen Plan zur Entrümpelung, und ich leite alles Weitere in die Wege. Herr Heinen hat mir damals bei unserem Treffen zu dritt, als sie kurz den Raum verlassen haben, erzählt, dass Sie von der ganzen Situation etwas überfordert waren. Wenn ich das sagen darf: Ich hatte nicht den Eindruck. Aber falls Sie tatsächlich so wenig wie möglich mit der Sache zu tun haben wollen, kann ich Ihnen auch gerne abnehmen, was jetzt noch kommt, zum Beispiel die Wohnungsbesichtigungen und die Unterlagen der Bewerber – Sie werden da bald viele Leute haben, die in so guter Lage, in einem so gut erhaltenen Haus einziehen wollen, und ich kann Ihnen bei der Auswahl dann auch mit Rat und Tat zur Seite stehen. Ich kenne nämlich, wie man so sagt, meine Pappenheimer ;-).

Rufen Sie mich jederzeit an, damit wir etwas ausmachen!

Herzliche Grüße, Ihr

Karsten Kopetzky

Zwar steht der Smiley so ziemlich für alles, wovon Vera sich tatsächlich überfordert fühlt, vor allem für Distanzlosigkeit und Quatsch. Aber der Mann hat schon recht, es ist eine gute Nachricht, denn es geht um Geld, das auf ihr Konto will. Sie muss die Sache nur noch in die Wege leiten. Ebenfalls erfreulich, als Erinnerung an ein kurzes Gespräch, das ihre Laune an einem anstrengenden Tag deutlich verbessert hat, ist die nächste Mail:

Liebe Vera,

Danke für Deine Mail von letzter Woche, auch wenn Du mir erst mal nur verraten konntest, dass Du nicht weiter »in den Stollen gestiegen« bist bei den Manuskripten Deines Vaters, weil Du nicht in Berlin bleiben konntest. Ich will auch gar nicht drängeln. Für die Zeitung hat es ja fast unbegrenzt Zeit. Andererseits: Ich arbeite nicht nur für die Zeitung, sondern habe, wie Du vielleicht weißt, hin und wieder auch schon Bücher gemacht, zum Beispiel die zwei über das Ende der DDR, die ich Dir geschickt habe. Und da lass ich jetzt mal die Katze aus dem Sack: Als wir geredet haben, war das noch nicht spruchreif, aber ich werde demnächst für einen linken Verlag in Köln einen Sammelband über Plan und Markt, über Erfahrungen der DDR und neue Ansätze in der Gegenwart und Zukunft machen, der aller Voraussicht nach schon eine Perle enthalten wird, nämlich einen Aufsatz vom Ökonomen Harry Nick – in dem er aber auch Deinen Vater zitiert, was mir Anlass gibt, nachzuhaken: Meinst Du, Du kannst bis in ein, zwei Monaten herausfinden, ob und in welchem Zustand wenigstens Teile – Entwürfe – Fragmente des Buches, das Dein Vater geplant hat, irgendwo herumliegen? Bitte versteh es nicht als aufdringlich, wenn ich Dir anbiete, zur Not, nämlich falls Du keine Zeit oder Kraft oder sogar Lust hat, auch mit Dir zusammen die Papiere, von denen Du, glaube ich, gesprochen hast, mal durchzusehen. Ich weiß ja nicht wirklich, wie Du zu den Überzeugungen Deines Vaters stehst – ich weiß nicht einmal ganz genau, wie ich selber dazu stehe –, aber ich glaube, wir sind es den Alten ganz allgemein schuldig, dass zumindest nicht so schnell vergessen wird, was sie erlebt und probiert haben, woran sie gescheitert sind. Man kann daraus ja lernen und muss nicht alles übernehmen. Noch mal: Es soll Dich nicht unter Druck setzen. Aber ich weiß, wie es manchmal hilft, wenn jemand nervt, falls man gute Vorsätze gefasst hat und sie dann vor lauter Alltag zu vergessen droht.

In diesem Sinne, und lass Dir Zeit,

Michael

Dies scheint die S-Bahn-Lektürestaffel der altmodischen Redensarten zu sein, denkt Vera, deren eben noch betrunkener Kopf sich langsam klärt – erst »meine Pappenheimer«, dann »Katze aus dem Sack«, rührend eigentlich, dass in einem so kreuzmodernen Medium wie E-Mail immer wieder dahergeredet wird wie zu Großmutters Zeiten. Nein, nicht immer, denn die dritte, die erfreulichste, die rundweg beste Mail des Tages bietet einen ganz anderen Tonfall und überdies eine wesentlich kreativere Rechtschreibung und Interpunktion als die anderen:

Na Du alte dumme treulose frankfurter Spinatwachtel !!!!

Bist Du schon geplatzt von Deinem Blätterteig und was da los ist in Deinem Laden?!?! Hier ist die Freundin die Du vernachlässigst und trägt Dir Dein Zeug nach – ein gewisser Roma-Romeo bzw. Sinti-Casanova fragt mich nach Deiner TELEFONNUMMER Du Nuss!! Ich habe gesagt ich muss Dich FRAGEN da könnte ja jeder kommen. Läuft da jetzt etwa was hinter meinem Rücken??? Was sagt der arme Gerd dazu (nix der ist in Amsterdam und stinkt, OK OK)? Fragen über Fragen. Melde Dich

XXXX p XXXXXX

Der Strudel köstlicher Verwirrung, der sich augenblicklich in Veras Herz zu drehen beginnt, enthält kaum Wein. Wie man's bei Nachrichten tut, die besser sind, als man erwarten durfte, liest sie Petras kleines Schreiben drei, vier Mal durch, um bei der Deutung, die sie so sehr freut, auch ja keinen voreiligen Fehler zu machen – nein, es ist ganz unmissverständlich, es kann nur um Frigyes gehen, und dass Petra das alles so neckisch formuliert, ist ein zusätzlicher Hinweis darauf, in welcher Stimmung, mit welchem Subtext, Frigyes nach Veras Nummer gefragt haben muss.

Etwas Geschäftliches kann es demnach nicht gewesen sein, was immer das genau eigentlich ist, was der Mann geschäftlich macht. War auf der Stehparty nicht von irgendeinem Menschen irgendeine Frage wegen irgendeiner Fernsehsache vorgekommen? Kann der schöne Mann ein TV-Produzent, Redakteur, womöglich Moderator sein? Gut genug dafür sieht er ja aus, denkt Vera. Nichtfernsehgucker wie Manuel und ich kennen ihn dann natürlich nicht.

Also? Es ist 22 Uhr 30. Petra anrufen, das geht nicht mehr, wenn Vera höflich sein will.

Aber will sie höflich sein? Vera ruft Petra an.

»Hier Knutschnotdienst, Schramm am Apparat.«

»Petra, lass den Flachs.«

»Was denn? Meine schlimmsten Befürchtungen sind bestätigt. Du bist scharf auf den Typen, sonst würdest du ja nicht mitten in der Nacht … Was … Nein, he, lass die … Momentchen mal!«, und dann legt sie eine Handmuschel übers Mikrofon, das hört Vera deutlich, denn der Ton ist für einige Sekunden wie betäubt. Nur Fetzen sind zu vernehmen, Dinge wie: »mal raus« und »Finger weg!«, auch Tuscheln, Kichern, Rascheln, Rutschen.

Dann sagt Petra klar und deutlich: »Ungeheuerlich. Der spinnt doch, der Steven.«

»Habt ihr euch schön lieb, ja?«, fragt Vera und sieht mit himmlischer Entspanntheit zu, wie sich die Tür ihres Bahnabteils an der Haltestelle, bei der sie eigentlich raus muss, langsam wieder schließt. Vera wird weiter mitfahren, es beunruhigt sie nicht, sie kann ja an der Endstation aussteigen wie alle dann noch Übrigen und einfach wieder zurückfahren.

»Lenk nicht ab!«, patzt Petra und sagt dann als wispernde

Verschwörerin: »Ich liege demnach richtig, da bahnt sich was an mit dem Frigyes und dir?«

»Wenn du nur mal gut rumspinnen kannst. Ich weiß doch gar nichts über den, deshalb ruf ich ja an – ich schick dir weder gleich die Erlaubnis, meine Nummer weiterzugeben, was ich ja wohl tun würde, wenn ich so scharf auf den Mann wäre, wie du mir das gerade einreden willst, noch erteile ich dir ein Verbot, weil …«

»Ja, und dann kommt sie wieder mit der Logik und ihrem Mathekram, schon gut. Und was willst du jetzt wissen?«

»Alles. Also, halt …«

»Ha!«

»Nein, ich meine, was arbeitet der, woher kennst du den, was will der von mir, was für eine Familie hat der …«

»Was der von dir will, ist eh klar, aber er sagt, es hat mit einer Recherche zu tun. Du, der ist Politikwissenschaftler, hoho, und Soziologe, hohoho, und Medienwissenschaftler, als einziger in seiner Familie hat er studiert, und er war sogar politisch … also, Steven hat doch damals in der Piratenkacke mit rumgerührt hier in Berlin, und da war der Frigyes einer von den wenigen bei den Grünen, die …«

»Bei den was? Bei den Grünen, hast du gerade gesagt, der war bei den …«

»Ja, jetzt behalt mal den Hut auf, Vera, also das war auch ein Job erst mal. Nicht? Ich weiß gar nicht, ob der je Mitglied … Schau, der war hier wissenschaftlicher Assistent, aber eigentlich so eine Art Medienreferent oder Hilfsreferent von dieser einen grünen Bundestagsabgeordneten, ich komme nicht auf den Namen, aber die hat sich eben auch fürs Internet mehr interessiert als ihr ganzer Restverein, die haben da auch so einen Blog gemacht … Jedenfalls hat er das alles so gemanagt für die, und dann aber gab es Ärger, es war sogar eine Familiengeschichte …«

»Bei wem jetzt, eine …«

»Bei ihm. Bei … er heißt Makkai, und …«

»Ich weiß.«

»Ja, dann weißtes halt. Jedenfalls, er hat eine ältere Schwester, also die ist schon ein ganzes Stück älter, die ist schon fast … die ist über Fünfzig, glaube ich, die heißt Enikö Makkai, und die ist hier sehr aktiv in Berlin, in den politischen …«

»Das ist also ein bisschen wie bei deinen Libanonleuten? Bei Fadi und Azar …«

»Nee, ganz anders, das ist ja … also, Fadi und Azar, da ist ja die halbe Familie politisch, aber bei den Makkais war es erst nur die Schwester, die hat sogar … die hatte was mit einem, der mal im Knast saß wegen irgendwas, was er für die RZ gemacht hatte, und sie war immer das schwarze Schaf sozusagen, aber dann ist Frigyes in ihre Fußstapfen,« Vera macht sich eine frivole Notiz im Kopf: Es ist tatsächlich der Tag der keksigen, altmodischen Wendungen, die Fußstapfen werden zu den Pappenheimern und der Katze im Sack sortiert, »und dann gab es viel Geschrei, aber schließlich haben sich die Geschwister auch noch entzweit, wegen dieser Sache bei den Grünen. Also, völlig explodiert ist es erst dieses Jahr, als die Grünen aus Baden-Württemberg diese Asylschweinerei im Bundesrat mitgemacht haben, die Beschränkung von Flüchtlingen aus diesen Ländern des ehemaligen … Mensch, Steven! Kannst du nicht normal an mir vorbei, wenn du unbedingt zum Kühlschrank musst? Lass jetzt aber wenigstens bitte mal die Hände bei dir, das nervt!«

Es folgt eine unverständliche Widerrede des Gescholtenen, dann wieder Kichern, ein theatralisches Sichräuspern bei Petra. Schließlich fährt sie fort: »Na, die Enikö ist sehr aktiv in der Flüchtlingsarbeit, und wenn er bei dieser Partei, na, aber sie ist eben doch immer noch sein Idol, er will von ihr anerkannt und respektiert werden und probiert es deshalb jetzt ausgerechnet als freier Journalist und stellt sozusagen auch Kontakte her für die linke Szene, das heißt, er hat aus seiner Referentenzeit noch Adressen und gute … Da recherchiert er jetzt halt irgendwas, und da braucht er dich für. Sagt er. Nur dass wir beide wissen, du und ich, mein Täubchen, was der tatsächlich von dir will, und ich fürchte, ach, o je, also ich fürchte schon sehr, wenn ich mir so anschaue, um wie viel Uhr du mich anrufst und alles …

da muss ich doch schon ganz klar fürchten, dass da was im Busch ist und dass du ganz dasselbe von ihm willst wie er von dir, nur halt umgekehrt, du verstehst.«

»Petra, pass mal auf ...«

»Ficki ficki!«, es klingt wie ein kleiner Vogel, der sich über etwas zutiefst Debiles freut. Vera muss lachen, versucht aber, ernst zu erwidern: »Petra, könntest du mal einen Moment deine kindischen ...«

»Ficki-ficki-ficki-fuck! Fickifickificki!«

»Petra ...«

»Darum geht es! Fickfackfuck! Bei euch zwei Hübschen!«

»Okay, es hat ja gar keinen Sinn heute mit dir. Du bist ja läufig, oder was immer da gerade los ist in deinem Irrenhaus.«

»Das kannste aber singen!«, sagt Petra stolz. Vera seufzt und sagt: »Pass auf, wir reden morgen noch mal, ja? Ich muss nach Hause.«

»Schon gut. Und ich geb ihm dann mal schön die Nummer, dem Mister Fick!«

»Du kannst von mir aus machen, was du ...«

»Fickedifickedifickelfackel!«, triumphiert Petra überglücklich, und unter beidseitigem Lachen und Schimpfen geht das Gespräch irgendwie zu Ende.

Vera betrachtet sich in einem dunklen Fenster der Bahn. Sie fragt sich, ob sie gut aussieht.

Drei: Der Beruf des Chefs ist die Dummheit

Den nächsten Tag geht Vera als Wettlauf an.

Sie weiß, dass Frigyes sich melden wird, und wenn er das tut, möchte sie in der Lage sein, ihm wahrheitsgemäß mitzuteilen, sie sei ohnehin demnächst eine ganze Weile lang in Berlin und könne eine Begegnung mit ihm, wenn er denn Wert drauf lege, zwischen den zahlreichen Terminen, die ihren Besuch bestimmten, irgendwo unterbringen.

Der schöne Mann darf nicht das Einzige, nicht einmal das Wichtigste sein, was sie in Berlin erwartet, hat sie beschlossen. So ruft sie zunächst Kopetzky an, der ihr sofort den nächsten Montagmorgen verspricht. Dann mailt sie Mike, sie werde sich am kommenden Wochenende zwei volle Tage für die Inventur in den Stollen des Beweisbergwerks ihres Vaters Zeit nehmen. Das sei ohnehin nötig, weil sie ihrem Makler gern beim Treffen am Montag ein klares Bild von der Art und Dauer der Wohnungsbereitstellung (»Entrümpelung« mag sie als Ausdruck nicht – was ihr Vater hinterlassen hat, ist kein Gerümpel) geben würde. Schließlich redet sie mit Saskia und Herrn Nernheim, dem Manager des Back-Lounge-Cafés, um ihre Abwesenheit und die Übernahme ihrer Schichten durch Saskia zu vereinbaren.

Nernheim, ein kleiner, schmaler, enger Mann von Ende Vierzig, schwer nikotinabhängig (wenn er da ist, steht er den ganzen Tag auch bei schweren Regengüssen hinterm Laden und schmaucht finstere Zigarillos), mit krebsrotem Gesicht und sehr dünnem, streng gescheiteltem Haar, gibt sich spröde: »Frau Ulitz, Frau Gernsheim, es ist ja nun nicht vorgesehen, dass Mitarbeiterinnen hier die Dienstpläne nach Belieben umbesetzen. Ich manage den Laden, nicht Sie. Wer sagt mir denn, wenn ich das jetzt erlaube, dass das nicht zur Gewohnheit wird? Ich leite ein Café, ich möchte nicht mit Namenskästchen in der Excel-Tabelle Tetris spielen.«

Saskia guckt ganz eifrig dabei und deutet das kleine Nicken an, das bei Nernheim alle immer andeuten, wenn er so staatsmännisch daherredet, ein Nicken, von dem Vera nie weiß, in welchem Fall sie es schlimmer fände: wenn es geheuchelt oder wenn es aufrichtig wäre.

Sie selbst nickt nicht, sondern überlegt, ob sie ihm sagen soll, dass er besser daran täte, sich ans Klötzchenverschieben in seiner Tabelle zu gewöhnen, weil demnächst umfangreichere Lücken entstehen dürften, wenn sie hier nämlich hinschmeißt.

Falls alles so kommt, wie es im Moment günstigstenfalls kommen wird, hat sie den Mist nicht mehr lange nötig.

Anstatt diese Sorte Gedanken mit ihm zu teilen, weist Vera Herrn Nernheim auf etwas anderes hin: »Genau daran haben wir gedacht – dass wir Ihnen nicht zu viele Schwierigkeiten und Änderungen zumuten wollen. Es war wohl naiv, dass ich erwartet habe, meine Berliner Angelegenheiten – sie betreffen den Nachlass meines Vaters, hauptsächlich – ließen sich von hier aus nebenher in Ordnung bringen oder höchstens mal mit einem Besuch dort. Die Ämter, die Formalitäten, das braucht eben doch noch mal eine Woche, jedenfalls habe ich mir überlegt, dass das am besten wäre: Ich fahre hin, nehme mir eine Woche, damit wirklich alles wasserdicht und abgeschlossen ist, sonst läuft es am Ende auf lauter Löcher raus, immer mal einen freien Tag, und dann wird es für Sie und uns alle hier wirklich ein Puzzle.«

Saskia sieht aus, als brenne sie vor Bewunderung für die rhetorische und diplomatische Brillanz dieser Bekanntgabe. Nernheim aber verzieht das Gesicht, als habe er auf ein falsches Geldstück gebissen, und sagt dann mit dem autoritären Quäken, das er immer herauspresst, wenn er Forderungen seiner Belegschaft widerwillig nachgibt: »Ganz so ist es ja nicht. Sie sehen das mit zu wenig Distanz, das merke ich schon daran, wie Sie drüber reden: Ich nehme mir eine Woche, so ist es ja wirklich nicht, Sie nehmen sich die nicht, ich gebe sie Ihnen höchstens frei. Und sehr ungern. Aber Sie haben schon recht, es war eben naiv, und ich hätte wohl damit rechnen müssen, dass Sie das unterschätzen – die meisten Leute können ja mit Verantwortung nicht gut umgehen.«

Im Gegensatz zu Nernheim selbst, soll die Grimasse sagen, die er an diese paternalistische Einlassung anschließt. Aber die Sache, um die es geht, ist damit im Wesentlichen durch, und das restliche Ich-bin-hier-der-Chef-Geplänkel lassen sich Saskia und Vera dafür gern gefallen.

Vier:
Es kommt ganz auf die Anzahl der Dimensionen an

Am Samstag sitzt Vera im Intercity nach Berlin. Den zudringlichen Gedanken, dieser Aufbruch könnte übereilt sein, weil sie in den letzten vier Tagen noch nichts von Frigyes gehört hat, wehrt sie mit viel Lektüre ab: Sie hat das ND gekauft und die jW, außerdem einen Roman von Mickey Zucker Reichert. Darüberhinaus führt sie die Honecker-Aufzeichnungen und einen Essay des ihr vom jW-Redakteur Michael indirekt empfohlenen Harry Nick mit sich. Die Zeitungsartikel, die sie interessieren, pickt sie wie ein wählerischer Vogel aus den Blättern. Beim Roman bleibt sie auf der fünften, beim Essay auf der zehnten Seite hängen, und den Honecker kennt sie inzwischen zu gut, um noch weiter darin lesen zu wollen.

Vera kann sich nicht recht konzentrieren, will jedoch keineswegs genau wissen, woran das liegt. So geht sie in den Speisewagen, setzt sich aber nicht hin, sondern kauft sich im Bordbistro ein Nesquik und ein Paar Würstchen mit Schwarzbrot.

Sie isst und trinkt, geht zurück an ihren Platz im nur zu etwa einem Drittel besetzten Großraumwagen, döst, spielt Spiele auf dem Smartphone, liest schließlich auch die weniger ansprechenden Zeitungsartikel und schläft einmal sogar rund vierzig Minuten lang, bis endlich ein unbekannter Anrufer das unzuverlässige Gerät zum Klingeln bringt.

Bevor sie die Verbindung freischaltet, tut Vera etwas sehr Albernes: Sie schaut ins Fenster, ob die Haare allzu wirr sind, ob der Teint frisch genug ist, ob die Augen verklebt wirken vom kurzen Schlummer.

Es ist alles in Ordnung, sie sieht aus wie von einem Kuss geweckt – und denkt: Ich darf jetzt nicht in schwarze Stimmung abrutschen, wenn er's doch nicht ist. Dann nimmt sie das Gespräch an und sagt so förmlich-kühl wie möglich, aber mit einer kleinen Hebung des Tons am Ende, als wäre es eine Frage: »Vera Ulitz?«

»Hallo. Frigyes hier – Frigyes Makkai. Ich weiß nicht, ob du dich erinnerst …«

Sie sieht ihn lächeln dabei, ohne die Augen zu schließen, ein leicht unheimlicher Effekt, aber das lenkt sie nicht ab: »Doch, ja …«, und nach einer winzigen Pause: »Petra hat mich erinnert, sie meinte, du würdest anrufen.«

»Ja. Stör ich gerade? Ich kann auch später …«

»Nee, ist okay. Bin eben unterwegs nach Berlin.«

»Oh«, sagt er und klingt erleichtert, »das ist gut. Weil … Es ist so, ich bin an einer Sache dran … Ich weiß nicht, ob Petra es erzählt hat, aber ich versuche gerade, mich als freier Schreiber ins Spiel zu bringen.«

»Ist bestimmt schwierig. Ich meine, was man so hört vom Zeitungsmarkt.«

»Ja, und nicht nur da, auch Magazine, online, Rundfunk … Freie haben es nicht leicht, aber mein Ticket … mein Zugang ist das Politische. Nicht so sehr als Meinung, sondern ich kenne halt ein paar Leute.«

»Ja, hat Petra erzählt.«

»Ja«, sagt er, »und da dachte ich mir … wie soll ich das erklären … ich finde das interessant in Berlin, in den letzten paar Jahren, wie da so eine neue Mischung entsteht aus nicht mehr klar an West- oder Ostvergangenheit anschließenden Linken. Ich meine, *obviously,* du hast die ›junge Welt‹, in der so SED-Traditionspflegesachen neben Antifa mit autonomem Rand …«

Sie muss ein wenig grinsen: Er hat *»obviously«* gesagt, als wäre das ganz normal, eine kleine Affektiertheit, die ihm gar nicht schlecht steht. Dann mahnt sie sich zur Konzentration, weil er weiterspricht und sie jetzt schon einen Teil des Gesagten nicht mitgekriegt hat: »… so dass sich eine Vielfalt ergibt, so ein … Da hast du Allianzen von Leuten, die sich noch an die Häuserkämpfe erinnern, mit Kindern oder Enkeln von SED-Oberen, und das geht von der Kulturarbeit, von der Theaterwelt bis zu, ich weiß auch nicht, einer Kneipe für Obdachlose oder …«

»Deine Schwester ist aktiv in der, was war das? In der sozialen …«

»Ja, solche Sachen, und kommt aus der alten antiimperialistischen Szene, aber Westen, beziehungsweise, na, ist schon kompliziert, das alles.« Er klingt plötzlich ein bisschen gehetzt, das Thema »Schwester« ist ihm nicht das liebste, Vera merkt sich's für später.

Frigyes sagt: » Jedenfalls, du hast diese ganzen Verschiedenen und dann … treffen sich alle zum Beispiel bei dieser Räumungsgeschichte, und man kriegt raus, man hat so komische zeitgeschichtliche Gemeinsamkeiten …«

»Dein Onkel bei Honecker im Knast, und der Knast steht ganz in der Nähe der Straße, in der mein Vater gewohnt hat und wo ich heute Abend übernachten werde.«

Die letzte Formulierung bereut sie sofort, denn das klingt ihr auf einmal nach einem zwar nicht anzüglichen, aber doch leicht als Einladung interpretierbaren Angebot.

Er geht allerdings darüber hinweg, ob galant oder nur ahnungslos, kann sie nicht entscheiden: »Ja, eben, die Lebensläufe und der Hintergrund, das überkreuzt sich auf einmal alles. Und das ist mehr oder weniger meine Textidee. Ich will eine Art Reportage machen über, na ja, der eine ist Sohn eines Menschen, der in den Achtzigern hier Häuser besetzt hat, die andere, also du, kriegt das Erbe eines ostdeutschen Kommunisten in die Hände …«

»Sein Vater ist aus dem Westen gekommen. Mein Großvater. Den ich nicht kannte.«

»Siehst du«, sagt er mit neu aufflammender Begeisterung, »schon allein deine Familiengeschichte ist komplexer als dieses *received wisdom* davon, wie Linke sind, was links heute ist …«

Received wisdom: Klar, denkt sie, *obviously.*

Vera sagt: »Also, du willst mich ausfragen, ja?«

»Naja, eher so ein Gespräch eben. Mit offenem Ausgang. Ich finde dich einfach interessant.«

Hallo Subtext, wie geht's?, denkt Vera erfreut, und spielt die Souveräne: »Wann oder wie denkst du dir das? Ich hab halt schon ein dichtes …«, ihr fällt ein: soll ich »*schedule*« sagen? – aber dann fühlt er sich womöglich hochgenommen, also sagt sie: »… Programm in Berlin, wegen der Wohnung und wegen anderer Sachen. Einem Redakteur von der ›jungen Welt‹ hab ich gerade vorgestern per Mail versprochen, dass ich für ihn was nachgucke in den Papieren, die mein Vater hinterlassen hat …«

»Na, das muss sich nicht beißen, wenn du dem … Mir geht es ja mehr um dich.«

Volltreffer Nummer Zwo, denkt Vera, und schmunzelt.

Er tut, als wäre gar nichts dabei, und fährt fort: »Was machst du zum Beispiel morgen Vormittag? Ich weiß nicht, ob du gern frühstückst, aber am Hackeschen Markt sind verschiedene Cafés, wo man eigentlich ganz gut …«

»Und du kommst dann vollprofessionell gleich mit Aufnahmegerät und …«

»Ist erst mal nur ein Gespräch. Kennenlernen. Sozusagen.«

Sozusagen. *Obviously*.

Sie will die Souveränität nicht übertreiben und sagt: »Warum nicht? Könnte ich schon machen. Vielleicht nicht ganz früh …«

»Zehn?«

»Ja, auf jeden Fall, gut. Später als neun wache ich bestimmt nicht auf, bin es ja gewohnt. Doch, ja, passt mir gut. Ist doch nett.«

Er findet das auch. Sie vereinbaren, dass er ihr die Adresse des Lokals gleich per SMS zukommen lässt, man verabschiedet sich unaufgeregt. Keine zwei Minuten später ist die SMS da – mit nichts als der Adresse.

Gut so, alles schön langsam und ohne Theater.

Vera ist, ja, wie soll sie das nennen? Sie lächelt sich in der Zugscheibe an und sagt tonlos: »Happy.«

In Berlin geht sie, wie immer, zu Fuß zur Wohnung und dann einkaufen, die Rathenower Straße hoch bis zur Stendaler, wo direkt einander gegenüber einerseits der Habibi-Shop, andererseits ein Supermarkt in den Wappenfarben von Edeka zum Lebensmittelkauf einladen. Nicht aus Fremdenfurcht – der »nah und gut«-Laden mit Edeka-Anmutung wird genauso migrationshintergründig gemanagt wie Habibi –, keineswegs abgeschreckt von der arabischen Schrift auf dem Fenster des kleineren der beiden Geschäfte, gibt sie dennoch dem größeren den Vorzug, auch wenn der Schriftzug über der Tür »aus Liebe zur Vielfalt« ihr eher zudringlich vorkommt und jedenfalls abschreckender als das Arabische gegenüber.

Aber im Edeka wird Vera, vermutet sie, sich schneller zurechtfinden.

Schon am Eingang zeigen sich allerdings kurz Auswahlüberforderungssymptome: Will ich Melonen oder Feigen, will ich, so spät im Jahr, eine Schale Himbeeren oder Erdbeeren? Nichts dergleichen. Sie geht in den Laden, dort wird es besser.

Vera beginnt ihren Einkauf mit Gebäck an der Brötchentheke, nimmt sich einen Korbwagen, wirft mehrere rote Tüten mit Paranusskernen zu gesalzenen 3 Euro 29 pro Tüte in den Wagen, lädt Milch dazu, Fischstäbchen aus der Kühltruhe, Pulver für Kartoffelbrei, Würstchen, Butter, Cola, Wasser, eine Flasche Jack Daniel's, und steht schließlich vor einem Naschregal aus komplett türkischen Beständen, dominiert von den Erzeugnissen der Firmen Ülker und Karsa.

Letztere bietet eine Erfindung namens »Klas Cake« an, das sind etwa kinderhandtellergroße Kekse aus – wenn die Abbildung auf der Plastikfolienrolle wahr sein sollte – weißem, klebrigem Zeug mit Schokoladenüberzug.

Irgendetwas an der Anmutung dieses Produkts suggeriert Vera die Chance zu bedeutenden Geschmackserfahrungen, außerdem gibt es das Zeug im Sonderangebot – unten auf dem Regalschild kostet es 99 Cent, auf den Rollen selbst aber ist ein Aufkleber angebracht, der nur noch 79 Cent verlangt. Her damit. Was noch? Hier ein Knäckebrot, dort eine Dosensuppe, das muss fürs Erste genügen.

In der Wohnung erhitzt Vera Wasser, bis es siedet, und wirft die Würstchen rein, dann lässt sie dieses allereinfachste Gericht ziehen und geht zu den Papierstapeln ihres Vaters, kniet davor, denkt nach: Soll sie sich von oben nach unten durcharbeiten?

Soll sie nach einer der Abteilungen greifen, und wenn ja, nach welcher?

»Probab«, »Störung«, »Topo«, »ε–Entropie (nichtpar. Statistik)«?

»Inf-Ver«, die zweitoberste Abteilung in dem der Tür zum Arbeitszimmer nächstgelegenen Stapel liegt etwas erhöht auf dem Rest.

Als Vera in den schmalen Zwischenraum zwischen diesem und dem obersten (der »Topo II« heißt) greift, bekommt sie auch sofort den Grund für diese Erhöhung zu fassen: Es ist ein Buch, Broschur. Sie zieht es hervor und denkt: Das kenne ich.

Das hat Papa damals für mich besorgt – dieses, und eine ganze Reihe anderer aus derselben Reihe. Das Titelblatt zeigt, eingefasst in einen braunen Rand, grüne und braune Funktionen zwischen dunkler Abszisse und ebenso dunkler Ordinate, dazu eine dunkle »9« in einem grünen Kreis, darüber das Wort »Mathematik«.

Es ist ein Schulbuch aus der DDR, für die neunte Klasse, erschienen im volkseigenen Verlag Volk und Wissen, 1988.

Vera denkt: Da war ich gerade vier, aber er hat sie auf Vorrat besorgt, und als ich dann zwei Jahre später, ohne Umzug in der BRD gelandet, eingeschult wurde, fing er an, mir mit diesen Büchern Nachhilfe zu geben. Und obwohl Mami ihn dafür getriezt hat, ließ er nicht locker bis zur … ja, bis wann? Bis zur siebten, achten Klasse? Dieses Buch hier haben wir jedenfalls nicht mehr erreicht.

Das wäre wann gewesen? Fünfzehn war ich – also 1999. Da hatte sich Mami schon umgebracht. Da soff er schon, da verlor er allmählich jedes Interesse an mir sowie an allem, was sonst noch von ihm verlangt hätte, sich eine Zukunft vorzustellen und eine Rolle, die er in solcher Zukunft würde spielen können.

Das Buch macht Vera melancholisch, deswegen schiebt sie es ins Ikea-Regal, über eine Reihe mit Wirtschaftsliteratur, und zieht stattdessen den »Inf-Ver«-Haufen aus dem Blätterturm, weil sie denkt, das Beste wird's wohl sein, sie nimmt sich mal eine Abteilung vor, um einen Eindruck von deren Organisationsgrad, fehlender oder vorhandener Durchgeformtheit und anderen Attributen dieser Arbeitsspuren zu gewinnen.

Den Haufen legt sie allerdings zunächst in den Türrahmen. Dann steht sie auf, geht in die Küche und nimmt ihre bescheidene Mahlzeit zu sich. Manuel hat eine SMS geschickt, ihm scheint langweilig zu sein:

Was macht Berlin? M

Vera weiß auf diese sehr allgemeine Frage keine Antwort und hat auch keine Lust, zu telefonieren – eine nicht allzu unangenehme, aber doch überraschend große Müdigkeit befällt sie, die ihr gerade noch genug Kraft übrig lässt, die türkische Süßigkeitenrolle zu öffnen, einen der Cakes zu entnehmen und draufzubeißen. Denn selbst beim Arme-Leute-Würstchen muss, wenn's das Mittagessen war, ein Nachtisch sein. Der Geschmack ist noch wunderbarer als vermutet. Vera schiebt sofort den nächsten Schokobatzen nach. Etwas Besseres, schwärmt ihr Mund ihr vor, hat es seit Monaten, ach was: seit Jahren in Veras Welt nicht gegeben.

Sie legt zwei nach, dann noch einen, zerdrückt sie am Gaumen mit der Zunge, genießt das Zeug, als wären es Drogen. Dann steht sie auf, geht zum Türrahmen am Arbeitszimmer, nimmt den Stapel an sich, schlurft damit wie ein Zottelbär in den Abstell- und Gästeraum, die türkischen Gourmetkekse unterm Arm, legt alles auf die Decke, schüttelt zwei Kissen auf, bettet sich weich und beginnt schließlich damit, aufmerksam zu lesen, was ihr Vater in seiner kleinen, aber sehr reinlichen Schrift notiert hat:

Arbeit ist Quelle von Reichtum nur mittels Energie (Natur) und Information (Wissen über die Naturgesetze). Nur Information erlaubt Maximalnutzung von Energie.

Fehler der Betriebe: Jagd nach maximaler Ressourcenzuteilung statt effizienter Ressourcennutzung.

Vernachlässigung der Information. Richtige Politik der Information:

Naturgesetz erlaubt Vorhersage. Iterativ. Informationsfluss: Hierarchisch oder kooperativ.

Hohe Konzentration der Information (Hierarchie): Machtkonzentration, Vorhersagestau, Anzahl der Knotenpunkte schwindet, Auflösung schlechter. Umrüstung zu langsam, Rückgriff auf Markt nötig, alte schlechte Sonden statt neuer guter, aber noch nicht vorhandener Sonden. Geheimhaltung: Hoher E-Koeffizient. Kooperation: Niedriger E-Koeffizient. Iterationsfolge der Vorhersagen (Bayes) beschleunigt schneller als die korrektiven Handlungen. Folgen konvergieren zu zwei möglichen stabilen Zuständen: halbstabile Diktatur, stabile Kooperation. Gleichungen sind unmissverständlich. NÖSPL der Punkt der Kuppe in der Dynamik (Ab wann Katastrophe?).

Plan als Algorithmus, Programm. Planwirtschaft und Markt. Ulbricht, Mitte der Sechziger.

Mathematische Voraussetzungen. Kolmogorow 1965: Drei Ansätze zur Bestimmung der Informationsquantität. Kolmogorow und Uspensky, 1965, Bestimmung: Was ist ein Algorithmus? Fast zur selben Zeit: M. S. Gorbatschow, 1966 Abschluss in Stawropol am Landwirtschaftlichen Institut als Agrarbetriebswirt. Das sowjetische Schisma: Die Ressourcenleute (Agrarleute) gegen die Informationsleute (Industrieleute). Industrie verliert. Sozialismus verliert, Imperialismus siegt.

Informationen in Informationen einbetten und rausholen. Informationen verarbeiten Informationen.

Das alles nimmt sie nahezu osmotisch auf.

Es ist ein seltsamer, körperlich satter, geistig in freischwebender Aufmerksamkeit vom Text gebannter Zustand, und sie bemerkt vor lauter Sog, der von diesen wenigen Zeilen ausgeht, nicht einmal recht, dass sie, das Textbündel in der Hand, irgendwann, einer Schlafwandlerin gleich, sinnend aufsteht, durch die Zwischentür ins Arbeitszimmer geht, auf Socken zur Kommode schleicht, dort das Bündel ablegt, aus einem der Plastikbecher auf dem Bord über der Tischplatte einen schwarzen Kugelschreiber nimmt, die Mine herausklickt und neben die Doppelzeile

Geheimhaltung: Hoher E-Koeffizient.
Kooperation: Niedriger E-Koeffizient.

die Notiz setzt:

System geschlossen? Welthandel? Tendenz Öffnung für Kanäle des Informationsflusses, gleichzeitig Schließung des Ressourcenangebots (nicht erneuerbar etc.).

dann mit dem Kuli ein paar Zeilen hinunterwandert, dort nicht findet, was sie sucht, daher das Blatt vom Stapel nimmt und dann in der Mitte der zweiten Seite doch den Passus entdeckt:

Informationen in Informationen einbetten und rausholen.
Informationen verarbeiten Informationen.

und dazu die Ergänzung schreibt:

Dimensionen? Auffinden von Informationen in Informationen: Filter. Einheitskugel in Einheitswürfel.

Dann liest sie alles noch einmal und blättert vor zu den schwieriger zu entziffernden Zeilen von Gleichungen, die jeweils mit einem der Punkte 1. bis 7. indiziert sind.

Jede Menge kleine Krakel, teilweise wohl Privatzeichen. Sind das wirklich Gleichungen und Ungleichungen, wieso dann keine Gleichheitszeichen, Größerzeichen, Kleinerzeichen? Oder ist es eine Vorstufe für Computercode? Sie erkennt Summenzeichen, Produktzeichen, Kategoriales, Notation der Logik, es geht ihr ein bisschen zu interdisziplinär durcheinander – das dichteste Symbolgestöber steht unter Punkt 7., allerdings ohne einen Hinweis darauf, ob Otto Ulitz dabei an Fragen der Dimensionalität gedacht haben könnte.

Das alles muss sie übersetzen, denkt Vera, vielleicht auch nachvollziehen, im Einzelnen, bevor sie sich ein Urteil wird erlauben können. Aber erstaunt ist sie doch, wie schnell sie sich in die Problemstellung hineingefunden hat. Erstaunt und, wie nennt man das Gefühl? Motiviert? Sie sieht aus dem Fenster, es wird schon dunkel.

Sie denkt: Wie spät ist es? Die Uhr, stellt sie fest, hat sie abgeschnallt, irgendwann vorhin, aber wo? Sie geht durch die Räume, findet die Armbanduhr auf dem Waschbecken im Bad. Da hat sie sich wohl – doch, es gibt etwas wie eine ganz vage Erinnerung – vorhin das Gesicht erfrischt.

Es ist halb sieben. Sie zieht sich an und geht hinaus.

Als sie in die Quitzowstraße einbiegt, weil sie zur Brücke will, von der aus sich das Viertel von oben betrachten lässt, als eine Art Metapher für Übersicht und freien Blick, fällt sie fast über eine Frau mit lauter kleinen Hunden an lauter langen Leinen. Die schattenhaften Wesen gleichen Fledermäusen ohne Flügel, sie quietschen leise wie schlecht geölte Türen, bellen nicht, japsen höchstens. Die Frau lallt Unbegreifliches. Wie viele Hunde sind das? Vera, die sie hinter sich lässt, schaut zurück und zählt, aber das Rudelchen ist zu unruhig zum Abzählen.

»Überabzählbar unruhig«, ein Begriff, den Cantor zu erfinden vergessen hat, denkt Vera, also muss eine Schätzung reichen: gut ein Dutzend.

Wer führt ein Dutzend kleiner Hunde aus, und wozu? Die Frau verheddert sich fast in den Leinen, die garstigen Hunde haben auch Mühe.

Vera lacht in sich hinein und eilt wie ein Flüchtling an der breiten Front des asiatischen Lebensmittelabholmarkts vorbei, dann an dem Müllverarbeitungsgelände, an dessen Geruch im Sommer, vor Jahren, sie sich mit Schaudern erinnert.

Sie überquert die Straße, betritt die Treppe, steigt hoch

und denkt an Begrifflichkeiten und Gegenstände, die sie sich als Reinigungsideen, als eine Art geistiger Gymnastik immer gerne ins Gedächtnis ruft, wenn sie die entsprechenden spirituellen Muskeln dehnen, strecken, stauchen will, an Kategorien (wie sieht das Pfeilbild einer Retraktion aus? Wie sieht das Pfeilbild einer Koretraktion, also eines Schnittes aus? Wieso ist ein Isomorphismus eine Abbildung, die sowohl eine Retraktion wie einen Schnitt hat, und wieso wird die Retraktion auch als Bestimmungsproblem, der Schnitt auch als Wahlproblem diskutiert?), dann Mengen (was ist der Unterschied zwischen disjunkt einerseits und paarweise disjunkt andererseits?), schließlich Symmetrien und Symmetriegruppen in mehreren Dimensionen.

Sie schaut erdachte Gebilde an, sie dreht sie im Kopf, sie schließt ganz kurz die Augen beim Gehen, es ist wie eine Datenabfrage: Glatte Kugeln, also zweidimensionale Mannigfaltigkeiten, die nach allen Seiten im dreidimensionalen Raum gedreht werden können, ohne ihr Erscheinungsbild zu ändern, bekommen in Veras Vorstellung plötzlich Löcher, werden zu Donuts, dann zu Doppeldonuts, werden nach hierhin und dahin gewendet oder umgekrempelt, dann in Symmetriegruppen eingeordnet, neben denen wie in einer Art allseitigem und unendlichem Regal andere Symmetriegruppen erscheinen: Symmetrieoperationen am Dodekaeder, bei denen sie dessen zwölf Flächen im Kopf verschieden einfärbt, Drehungen, bei denen die räumliche Orientierung sich nicht ändert, dann ein regulärer Tetraeder, mit dem sie dasselbe versucht, neutrale Drehung, Kantendrehungen, Gruppen und Untergruppen.

Dann bricht ein Gebilde mit sechs Zacken hindurch, aus Metall, direkt vor ihr: Das ist der Davidsstern auf dem Mahnmal für die nach den Nürnberger Rassegesetzen der deutschen Faschisten als Juden eingestuften Menschen, die von dort unten, Westhafen, zu den Vernichtungsstätten deportiert wurden.

Man hat auf dieses Mahnmal, liest Vera eine Inschrift daneben, mehrere Anschläge verübt, »diffamierende Schändungen«, auch einen Zerstörungsversuch unternommen, im Jahr

1992, als Erich Honecker nicht weit von hier in Haft saß, zum zweiten Mal. Das erste Mal hatten ihn die Nazis eingesperrt, das zweite Mal beraubte man ihn am selben Ort der Freiheit, an dem zeitgleich das Gedenken an die Opfer der Nazis von deren Gesinnungsnachfolgern angegriffen wurde: Symmetrie.

Vera schaut hinunter auf die Wohnwagen am Müllzentrum.

Es sind noch keine Nutten da, sie weiß, die kommen später. Auf dem Rückweg betritt sie den Treppenturm nicht, sondern geht weiter, am einladenden Diner vorbei, bis sie das in der hereinbrechenden Dunkelheit wie glücksverheißend hell erleuchtete Einkaufszentrum erreicht.

Was will sie hier? Sie versucht, es vor sich zu verbergen, selbst als sie schon an der Kasse steht, in Händen das Fläschchen False Lash Schmetterling Mascara Intenza von L'Oréal zu 11 Euro 30, die kleine Haarbürste zu 20 Euro und den pfirsichfarbenen Lippenstift von Maybelline Jade zu 19 Euro 70. Aber dann schiebt sie, als die Schlange vor ihr immer kürzer wird und der tatsächliche Kaufakt ihr immer näher rückt, trotzig die Unterlippe vor, als ihr einfällt: Nein, hier geht es nicht darum, was Petra oder Manuel zu so einem Einkauf sagen würden, hier geht es nur darum, dass sie für morgen früh ein paar Sachen haben möchte, mit denen sie ihrem Selbstbewusstsein ein bisschen auf die Sprünge helfen kann, wenn sie losgeht Richtung Hackescher Markt.

Auf dem Heimweg geht sie an einer kleinen modernen Kirche vorbei, es ist eher eine Art Gemeindesaal, dann an einem verlassenen Spielplatz, einem Schlüsseldienstleiser – was war das mit diesem Schlosser, den Manuel kannte und der dann als Hilfsarbeiter oder Hausmeister oder irgend so etwas bei einer Schule hat arbeiten müssen? Der Wind verschlägt uns irgendwohin, aber ich bestehe darauf, dass ich mich auch in eine andere Richtung bewegen kann, oder stehenbleiben, oder …

Sie spielt mit den Kosmetiksachen in den Taschen ihres Mantels. Dann fällt ihr auf, dass sie Durst hat. Sie biegt, auf der Rathenower Straße angekommen, noch einmal nach rechts ab, geht zum »nah und gut«, der noch geöffnet ist. Dort kauft sie eine kleine Flasche Cola und trinkt sie ohne abzusetzen leer, an der Kreuzung, wo ihr von direkt gegenüber ein Lokal mit dem unfassbaren Namen »Zur scharfen Ecke« winkt, ja zublinzelt.

Sie lacht und wirft die Colaflasche in einen Müllkübel, den der Liebe Gott vor der Ampel aufgestellt hat wie ein Filmrequisit. In Veras rechter Manteltasche, beim eben erst gekauften Mascarafläschchen, vibriert das Smartphone.

Sie holt es raus, die Anzeige sagt: »Gerd«. Sie liest diesen Namen, als wären es chinesische Schriftzeichen. Bald hört das Gerät auf zu klingeln. Dann dauert es ein, zwei Minuten länger als sonst, bis die SMS eintrifft, die ihr sagt, wer angerufen und keine Nachricht hinterlassen hat. Der Grund ist, dass Gerd ungewohnterweise diesmal eben doch eine Nachricht hinterlassen hat.

Sie ruft ihre Mailbox an und hört ihn sagen: »Hallo Vera. Du, ich finde es … irgendwie unnatürlich, dass wir jetzt überhaupt keinen Kontakt mehr haben. Das ist ja, soweit ich weiß, eigentlich nicht beschlossen worden. Ich …« Er macht eine Pause und lässt ein kleines Schnauben hören, das sie gut kennt, es markiert einen Anflug von bitterem Humor, der ihn immer dann befällt, wenn er sich einerseits für überlegen hält, andererseits aber weiß, dass ihm die Mittel fehlen, etwas durchzusetzen, das er sich wünscht. Schließlich fährt er fort: »Ich war jedenfalls nicht dabei, als wir das beschlossen haben, dass jetzt völlige Funkstille sein soll. Und ich hätte mich auch dagegen gewehrt. Ich weiß, dass du viel um die Ohren hast, und ich hab auch viel um die Ohren, aber ich habe das Gefühl, dieses Schweigen jetzt hat mehr mit Hilflosigkeit zu tun als mit was anderem. Und ich denke immer: Vor der Beziehung waren wir doch auch befreundet, es gibt doch keinen vernünftigen Grund, warum wir nicht wenigstens versuchen können, auch nach der Beziehung befreundet zu sein. Aber eigentlich ist das alles nix, was ich jetzt unbedingt besonders gerne und gut am Telefon besprechen kann. Ich finde, wir sollten das … du, ich bin nächste Woche noch zweimal in Berlin und hab von Petra gehört … sei ihr da nicht böse, sie macht sich schließlich ihre Gedanken, und sie ist dir wirklich eine loyale Freundin … Ich hab von ihr gehört, du wärst möglicherweise auch da, das hat sie gesagt: möglicherweise, wahrscheinlich weiß sie es viel genauer und war sich nur nicht sicher, was da jetzt das diplomatisch Richtige ist … Ich meine nur: Bevor ich hier alles aufgelöst habe und ganz weg bin, ruf mich einfach noch mal an. Mittwoch und Donnerstag habe ich den ganzen Tag frei. Es wäre nett. Es wäre, ich … Ich würde mich freuen. Okay.«

Bieps.

Okay?

Vera geht nach Hause, zurück zu den Papieren der Vergangenheit, und ist guter Laune, der Zukunft wegen.

Im Badezimmer schminkt sie sich als Popstar, aber nicht zu grell.

Sie lacht sich an, küsst ihr Spiegelbild und schafft dann die ganze hübsche Maske mittels der entsprechenden Präparate, die sie seit Jahren mit sich herumträgt und fast niemals benutzt, so gründlich wieder ab, dass sie danach, frischgerubbelt mit dem rauesten Handtuch, das sie in der Kommode ihres Vaters finden kann, tatsächlich aussieht wie soeben geboren.

»Geboren«, sagt sie dem Spiegel, »als Erwachsene. Genau das bin ich.«

Sie schenkt sich eine eiskalte Milch ein und setzt sich an den Schreibtisch des Verstorbenen, den Stapel »Inf-Ver« auf der Tischplatte vor sich.

Sie stellt die Lampe richtig ein, biegt den Lampenständer zurecht und beginnt aufs Neue damit, das Hinterlassene zu lesen.

III. KENNENLERNEN

Eins:
Streit entlarvt Liebe

Auf einem langen, geraden Feldweg geht die neunzehnjährige Vera Ulitz in einem grünen Sommerkleid im Juli 2003 Hand in Hand mit ihrem ersten Verlobten an einem prachtvollen Maisfeld vorbei.

Es gefällt ihr in Brandenburg, es gefällt ihr überhaupt auf der Welt.

Sie hört den Mann, der fünfundzwanzig Jahre alt ist, in Berlin Mathematik studiert und ihr rettungslos verfallen zu sein behauptet, leise, fast schüchtern, auch ein wenig verdruckst sagen: »Aber hat dein Vater dem Schürer nicht einfach deshalb widersprochen, weil das sein Job war?«

»Wie meinst du das, sein Job«, sagt Vera ohne Stimmhebung, ohne Fragezeichen, und schaut geradeaus, dorthin, wo sich brav euklidisch alle Parallelen treffen, auch die, zwischen denen sie mit Florian geht.

Er hat sich auf Glatteis begeben, aber das weiß er nicht, das liest er weder am plötzlichen Abflachen des leisen Singens ihrer sonst so musikalischen Stimme zum Nachrichtensprecherinnenton ab, noch daran, dass die beiden Hände an den fast nackten Armen, die zwischen diesen jungen Leuten die körperliche Verbindung halten, ihr leichtes Schaukeln, ihr einmütiges Vor-und-Zurück abrupt beenden.

Weil er das alles nicht bemerkt, sagt er: »Schau, Schürer war dabei, Kassensturz zu machen. Und soweit ich es von meinem Großvater weiß, war das die Zeit all dieser Umbesetzungen. So ist ja dein Vater von der staatlichen Planungskommission zu dem Schalck gekommen, wahrscheinlich auch als eine Art Spion, nicht nur, weil er so gewieft war in diesen ganzen Transfersachen. War er nämlich gar nicht, sagst du. Und da erfährt also der Schalck, die DDR hat nach Meinung Schürers so und so viele Schulden, und das lässt den Schalck, das lässt die ganze KoKo, die Kommerzielle Koordinierung, die ganzen verwickelten und zum Teil doch sehr schmuddeligen Westgeschäfte … dann übel aussehen, und da widerspricht der Schalck dem Schürer inoffiziell und dein Vater widerspricht ihm offiziell.«

»Du sagst«, jetzt schaut Vera Florian genau an und geht langsamer, »mein Vater war von Schalck gekauft.«

Der Verlobte sieht zuerst bestürzt aus, dann irritiert, als habe man plötzlich eine Wolke vor seine Sommersonne geklebt, schließlich leidend, wie Menschen immer gucken, wenn Vera, wie er es nennt, »wieder so fanatisch« wird, oder einfach: Wenn es ihr mit etwas ernst ist.

Er sagt: »Ach, gekauft, gekauft … niemand sieht sich selbst als böse oder im Unrecht, das ist doch normal, und wenn ich zu irgendeiner Abteilung gehöre, und die steht in der Kritik, dann …«

Sie lässt seine Hand los. Dann sagt sie: »Es ist für dich demnach völlig unwichtig, ob die Kritik gerechtfertigt ist oder …«

Er macht den schwersten Fehler, den er in seiner Lage machen kann – er lässt sie nicht ausreden: »Hör mal, Vera, wirklich, wenn es hier um meinen Opa geht und was der denen von der Zeitung erzählt hat, wegen der Stasi …«

»Nein, darum geht es nicht, und auch nicht darum, wie er sich und seinen Sohn und euch alle mit Rosenwasser gewaschen hat, wie er jetzt dasteht, was er da gemacht hat bei den

Verhandlungen mit der Treuhand, womit er belohnt wurde, warum ihr jetzt diese schöne kleine Firma habt …«

»Bitte, jetzt schmeiß mal nicht alles durcheinander und raste hier nicht aus, ich sage doch nur, ich verstehe deinen Vater und weiß auch nicht, was ich anders gemacht hätte. Da musst du jetzt nicht meine Familie angreifen, und dass wir besser dastehen als deine, ich meine, es ist ja nicht so, dass du nichts davon hättest, du bist auch mitgefahren in diesen Urlaub und du …«

»Ich? Ich, was ich? Das da? Du meinst, das da ist wichtig?«

Sie hebt die Hand hoch mit dem Ring. Ein Sonnenreflex flattert kurz daran wie ein sensationelles Preisschild.

Vera sagt: »Du meinst, damit kriegt man mich? Das ist der Handel? Weil das Gold ist?«

Er sagt, wie man mit einem Hund spricht, der nicht stubenrein ist und dem man gut zuredet, damit er das Haus verlässt, wenn er denn unbedingt Gassi gehen will: »Vera, komm schon, lass das bitte …«

Sie lacht einmal kurz auf, streift den Ring ab, schaut den Verlobten herausfordernd an und sagt: »Lassen? Klar können wir das lassen! Vielleicht das Ganze? Diesen Witz hier?«

Und weil Florian darauf, wie in solchen Situationen meistens, keine Antwort hat, weil er sie nur anstarrt in dieser grauenhaften Mischung aus Entsetzen, Verständnislosigkeit und Beleidigtsein, mit der früher oder später alle auf Vera reagieren, wenn sie einem ihrer Gedanken nur konsequent genug folgt, und weil das schlimmer für sie ist als jeder verletzende einzelne Inhalt eines dieser Gespräche bei solchen Szenen, wirft sie den Ring in hohem Boden ins schier unendliche, gelbgrüne Meer aus Pflanzen.

Dann erschrickt sie über sich.

Dann sagt sie: »Mensch, Florian. Echt.«

Er zuckt mit den Schultern wie ein zum Tode Verurteilter, dem an seinem Leben nichts mehr liegt. Sie sagt: »Nein, ich hab … ich wollte nicht …«, damit er nicht weint, denn das wäre wirklich der Weltuntergang.

Sie reden so lange, dass sie sich hinsetzen müssen, mitten in die hartgebrannte Landschaft. Nach drei Stunden umarmen sie einander, unter vorsichtigen Küssen.

Dann stehen sie, weil Vera das vorschlägt, gemeinsam auf und gehen, die Arme vorgestreckt, ins weite Feld.

Vera ist zuversichtlich: »Ich weiß, was das für ein Bogen war, die Flugbahn … ich weiß, wo der Ring gelandet sein muss.«

Nach zwanzig Minuten systematischer, aber erfolgloser Suche fängt Florian an, leise Dinge zu sagen wie: »Ist ja nicht so wichtig. Komm, lass uns gehen, ich hab Hunger. Wir kochen uns was Gutes.« Und dann wird er deutlicher: »Gib's auf, wirklich. Ich bin dir überhaupt nicht böse. Es ist bloß Metall. Das kann man ersetzen.«

Nur weil es Vera so viel Kraft kostet, darauf nicht mit einem noch größeren, noch schlimmeren Ausbruch als eben zu reagieren, und weil dieser Akt der Selbstbeherrschung seelische Energie frisst, die ihr, als Konzentration, beim Suchen fehlt, dauert es noch mal volle zwanzig Minuten, bis sie den Ring tatsächlich findet, was sie aber nicht einmal sonderlich freut, weil es nur bestätigt, dass sie leider immer genau weiß, was sie tut – selbst beim Durchdrehen.

Wieso kann ich dieses Hirn nicht abschalten und einfach mal erleben, was passiert? Wieso bin ich so, dass alle denken, ich wollte immer nur recht haben? Die Wirklichkeit ist viel anstrengender: Ich wäre so froh, wenn ich mal nicht recht hätte, aber es ist mir viel zu wichtig, herauszukriegen, was stimmt.

Es wird schon Abend. Florian nimmt sie beim Verlassen des Maiswalds in den Arm und will ihr sagen: Wenn es jetzt kühler wird, bin ich für dich da.

Das Dumme ist: Es wird gar nicht kühler. Sie weiß das und fragt sich, wieso weiß er nicht, dass die Hitze noch bis spätestens neunzehn Uhr anhalten wird? Wieso denkt er nicht dran, wieso denke ich dran, wieso sind wir so, wie wir sind, und man kann es nicht ändern?

Zwei: Wer zuhört, hat mehr von der Verabredung

Geweckt von weichem Licht, dreht sich Vera auf dem Gästebett einmal um sich selbst aus ihrer Decke. Sie hat gut geschlafen.

Das liegt nicht nur an der heißen Milch mit Honig, die sie eine Stunde vor dem Zubettgehen getrunken hat, sondern vor allem an der Fülle der Ideen, die ihr Bewusstsein beschäftigt haben, bis es sie loslassen konnte.

Im Bad duscht sie kürzer und kälter als sonst. Vor dem Spiegel streckt sie sich die Zunge raus: Nein, geschminkt wird in diesem Gesicht nix. Denn erstens wirkt es übereifrig, am Sonntagvormittag. Zweitens soll er sie so hübsch finden, wie sie auch aussehen wird, wenn man eines Tages mal zusammen aufwacht. Der freche Einfall verbessert Veras ohnehin gute Stimmung. Und drittens, mal ehrlich, ist das Zeug im Grunde eher was zum Spielen als ernsthafte Kosmetik. Gestern Abend ging es ja nur darum, herauszufinden, wer Vera sonst noch sein kann, abgesehen vom altgewordenen Grübelgör, das sie ist.

Vera zieht ihren schönsten blauen Rollkragensweater und 230-Euro-Jeans aus dem Skyline Plaza zu koketten Ringelsöckchen und brandneuen British Knights Sneakers für immerhin 47 Euro an. Die Preise tanzen im Kopf wie kleine Trickfilmfiguren und zwitschern: Du hast dir was gegönnt, du bist keine Asketin, jetzt aber raus ins Leben, zum Frühstücken.

Das weiche Licht stellt sich beim Verlassen des Hauses als sanfter Schimmer hinter Himmelsgardinen aus Nieselregen heraus. Die Feuchtigkeit ist keine trübe oder verwaschene, sondern bildet einen Film auf Stirn und Wangen, den Vera als reinigend frisch empfindet, wie Tau, und irgendwann – nämlich auf der Kreuzung, an der rechts die »Bum Bum Bar« und links der unfassbare Gasthof »Zur scharfen Ecke« mit ihren schiefen Namen Veras Sinn für Humor herausfordern – setzt das milde Sprühen von oben ganz aus, so dass sie hochblicken kann in den Himmel.

Der ist sauber, wenn auch nicht frei – eine Suppe zwar, aber eine gesunde, hinreichend gesalzene. Nach einer Weile erreicht sie auf dem Weg stadteinwärts das Zuchthaus, es droht rechts von ihr allen Ungehorsamen. Ein Schild unter der Pforte V verlangt, man solle hier »Schritt fahren«, ein anderes zeigt eine weiße Videokamera auf blauem Grund und erläutert dieses Bild mit dem Wort »Videoüberwachung«. Im damit ausgeflaggten Sicherheitsbereich gilt außerdem: »Das Abstellen von Fahrrädern und Motorrädern ist untersagt.« Die Gitter sind aus senkrechten, rostroten Spießen mit wenigen Querstreben. Den Mauern dahinter sitzen Stacheldrahtspiralen auf. Ein Ausguck, grau mit grünen Fenstern, sieht wie gestern gebaut aus. Eine Tafel warnt: »Jede Kontaktaufnahme und jeder Einbringungsversuch ist untersagt und wird strafrechtlich verfolgt« – ein Numerus-Fehler, wie Vera erkennt, weil ihr Vater es mit der Grammatik fast so genau nahm wie mit der Arithmetik und der Algebra, die er »das Fundament« zu nennen pflegte.

»Der Leiter der JVA Moabit«, dessen Funktionsname das beglaubigt, was auf diesem Schild steht, hat solche Genauigkeit nicht nötig, er besitzt die Macht, Leute einzuschließen, auszuschließen, wegzusperren. Bei seinem Vorgänger saß Honecker ein, nach seiner Zeit werden andere einsitzen, die dieser Bundesrepublik Deutschland nicht dienen wollen oder können.

Das Kanzleramt glänzt.

Das Parlament sieht aus, als schmolle es. Die Wiese davor hat ähnlich gut geschlafen wie Vera, die sich mit ihrem langen Spaziergang viel Zeit lässt und dabei, wie immer bei Muße, an Mathematisches denkt – Kantendrehung nach Flächendrehung, Moment, aber diese vier dort kommutieren nicht, egal – und mit aufreizender, aber wohliger Langsamkeit den wachsenden Hunger spürt, der schließlich, am S-Bahnhof Friedrichstraße, stark genug ist, dass sie sich fragt, ob es wohl geschummelt wäre, wenn sie doch rasch was zu sich nähme, er erwartet sie ja erst – ein Blick auf die Armbanduhr – in rund 15 Minuten.

Vera überwindet sich und isst nichts. Stattdessen sucht sie einen Zeitschriftenladen unter der Straße auf, blättert im SPIEGEL, findet nichts darin, das sie für wahr halten kann, steigt wieder ans Tageslicht und freut sich erneut darüber, wie hell es heute ist, und doch nicht grell – als hätte die Sonne vor, diesen neumodischen Energiesparlampen mal zu zeigen, wie das geht, Nachhaltigkeit.

Am Hackeschen Hof angekommen, Ecke Rosenthaler Straße, geht sie zunächst noch einmal auf den großen Platz und zur Häuserfront, als wollte sie sich vor Frigyes verstecken. Sie guckt in ein paar Schaufenster, ohne wahrzunehmen, was die Krämer ihr da zeigen wollen – sie sieht nur die Frau, die sie ist, bis ihr die stumm, mit ungeduldigen Blicken, sagt: Geh schon, er wartet.

Es ist wahr, er wartet wirklich.

Heute ist sein Hemd eins ohne Kragen, dunkle schmale Streifen auf Weiß, dazu ein hellblaues Sakko, kürzere Haare, weniger Bartschatten. Er steht auf, als sie das dem Restaurant leicht vorgelagerte Café betritt, und sie umarmen sich wie Leute, die sich lange kennen. Diese Umarmung geht ein paar Sekunden länger als nötig, das gefällt Vera. Sie riecht ein Rasierwasser, das sich nicht wichtigmacht. Als die beiden sich voneinander lösen, hat sie gespürt, dass er stark ist, aber kein Rohling.

Jetzt lächelt er und macht eine Geste mit der Hand, die sagt: Setz dich dazu. Er meint sich und sein Frühstück, das schon da ist, was zwar nicht den Benimmregeln entspricht, aber eben deshalb auf Vera positiv wirkt, nämlich als Aufforderung, sich bei ihm zu bedienen, bis sie selbst was bestellen kann.

Ein Tässchen Kaffee, ein Korb mit verschiedenen Sorten Brötchen. Auch ein ziemlich helles Croissant ist dabei. Helle Teigwaren sind ihr recht: lieber, man schmeckt noch den Teig heraus, als dass das Zeug so verbrannt ist wie manchmal in dem Laden, in dem sie sich für ein paar Euro krummlegt.

Marmelade, sehr gut, ein Teller mit Käse und verschiedenen Sorten Wurst. Die Tomate hat er schon gegessen, das Gürkchen nicht. Dann erst bemerkt Vera die zwei langstieligen Gläser, einmal frisch gepresster Orangensaft, einmal etwas offensichtlich Alkoholisches, blassgolden. Ist das Weißwein? Nein, es perlt ein bisschen, also Sekt.

Von Askese hält dieser Mann nichts, *obviously.*

Er sieht, wohin sie schaut, und sagt: »Ich bin kein Säufer.«

Sie erwidert nichts, da setzt er hinzu: »Noch nicht. Aber auf dem Weg dahin.«

Vera sagt, weil die Kellnerin kommt: »Ich geh mit und erhöhe auf …«, das ist eine Redensart, die sie sich bei Manuel abgehorcht hat, der von Glücksspielen und deren gewinnleitenden Wahrscheinlichkeiten nachgerade besessen ist und gelegentlich damit angibt, er habe einen Tag nach seinem achtzehnten Geburtstag im Spielcasino in seiner Heimatstadt Bad Homburg zweitausend DM verzockt – Vera denkt nach, wie der Satz zu Ende gehen soll, dann fragt die Kellnerin sehr freundlich: »Ja?«

Vera antwortet: »Was für Weißwein haben Sie denn?«

»Ähm, wir hätten verschiedene sehr gute Weine, die …«

Vera lässt sie nicht ausreden: »Was Badisches?« Ihr zweiter Verlobter war Freiburger, wenigstens vom Essen und Trinken verstand er was.

Die Frau sagt: »Wir hätten einen Weißburgunder vom Kaiserstuhl, das ist ein trockener Wein vom Gut Salwey in Oberrotweil, der wäre …«

»Ja, das ist gut, den nehme ich, und dann auch so einen Saft bitte …«

»Orange, frisch gepresst.«

»Genau, und dasselbe Frühstück wie er, wobei, Moment, nicht ganz dasselbe, hätten Sie vielleicht weniger Fleisch und dafür noch was Süßes …«

»Honig oder …«

»Ja, Honig, genau. Und, ja, noch ein Ei. Ein … nicht so ganz weiches.«

»Mittleres Ei«, sagt die Frau und schaut Vera an, als wäre das ein Scherz zwischen ihnen beiden, weil sie offenbar erkannt hat, dass dieses Frühstück keine Nebensache ist, sondern ein wichtiger Punkt auf einer wichtigen Kurve in einem wichtigen Koordinatenkreuz, jedenfalls für Vera.

Die Bedienung geht weg. Vera sagt: »Wo ist denn dein Kassettenrecorder? Oder ähm, Minidisc, oder was man da jetzt hat …«

Sie schaut ihn an, als ginge es um eine Kreditvergabe und sie wäre die Bankmanagerin, prüfend, ihm nicht gewogen. Da legt er den Kopf zurück, lacht lautlos. Dann sieht er ihr direkt in die Augen, was sie stärker anspricht, als sie erwartet hat, und sagt: »Ich dachte, wir machen eine Art Vorbesprechung erst, oder? Also, ich meine, wenn du das interessant findest heute, können wir uns ja noch mal konzentriert treffen, oder …«

»Bist nicht du das, der hier entscheiden muss, interessant oder nicht?«

Er zuckt mit den Schultern: »Ich glaube, du wirst mir erst dann was erzählen, was mich interessiert, wenn ich dir das Gefühl gegeben hab, es ist für dich interessant, es mir zu erzählen.«

»Ach, so ist das also?«

»So bist du. Glaube ich.«

Es ist ein Kompliment, und eins der ausgefuchstesten, die sie je gehört hat. Also überrascht sie sich selbst, und möglicherweise ihn, indem sie unvermittelt anfängt, von ihrer Gedankenreise zu erzählen, die er, wie sie sagt, »mit deiner Honeckergeschichte« – er fragt: »mein Onkel?«, sie sagt: »ja« – losgetreten hat: Die Papiere von Otto Ulitz, dazu ein kurzer Rückblick auf dessen regelmäßige Bemerkungen »die alle drauf rausliefen, der eigentliche Zusammenbruch der DDR sei die Absetzung Ulbrichts auf sowjetischen Wunsch gewesen, denn Ulbricht hat, sagt mein Vater, kapiert, was Sozialismus ist: nicht das Land der Utopie, nicht die Gesellschaft, in der alle alles haben können, was sie wollen, sondern die Gesellschaft, die einen großen Reichtum erarbeitet unter drei Bedingungen: erstens, und am wichtigsten, niemand hat unter Geburtszufällen zu leiden, niemand ist von Chancen ausgeschlossen, zweitens, belohnt wird, wer die Sache insgesamt voranbringt, drittens, es gibt eine Untergrenze, unter die niemand fällt bei der Versorgung, auch die nicht, die nicht besonders viel leisten – also, es gilt schon noch ein Leistungsprinzip, anders als im Kommunismus, wo man einfach die grundsätzliche Fähigkeit der Menschen, mehr zu erzeugen, als sie verbrauchen, mit technischen Verbesserungen bis an den Punkt vorangetrieben haben wird, dass man sich über Leistung keine Gedanken mehr machen muss. Aber der Sozialismus, der dazu da ist, diesen Zustand über eine längere Zeit, auch durch Erziehung der Menschen zum Reichtum und zur Selbstverantwortung im Reichtum, vorzubereiten, der mildert dieses Leistungsprinzip durch eine Grundversorgung, wie sie der Kapitalismus nicht hat, weil es bei dem immer das Prinzip der Drohung geben muss: Wenn du für die Kapitalisten keinen Profit mehr abwirfst, kannst du von dem, was die Gesellschaft produziert, ausgeschlossen werden. Kein Wohnraum, keine Bildung, nicht mal was zu essen. Also, mathematisch gesprochen, es ist eine Art Entwicklung in drei Dimensionen: Erstens, Produktivkraftentwicklung, zweitens, Produktivität der Menschen selbst, vulgo Leistung, drittens ähm, Danke«, die Kellnerin bringt das Frühstück für Vera, Frigyes räumt seins ein wenig zusammen, damit Platz dafür ist.

Vera holt Luft und sagt: »Drittens, die Grundsicherheit wird immer weiter ausgebaut, neue Bedürfnisse werden mitproduziert und befriedigt.«

»Tut mir leid, *you just lost me*«, sagt er, »also nicht mit dem Ding an sich, klar, drei Ebenen oder ähm Dimensionen, aber was war das jetzt mit Ulbricht und Honecker?«

Dann sieht er zur Kellnerin und sagt: »Kann ich noch einen Sekt, bitte?«

Die Kellnerin nickt und geht wieder.

Vera antwortet: »Also, wie soll ich … Ulbricht konnte das, sagte mein Vater, dieses dreidimensionale Denken, der hat sozusagen immer Korrekturen angebracht, wenn es nicht gleichmäßig lief, wenn über der Versorgung die Leistung vernachlässigt wurde oder über der Leistung die technische Verbesserung, also wenn die Leute nur blind gerackert haben statt ihre Ergebnisse pro Arbeitszeiteinheit optimiert … Ergebnisse heißt, das … den …«

»Den Output.«

»Den Output, ja, wenn sie sozusagen nur immer mehr reingesteckt haben. So, aber … Honecker, der hat nur zwei Dimensionen gesehen, die tendenzielle Herstellung der Gleichheit der Chancen und die Grundversorgung, der hat das mit der Leistung verpennt und den Leuten stattdessen Geschenke gemacht oder versprochen, damit die ihn mögen, und weil man ihm aus Moskau ausrichten ließ, das sei gewünscht, Ruhe an der Grenze. Und dann mit der Technik, mit der Produktivkraftentwicklung, da hat er nur so ein paar lustlose Appelle ausgegeben, ja, seht mal zu, mit den Taschenrechnern et cetera … allerdings hat der Westen auch alles dafür getan, dass Honecker dumm da stand … Es gibt einen Grad der Umzingelung, da kann man machen, was man will, es ist immer verkehrt. Und dann gehe ich … also, dann schau ich zu diesem Punkt in die Papiere meines Vaters, und er spricht plötzlich von noch mehr Problemrichtungen als nur erstens Technik, zweitens Leistung, drittens soziale Sicherheit – auf einmal sind da Informationsrelationen drin und indirekt der Weltmarkt und direkt noch der russische Druck …«

»Mehr als drei Dimensionen.«

Er hebt sein fast schon leergetrunkenes Sektglas zum Zeichen, dass er verstanden hat. Sie hebt ihr Weinglas. Ganz leise, ganz zart, stoßen die beiden an. Er führt das Glas zum Mund, aber Veras Mut ist heute Morgen grenzenlos, sie sagt: »Warte mal, wir machen das falsch. Wie geht das noch? Brüderschaft?«

Sie beugt sich vor, er streckt den Arm und beugt ihn dann, als sie ihre Beuge in seine fügt, sie nehmen ihr Glas an die Lippen, trinken. Ein ganz kleiner, ganz spitzer, heimlich aber wohl reichlich grundsätzlich gemeinter Kuss folgt, Mund auf Mund. Dann sagt Frigyes, im Zurücklehnen: »Mehrere Dimensionen.«

Vera nickt und wird etwas ausführlicher, skizziert den Argumentationsgang in »Inf-Ver«, »jedenfalls hab ich es so verstanden, dass es darum geht, wie Informationen andere Informationen verarbeiten, in mehreren Dimensionen.«

Er fragt nach, während sie sich Brötchen aufschneidet, sie streicht, belegt, isst, trinkt und noch ein Glas Saft bestellt, als die Frau mit Frigyes' zweitem Sekt kommt: »Aber das mit den Dimensionen, das ist dir dazu selber eingefallen? Das steht so nicht bei ihm, oder wie ist das genau?«

»Naja, mamm hamm ba...«, beginnt sie mit vollem Mund, beim Kauen. Dann rollt sie mit den Augen, entschuldigt sich mimisch und gestisch, schluckt runter. Er wartet entspannt ab, bis sie sagt: »Es erinnert mich an so eine verrückte Sache, die mich schon länger beschäftigt. Schon seit meinem Studium – ich habe Mathematik studiert und dann kurz nach dem ersten ... also auf der ersten Stufe abgebrochen beziehungsweise ...«

»Ja, Petra hat so was erwähnt.«

»Mhm. Ja. Das ist wie bei Kugeln in Würfeln, bei Hyperkugeln in Hyperwürfeln. Wenn du die Kugeln in die Würfel packst, also jeweils die größte Kugel, die noch in den Würfel geht. So sind die Infos in den andern Infos versteckt. Die Kugel ist sozusagen der wichtige Teil der Daten, das Entscheidende, und der Teil ist eingepasst in den Gesamtraum dessen, was die Ökonometrie so alles misst, die Eckdaten, die Kennziffern. Und je mehr Dimensionen es sind, desto mehr ... also, ab fünf Dimensionen schrumpft die Kugel ja, und es wird immer unwahrscheinlicher, dass man sie findet, wenn man bloß irgendwo in dem Würfel nach ihr sucht. Da kann man Ewigkeiten verbringen mit so einer ... nee, aber, sag mal, willst du das wirklich wissen?«

Sie spürt einen ersten, wenn auch noch ganz schwachen Hauch von Angst, dass sie sich von diesem Thema zu tief in ihre Gedanken locken lässt, dass sie ihn dort abhängt, dass sie ihn dann anödet oder vergrault, dass er ganz einfach das Interesse verlieren wird.

Er schaut sie an, ohne den Schatten eines Hintergedankens, und sagt: »Ganz im Ernst, Vera, das meinte ich eben: Damit es für mich interessant sein kann, muss es für dich interessant sein. Ich merke, wir sind gerade über so eine Schwelle rüber, wo es für dich interessant wird. Und deshalb wird es jetzt gut, aber natürlich auch … Ich will dich nicht anlügen: Wenn ich ›ab der fünften Dimension‹ höre, dann wird mir ganz anders, dann denke ich, du liebe Zeit, jetzt muss ich meine Zwetschgen aber zusammenhalten, sonst verstehe ich gleich gar nichts mehr. Also, so viel Platz und Zeit, wie du dafür brauchst, musst du dir einfach nehmen. Und wenn du sagst, das geht hier nicht oder jetzt nicht, am Sonntagmorgen, dann verschieben wir das. Du sollst hier nicht zu schwer arbeiten müssen … aber ich will es verstehen, weil ich mir zutraue, dass ich es verstehe. Weil ich dir zutraue, dass du es mir erklären kannst.«

Die Komplimente werden immer besser, echt gefährlich, denkt Vera und spürt den Alkohol in den Armen und am Hals, ein erstes Kitzeln, noch freundlich, aber: Vorsicht, bissige Chemie.

Sie sagt: »Hast du irgendwie … einen Stift und Papier?«

»Hab ich. Journalismus … *you know*.«

Er macht sich an einer schwarzen kunstledernen Umhängetasche zu schaffen, die neben dem rechten vorderen Bein seines Stuhls steht. Vera hatte sie noch nicht bemerkt. Sie ist hübsch – Männer, die so was bei sich tragen, denkt sie, machen sich jedenfalls keinen Kopf, ob sie auch maskulin genug wirken. Vera hat schon wieder Glück, jedenfalls empfindet sie es so: Der Spiralblock, den Frigyes samt einem schwarzen Kugelschreiber vor sie hinlegt, ist ein karierter von Herlitz. Die Karos erleichtern ihr das freihändige Zeichnen. Sie malt ein Quadrat mit einer Kantenlänge von vier Karos auf das erste Blatt. In die Mitte dieses Quadrats setzt sie einen gut sichtbaren Punkt, dann zeichnet sie darum einen vom Quadrat eingeschlossenen Kreis mit einem Radius von zwei Karos und sagt zu Frigyes, der sich, offensichtlich interessiert, wieder etwas vorgebeugt hat: »So, du siehst ja, oder solltest es sehen, wenn ich nicht zu sehr gekrakelt habe: Das Quadrat hat eine Kantenlänge von 4, der Kreis einen Radius von 2.«

»Du zählst nach diesen … die Dinger.«

»Die Karos, genau. Das mit Vier habe ich gemacht, damit es etwas größer ist, ich hätte auch zwei nehmen können, das wäre tatsächlich das kleinste Quadrat gewesen für meinen Zweck. Und der Zweck ist?« Sie fragt wie eine Lehrerin, er sagt brav: »Ähm, dass der … der Radius von dem Kreis ist genau die Hälfte der Kantenlänge.«

»Und damit ist es der größte Kreis, der noch in dieses Quadrat passt, ohne dass die Kreislinie drüber rausreicht. Über das Quadrat.«

»Okay, ich hatte auch Mathe: Das heißt, dieser Kreis berührt das Quadrat viermal. Das ist immer so ein Punkt. Vier Punkte.«

»Und wie viele Dimensionen hat das Ding?«

»Ähm … na ja, zwei?«

Er ist sich nicht ganz sicher, aber keineswegs aus Dummheit, sondern aus Respekt vor ihr. Es schwingt, merkt sie, in seiner suchenden Antwort etwas wie der Gedanke mit, so einfach kann es ja nicht sein, diese Frau ist schließlich viel klüger als ich.

Sie findet charmant, wie er versucht, das zu verbergen, und sagt: »Genau, zwei, Länge und Breite. Dieser Kreis, das ist ein Ding in der Ebene, dessen Punkte alle gleich weit von einem Mittelpunkt entfernt sind. So kommt der zustande.«

»Okay. Ja, beim Quadrat ist es ja anders, die Eckpunkte sind weiter weg als die Seitenpunkte, ähm, also, nicht alle, aber …«

»Ja. Und wie wäre das jetzt in drei Dimensionen? Was wird aus dem Quadrat, wenn eine Dimension dazu kommt, die Höhe?«

»Ein so ein … ein Kasten, wie sagt man …«

»Ein Würfel.«

»Ja, *right,* ein Würfel. Alle Kanten gleich lang, aber ähm mehr Kanten. Vier mehr.«

»Acht mehr. Oben liegt auch wieder ein Quadrat.«

»Ach so, ja. Ja und sechs Flächen am …«

»Genau. Und was wird aus dem Kreis?«

»Ein Ke… ein Zylinder. Wenn man ihn hochzieht, oder?«

»Nein, hör mal, die Regel bleibt in Kraft: Alle Punkte gleich weit von der Mitte weg, das gibt …«

»Ja, sorry, hattest du schon gesagt. Eine Kugel.«

»Exakt. Aber du kannst auch in die andere Richtung gehen, dem Quadrat und dem Kreis jeweils eine Dimension wegnehmen, dann hast du«, sie malt es auf, »zunächst für das Quadrat …«

»Einfach nur noch einen Strich.«

»Eine Strecke, sagen wir. Eine Strecke mit Länge 4.«

»Ja, okay, warte mal, das weiß ich auch noch, eine Strecke ist ein Teil von einer Geraden, denn eine Gerade ist unendlich.«

»Genau. Und der Kreis?«

»Der Kreis, was?«

»Na, in einer Dimension.«

»Ähm, gleich weg vom äh Mittelpunkt der … von der Hälfte der Strecke?«

»Genau.«

»Na ja, zwei Punkte halt, jeweils an den Enden der Strecke.«

Sie nickt, sehr zufrieden, und sagt: »Du siehst, in zwei Dimensionen nimmt der Inhalt des Kreises nur einen Teil des Inhalts des Quadrats ein.«

»Da in den vier Ecken ist der Kreis nicht. Ja, das sind so Dreiecke, die … also eine Seite von jedem Dreieck ist halt krumm. Bogenförmig.«

»Bogenförmig, genau. Und in einer Dimension?«

»In … in einer … oh, okay. In einer Dimension ist der Teil, den der auf 'ne Linie zusammengedrückte Kreis abdeckt, innen genauso groß wie das Innere von dem auch auf 'ne Linie zusammengedrückten Quadrat. Und, warte, jetzt hab ich schon, was du willst: Bei einer Dimension ist der Inhalt des, naja, Kreises identisch mit dem Inhalt des Quadrats, soweit es halt einen hat, in zwei Dimensionen ist der Inhalt des Kreises kleiner als der des Quadrats, und in … in drei Dimensionen ist der Inhalt, das …«

»Das Volumen.«

»Das Volumen von der Kugel noch mal kleiner als der Inhalt des Würfels, also wenn man sie mit Wasser vollmachen würde …«

»Dann ginge in die größte Kugel, die gerade noch in den Würfel passt, weniger Wasser als in den Würfel selber, und zwar im Verhältnis weniger, als, wenn das Wasser jeweils nur ein Molekül dick wäre, auf einen Kreis in der Ebene versus ein Quadrat in der Ebene.«

»Weil es jetzt acht Ecken sind, in drei Dimensionen, statt nur vier, wie wenn es flach ist. Wie wenn es in der Ebene ist.«

Sie staunt still – er ist ziemlich gut, denn er bleibt beim Thema, was beispielsweise bei Gerd nie geklappt hat. Dessen sogenanntes philosophisches Denken lief der jeweils untersuchten Sache spätestens beim zweiten Denkschritt tangential auf alle möglichen, meist einfach durch Wortgleichklänge und ähnliches ermöglichten Bahnen davon. Denken – das waren für Gerd fast immer Assoziationsspiele: Was fällt mir dazu noch alles ein?, nicht Folgern, etwa: Was ist das, welche wahren Aussagen lassen sich treffen?

Vera sagt: »Wir sehen also, wenn wir die Anzahl der Dimensionen erhöhen und dabei immer wieder dieselbe Sache machen, das heißt, eine Hyperkugel – alle Punkte gleich weit entfernt – in einen Hyperwürfel, das heißt: zwischen gleichlange Kanten setzen, so dass es die jeweils größte Kugel ist, die reinpasst …«

»Dann wächst der … der Inhalt von dem Würfel schneller als der von der Kugel. Der Würfel wird, relativ zur Kugel, immer größer.«

Sogar das Wörtchen »relativ« benutzt er sachlich zutreffend, nicht wie ein Dichter! Vera bestellt noch einen Wein und dann ein Mineralwasser, sie will's nicht übertreiben. Das Frühstück möchte sie freilich, anders als er seins, noch nicht abräumen lassen.

Sie knabbert weiter, während sie erzählt: »Das Gemeine ist, da steckt noch mehr dahinter. So ein Hyperwürfel von n Dimensionen, das ist ein merkwürdiges Gebilde. Seine längste

Diagonale hat die Länge Wurzel aus n. Es gibt eine Gleichung, eine Formel, wenn du so willst, wie man das bestimmt, dieses Verhältnis zwischen den höherdimensionalen Würfeln und den höherdimensionalen Kugeln. Und da stellt sich nun raus, es ist nicht nur eine relative Sache in deinem Sinn, sondern die Kugeln werden auch absolut kleiner, sozusagen, also: Ab der fünften Dimension, ab dem Penterakt – so nennt man den Würfel da, in zwei Dimensionen heißt er Quadrat, in drei Würfel, in vier Tesserakt, in fünf … also, ab fünf Dimensionen drückt der Würfel die Kugel gewissermaßen zusammen.«

»Gewissermaßen.« Er guckt verschmitzt.

Sie weiß nicht genau, ob er damit überspielen will, dass jetzt doch der Moment eingetreten ist, den sie fürchtet – dass er das Interesse verliert, oder dass ihn langweilt, was sie erzählt, oder dass es ihn irgendwie abstößt, wenn jemand den Verstand so tief in eine derartige Aufgabe bohren wollen kann – oder, wie's meistens bei Gerd war: all das auf einmal.

Stattdessen sagt er: »Wegen der Ecken, oder?«

Einen Augenblick lang dreht sich die Welt neu, oder krempelt sich um, oder macht sonst etwas vollständig Unvorhersehbares, als Vera bewusst wird, dass soeben passiert ist, was sie noch nie erlebt hat: Jemand denkt mit ihr über ein Problem nach und macht einen Sprung dabei, von dem sie spürt, dass er richtig ist, aber nicht gleich weiß, warum.

Das bedeutet: Frigyes denkt nicht nur mit, sondern in eine andere Richtung voran als in die, in die sie denkt. Vera sagt: »Na ja, es ist wegen der Mitte. Weil …«

»Ja, meine ich ja. Die Ecken sind das Äußerste von dem Würfel, *right?* Und die Kugel ist in der Mitte, und wenn man den Schritt von einer Dimension zu zweien und den nächsten zu dreien mitmacht – und ich sage dir, *here and now,* das sind die beiden einzigen Schritte, die ich überhaupt in die Birne kriege, bei vier Dimensionen ist für mich schon Schluss, ich komme – wie sagt man? mental, ja – ich komme mental gar nicht in deine fünf, wo das Zusammendrücken der Kugel anfängt, wie du sagst, wo sie kleiner wird – aber eins ist klar: Von eins nach zwei und von zwei nach drei Dimensionen gibt es immer mehr Ecken …«

»Und immer weniger Mitte, wo die Kugel noch sein kann.« Sie strahlt, es stimmt, er versteht es.

Frigyes sagt: »Und das ist so, obwohl … nein … weil … Ja, das ist dann natürlich das Irre: genau weil, nicht obwohl …«

Er schließt die Augen, Vera denkt verzaubert: So sieht er aus, wenn er schläft. Nein, berichtigt sie sich, es ist ja viel besser: So sieht er aus, wenn er sich über den Punkt hinaus konzentriert, auf den all die trägen Hirne schon keine Lust mehr haben. Wenn es ernst wird.

Frigyes öffnet die Augen und sagt: »Weil es die größte Kugel ist, die exakt reinpasst. Deshalb wird sie kleiner. *Crazy.*«

»Ja, und die Gleichung sagt … also, die Kugel berührt den Würfel in der Mitte jeder seiner Flächen, und … ein Würfel in hundert Dimensionen zum Beispiel hat zweihundert solcher Flächen, aber er hat schon zwei hoch hundert Ecken.«

»Okay. Wie ein Würfel in drei Dimensionen ähm … sechs Flächen hat, aber zwei hoch drei Ecken, also zwei mal zwei mal zwei, also acht.«

»Richtig«, bestätigt Vera und lehnt sich zurück, denn ihre Arbeit ist getan.

Sie kennt seinen Gesichtsausdruck: So zufrieden, denkt sie, sah ich auch aus, als ich verstanden habe, was, zum Beispiel, in der Kategorientheorie eine Retraktion ist, mithilfe eines Identitätspfeils.

Er lehnt sich auch zurück, und sie sehen einander an, mit mehr Abstand als eben, aber einmütig. Vera denkt: So ist das, wenn man zusammen etwas vollbracht hat, statt nur alleine. Ganz schwach, im Hintergrund des Denkens, erinnert sie sich, dass sie ein vergleichbares, aber eben nicht geistig verankertes Gefühl mit Gerd nur ein einziges mal hat teilen können – beim Streichen seiner Wohnung hier in Berlin, als alles fertig war, wunderbar weiß, nach anderthalb anstrengenden Tagen, beim Einzug. Der Ort hatte nicht nur seine Wohnung sein sollen, er wäre eigentlich ihrer beider Wohnung gewesen, wozu es dann aber nicht kam, weil die Beziehung leider sterben wollte. Musste. Durfte?

Frigyes sagt: »Und das ist also das, was dein Vater gemacht hat.«

»Äh, naja, nein, er …«

»Halt, nicht, ich verstehe schon: Das hat er nicht bewusst gemacht, das ist nur dein Bild für das, was er gemacht hat. Er hat die Kugel gesucht in dem mehrdimensionalen Würfel, also in den ganzen Dimensionen.«

»Ja, weil ihm sozusagen klar wurde, dass es mehr Dimensionen sind, als die SPK sieht – die staatliche Plankommission. Manchmal findet man die Dimensionen ja erst, wenn man genauer hinschaut: Also, man könnte denken, die Bewegung eines, ich weiß nicht, eines Vogels, die hat erst mal zwei Dimensionen: Zeit und Raum. Der Vogel ist zu einem je verschiedenen Zeitpunkt an einem je verschiedenen Ort.«

»Verstehe – wenn es ein Kriechtier auf einer Fläche wäre, ist es eine dreidimensionale Rechenaufgabe, denn dann hast du nur die Fläche, Länge und Breite, und dazu als dritte Dimension den Zeitpunkt. Aber bei einem Vogel hast du dann auf einmal auch noch die Höhe, der fliegt hoch und runter. Da wird es eine vierdimensionale Aufgabe. Und so sieht dein Vater also …«

»Er sieht zum Beispiel, es gibt das staatliche Außenhandelsmonopol, und der Staat handelt mit anderen Staaten, aber das ist eben nicht eine Dimension, das sind zwei, denn der Handel mit den Partnerstaaten des RGW ist was anderes als der Handel mit kapitalistischen Staaten …«

»RG…«

»Rat für gegenseitige Wirtschaftshilfe.«

»Ist das … der … Warschauer Pakt?«

»Nein, der Vertrag von Warschau, das ist die NATO des Ostens. RGW, das war …«

»Nicht militärisch, sondern wirtschaftlich. Okay, *I get it.*«

»So. Also … mein Vater hat halt die Kugel des Sozialismus im mehrdimensionalen Würfel der Weltwirtschaft gesucht, sozusagen. Und er wusste nie, ob er jetzt gerade in einer der Ecken rumschleicht, wo sie eben nicht ist, diese Kugel, oder ob er sich nah der Mitte befindet, weil: je mehr Dimensionen das Ding hat, desto kleiner ist diese Mitte.«

»Und du suchst jetzt die Kugel seiner Theorien … im mehrdimensionalen Würfel seiner Papiere.«

Er lacht, sie lacht mit.

»Ja, naja, das wird wahrscheinlich sogar schwieriger als für ihn die Suche nach dem Sozialismus. Aber egal.«

»Darf's noch was sein?«, fragt die Bedienung.

Vera blickt zu ihr auf, als wäre die junge Frau aus einer der höheren Dimensionen ins Café gepurzelt, von denen gerade die Rede war.

Vera sagt: »Ich … ja, einen Kaffee … nein, einen Milchkaffee hätte ich gerne noch. Und das …«, sie nickt den fast leeren Tellern zu, »können Sie mitnehmen.«

»Für Sie?«, wendet sich die Bedienung an Frigyes, der freundlich »Danke, nein« erwidert.

Vera sagt: »Es ist ein ziemlich wilder Wust. Da steht auf einer Seite manchmal was über Koeffizienten und Semi-Invarianten von … da beschäftigen ihn Konvergenzsätze, eine total abstrakte mathematische Sache, und dann plötzlich schreibt er Zahlen an den Rand beziehungsweise Relationen, die er aus irgendeiner alten Zeitschrift abgeschrieben hat, was weiß ich, 1987, die Arbeitsproduktivität der DDR zur BRD verhält sich wie 70 zu 100, die der UdSSR zu derjenigen der USA sogar nur wie 55 zu 100, und noch schlimmer ist es in der Landwirtschaft von UdSSR und USA, da steht es 20 zu 100. Und auf derselben Seite wie die Gleichungen finde ich das dann. Das muss man erst mal auseinanderfummeln. Und dann wieder integrieren, weil es für ihn auch irgendwie zusammengehört hat, sonst stünde es ja nicht auf derselben Seite.«

Frigyes scheint kurz mit sich zu Rate zu gehen, ob er sie etwas fragen soll. Der Kaffee wird gebracht. Frigyes fragt: »Die Zahlen. Diese Zahlen für 1987, die hast du dir jetzt gerade so ungefähr ausgedacht, oder? Als Beispiel?«

»Nein, ich habe die gestern Abend gelesen, und ich kann mir so was manchmal ganz gut merken. Manchmal, nicht immer. Dann, wenn es wichtig ist für die Größenordnung der Sachen, wenn da eine Aussage drinsteckt. Eigentlich bin ich nicht gut mit Zahlen.«

»Aber wenn es der Radius der Kugel ist, die du suchst, den merkst du dir«, sagt er und grinst hinreißend. Sie zuckt mit den Schultern, das soll sagen: So ist es wohl.

Sein Blick bleibt aufmerksam, aber abwartend. Sie scheint am Zug zu sein, weiß aber nicht, weshalb, und sagt deshalb ein wenig zögerlich: »Ist es … ist es das? Hast du dir das so vorgestellt, ungefähr? Als du gemeint hast, es wird für dich an den Punkten interessant, an denen es für mich interessant ist?«

Er sagt: »Ja. Genau so. Weil, was ich hier machen will mit dem Ding, mit anderen Gesprächen auch, ist eben … Ich hab Stevens Antifa-Leute interviewt. Da gibt es nämlich zwei, da ist der eine Sohn ein alter Westler, die sind aber CDU-Leute, und die Freundin, die … die ist bei ihrer Mutter aufgewachsen, alleinerziehend, die arbeitet am Theater, diese Mutter, an der Volksbühne, und ist in der Linkspartei, und war in der FDJ … Solche Kontinuitäten und Kontraste … Aber ich dachte eben, es hat nur drei Dimensionen, um es in deiner Sprache zu sagen, nämlich Westen, Osten und dann die vergrößerte Bundesrepublik von heute, aber da sind eben mehr Brüche drin und mehr Dimensionen. Also bei dir, da ist es ja: Wie hat dein Vater den Zusammenbruch verarbeitet, das sind diese Aufzeichnungen, und dann andererseits, wie verarbeitest du jetzt die Aufzeichnungen. Das ist keine neue ganze Dimension, aber sozusagen … es kommt eine halbe Dimension dazu. Gibt es das? Halbe Dimensionen?«

»Ja, das gibt's, die Dimensionszahl muss nicht ganzzahlig sein.«

»Okay. Ich meine, nicht ›okay‹ im Sinne von: Hab's verstanden, aber im Sinne von: Gut, dass ich das jetzt weiß.«

Er lacht, dann sagt er: »Okay … und … ja, also wenn es dich nicht stört, ich meine, auch diese Sachen mit den Zahlen, mit den Wirtschaftsdaten … ich weiß nicht, können wir das irgendwann konkreter machen? Also, dass du mir das noch mal zum Mitschreiben oder wirklich auf einer Aufnahme erzählst, oder wir treffen uns noch mal, vielleicht, dass du mir die Sachen auch zeigst, seine Skripte, wenn das nicht …«

»Nee, das geht doch. Können wir machen.«

»Oh, gut. Danke, toll. Das Einzige ist: Ich will das jetzt relativ bald …«

»Ja, bei mir wäre es auch gut, wenn es gleich kommende Woche …«

»Irgendwann abends?«

»Ja, gerne. Mittwoch?« Sie schießt ins Blaue und trifft.

»Mittwoch ist prima.«

Danach ebbt die spürbare, nicht unangenehme Spannung zwischen ihnen ein wenig ab, und man beginnt, sich zu verabschieden, plaudert zwar noch ein wenig über gemeinsame Bekannte, über das Wetter in Berlin, und sie erzählt ihm auch davon, dass sie heute Morgen das Gefängnis gesehen hat, in dem Frigyes' Onkel sich mit Honecker eine Zelle teilen durfte. Aber kleine Trennungspartikel wie »ja, also« oder »gut, na dann« mischen sich in ansteigender Frequenz in die Sätze, und schließlich steht Vera als Erste auf, allerdings zunächst, um zur Toilette zu gehen.

Als sie wiederkommt, hat er sich schon vom Stuhl erhoben, seine kleine Tasche umgehängt und bezahlt, wie Vera am Gesicht der sich offensichtlich zufrieden vom Tisch entfernenden Bedienung erkennt. »Oh, aber …«, sagt Vera.

Frigyes winkt einfach ab, lächelt sein Charmeurslächeln. Sie umarmen einander, es ist gar nicht die Rede davon, wer jetzt wo hingeht, sondern es steht fest, dass man sich trennt – fürs Erste, nicht für lange. Draußen gibt es keine weitere Umarmung und auch keinen Kuss.

Frigyes winkt ihr nur noch einmal, schon auf der anderen Straßenseite, bevor er dort in ein Taxi steigt. Sie geht zur Bahn, fährt zum Hauptbahnhof, der Himmel ist jetzt fast klar, blau, die Sonne scheint.

Sie kauft sich eine Cola Zero, setzt sich auf die trockene Treppe, ruft zuerst Manuel an, der aber ärgerlich einsilbig ist und nicht angemessen enthusiastisch auf ihre Andeutungen betreffend den schönen Mann reagiert – keineswegs aus Eifersucht, nur: »Ich hab einen Absturz hinter mir, mit zwei Typen vom Comicladen, und werde heute wohl den ganzen Tag auf dem Flur liegen hier, wie so ein gestrandeter Walfisch. Fühl mich Scheiße, Vera, und will von deinem Glück nix wissen, und hab auch wieder nicht im Lotto gewonnen, was ich tatsächlich nicht verstehe, denn so langsam müsste das Geheimsystem mal anspringen. Kackwelt.«

Sie schimpft ihn nicht aus für diesen Mangel an Sensibilität, sondern fasst sich von da an einfach kurz – auf eine Art, die ihm rasch begreiflich macht, dass sie das Gespräch beenden will. Sie denkt: Man kann nicht immer füreinander da sein, dass was schiefgeht, kommt in den schönsten Freundschaften vor.

Sie tippt die nächste Nummer ein. Sofort meldet sich eine wesentlich lustigere Stimme: »Ah, Edeltraut, hallo! Oder nee, warte, du heißt ja Vera! Was is? Biste in der Hauptstadt? Rufste wegen heute Abend an?«

Vera, die eigentlich Petra verblüffen wollte mit einer Erzählung vom riskanten Start in den Tag, den sie sich erlaubt hat, ist jetzt selbst verblüfft: »Ah, heute Abend, wieso …?«

»Das Konzert in Erfurt, Alte! Ich hab dir hundertmal gemailt!«

Es stimmt nicht, nur zwei Mails von Petra sind in den letzten Tagen bei Vera eingetroffen. Beide allerdings, ein Rundschreiben an viele und eine persönliche Mitteilung, wiesen tatsächlich auf irgendetwas hin, das mit Stevens Arbeit oder Nebenarbeit (oder Mission oder Leidenschaft?) zu tun hatte, einer elektronischen Remmidemmimusik, für die Vera nie sonderlich viel übrig hatte. Electroclash, oder wie war das? Sie fragt nach: »Das ist heute Abend? Und in … Erfurt?«

»Ja, Mensch. Echt, Vera. Ich dachte, du bist wieder hier, wieder da, ich dachte, du kommst mal langsam raus aus deinem Alte-Jungfer-Kokon, da gibt man dir schon mal ’ne Chance, ganz vorne dabei zu sein … hey, es wird SO lustig! Wir fahren mit dem Zug, Steven, Azar, Fadi, Knolle, Hubbi, Dockel, ich auch, du kannst mitkommen. Regionalzug, der Hammer, spart Geld, und das Equipment kriegen wir so auch gleich transportiert. Alles für den Antifaschismus! Benefiz! Jugendzentrum! Zehn Stunden Fahrt von Berlin nach Nirgends …«

»Zehn Stunden?« Vera zweifelt sehr am Sinn der Sache.

Petra kräht: »Ach Alte, wirklich jetzt mal! Ist doch nur ganz klein wenig übertrieben von wegen des Humores, was ist denn los mit dir?«

»Des Hu… Mit mir? Willst du ja eh nicht wissen.« Sie ist fast eingeschnappt, weil offenbar niemand auf diesem Planeten dazu aufgelegt ist, an der Sensation der zarten Bande, die sie da gerade mit Frigyes knüpft, in angemessen ehrfürchtig lauschender Weise teilzuhaben.

Petra immerhin scheint zu merken, dass sie nicht die Einzige ist, in deren Leben etwas vorgeht, über das zu reden lohnt, und fragt daher nach: »Nicht wissen wollen? Ich? Meinst du jetzt 'ne ganz andere Petra, oder hamse dir ins Hirn geschissen oder was genau ist schiefgegangen? Wer kümmert sich denn immer um dich? Wer schließt dich jede Nacht ins Gebet mit ein? Also komm jetzt, erleichtere dein Gewissen, klär ma uff, Teuerste, wat jibbet?«

»Ich war gerade frühstücken.« So knochentrocken sagt Vera das, als wäre sie ein Fahrkartenautomat, der schlecht sprechen gelernt hat. Petra kiekst: »Früüühstücken! Ich fass es nicht! So richtig mit Milch und Brötchen?« – der Spott will lustig sein, aber Vera erwidert ganz ruhig: »Nee, mit Frigyes. Oder wie man das ausspricht.«

Sie spricht es richtig aus; sie hat ihn gefragt, wie das geht, beim Verabschieden.

»Wa-wa-wa! Wa? Wa? Und damit du es auch glaubst: Wa… wie bitte … wa?«

Endlich jemand, der passend durchdreht, denkt Vera, die sich in diesem Moment, an der Nase von der Sonne gekitzelt, selbst ausnehmend gut gefällt.

Petra holt Luft und sagt: »Also ihr habt gestern Nacht … echt?«

Vera denkt: Verflucht, wieder Punkte verloren – an diese Möglichkeit, an diesen Nebensinn ihrer Mitteilung hat sie gar nicht gedacht, jetzt muss sie wieder ein Stück zurückrudern: »Nein, Quatsch. Nichts dergleichen. Wir hatten uns nur zum Frühstück verabredet, in Mitte. Eine Art Schnupper … dingsbums.«

»Schnupperbumsen! Großartig! Was? Spinnst du? Wo hast du denn das gelesen, im Internet? Ist das so was aus dem In-ter-net? Ich hab dir doch gesagt, lass das! Wenn du schon vereinsamst, dann lies nicht auch noch Internet! Was?«

Vera hört Steven irgendwas grummeln, es fällt das Wort »strampeln«, Petra sagt, offensichtlich nicht an Vera gerichtet: »Geh dich lieber mal waschen, du Stinkbär! Oder wenigstens Zähneputzen! Unfassbar! Ich kann hier strampeln, wie ich will, damit das mal klar ist, es ist ja auch zum Strampeln, es ist zum Wahnsinnigwerden, was diese Internet-Vera mir da erzählt von ihrem Internet-Frühstück!«

»Es war in echt, nicht im Internet«, sagt Vera und schafft es sogar, die Sache lustig zu finden: Petras unbezwingbare Unverschämtheit wieder, die reißt uns einfach alle mit.

»Aber ihr könnt doch nicht ins Café gehen! Ins Café, was ist das denn? Ihr geht zu ihm oder zu dir, und auch nicht am helllichten Sonntag, sondern abends am Freitag oder Samstag, nach dem Club oder dem Theater oder Kino oder Essen! Wenn ihr bloß ins Café geht, dann könnt, könnt … dann … Meine Güte, dann könnt ihr genauso gut auch gleich zusammen ins IN-TER-NET gehen!« Sie schreit das Wort, wie man das Wort »Nazis« schreien muss, wenn die Nazis kommen.

Vera sagt, was ihr dazu einfällt, mit einer Heiterkeit, die Petra bei ihr tatsächlich seit Jahren nicht erlebt hat: »Hör mal, du Ziege, du kannst mir das gar nicht versauen, also gib dir mal keine Mühe mehr. Ich mach das alles richtig. Das hat genau das Tempo, das ich mir wünsche. Der und ich, da wird … da wird schon alles gut.«

»Ich muss mir ja wohl die Ohren putzen. Ich muss mir ja wohl die Augen waschen und mich selber kneifen. Hat die alte Ulitz gerade gesagt, dass schon alles gut wird? Hat sie. Doch, hat sie. Hm hm hm.« Eine dreiste Parodie der Nachdenklichkeit ist das. Dann, unvermittelt: »Also kommste jetzt mit oder nicht? In vier Stunden am Hauptbahnhof! Regionalzüge! Qual! Elektropop!«

»Petra …«

Die Freundin imitiert ein Gähngeräusch: »Üääääähhhh. Ach ja, Peeeetraaaa, schon klar, schnarch. Also nicht. Lieber wieder Internet.«

»Nee, weißt du, also Regionalzüge und Qualen gern, aber Elektropop, das ist halt nicht so meins.«

»Du bist mehr so eine zum Frühstücken, ja? Und dass es für den Antifaschismus da in der Provinz ist, das ist dir auch egal? Dass die Nazis dann siegen? Alles egal?«

»Naja, egal ist ein starkes Wort …«

»Gar nicht, egal ist ein extrem schwaches Wort, ein egales Wort. Eine Einheit von Form und Inhalt. Ich weiß das, ich hab Lingusophismus studiert. Oder das war ja dein Gerd, ich war ja Bio auf Lehramt.«

»Ist nicht mein Gerd. Der hat mir übrigens gestern auf die Mailbox erzählt, dass du dir Sorgen machst, wenn er und ich uns so auseinanderleben.«

»Ja, das stimmt, der weiß es genau, worüber ich mir immer die ganzen Sorgen mache. Der Idiot. Soll lieber mal die geliehene Staffel ›Hawaii 5.0‹ zurückgeben, dieser … dieser …«

»Trottel.«

»Was?«

»Trottel. So hat mein Vater ihn immer genannt.«

»Na, das ist ja dann praktisch von der Akademie der Wissenschaften der Deutschen Demokratischen Republik beschlossen und verkündet. Aber darf ich noch mal fragen, warum du nicht bereit bist, mit uns Genossinnen und Genossen vor Langeweile auf der Fahrt nach Erfurt zu sterben für den Antifaschismus?«

Die Wahrheit ist, Vera hat nicht die geringste Lust auf Musik unter Leuten. Außerdem will sie mit erfrischter Neugier die Papiere ihres Vaters studieren, schon damit sie für das Treffen am Mittwoch mit Frigyes wieder Munition hat. Und schließlich schuldet sie auch Mike von der »jungen Welt« Rechenschaft oder wenigstens einen Zwischenbericht. Und dann ist da ihre eigene Neugier auf die Kugel, die im Würfel ihres Vaters versteckt sein könnte, irgendwo zwischen all den Ecken.

Das alles aber kann sie, weil es kompliziert und ambivalent ist, Petra nicht ohne weiteres erzählen. Deshalb gebraucht sie eine einfache Ausrede, die noch nicht einmal völlig aus der Luft gegriffen ist: »Ich muss morgen ganz früh zum Makler. Ich habe da einen Termin, damit ich die Wohnung zu Geld machen kann, und eure Party da, das geht doch eh wieder erst um neun los …«

»Stevens Auftritt ist um elf.«

»Siehst du. Und bis wir dann … ich meine, selbst wenn wir noch in der Nacht zurück …«

»Ja, ist gut. Nee, wirklich. Verräterin«, sagt Petra mit ganz und gar liebevoller Stimme.

Es folgt Geplänkel, aus dem Vera aber entnehmen kann, dass Gerds Behauptungen darüber, wie gut er mit Petra stehe, kompletter Quatsch sind, und dass Petra sich aufrichtig für und mit Vera freut über das, was sich mit ihr und ihrem Frühstücksgesellschafter anbahnt.

Nach dem Telefonat steht Vera auf, öffnet ihren Mantel, kauft im Untergeschoss des Bahnhofs alles, was sie für Spaghetti Napoli braucht, außerdem weitere Lebensmittel für die Woche, und geht dann, mit zwei gar nicht so leichten Tüten bepackt, zu Fuß nach Hause.

Erst als sie die Haustür aufschließt, wird ihr klar, dass sie über diese Wohnung jetzt so denkt, mit diesen Worten: »nach Hause, zu Hause.«

Sie nimmt sich nicht sehr entschieden vor, solche Gedanken nicht mehr zu denken, sie jedenfalls in Anführungszeichen zu setzen. Dann verstaut sie die Lebensmittel, trinkt eine Milch und geht ins Wohnzimmer, wo sie sich als nächstes, und für den Rest des Abends, das Papierbündel »Gleichgewichte und Katastrophen« vornimmt.

Wie kippt ein scheinbar stabiler Zustand?

Was für Formen hat das? Die Bilder, die ihr Vater gezeichnet hat, um den Schwalbenschwanz und die anderen Katastrophentypen sensu Thom zu illustrieren, auf Graphenpapier, kommen ihr fast wie Kunst vor. Nein, doch nicht: Bei Kunst, wenn es nicht einfach Fotos sind oder gegenständliche Gemälde und Zeichnungen, weiß sie nie, was das bedeutet. Hier schon.

Drei:
Die Welt ist kein sicherer Ort

Kopetzkys Büro befindet sich am hinteren Ende eines anderen, größeren Büros, als hineingeschachtelter Glaskasten, dessen Wände das Reich eines offensichtlichen Chefs von den Mehrpersonentischen seiner sechs Untergebenen trennen. Bevor sie den Kasten betritt, schaltet Vera ihr Smartphone aus. Falls der Mann dann selbst angerufen wird, hat sie einen vagen moralischen Vorteil, etwas, das sie mehr spürt als denkt: Ich jedenfalls werde voll bei der Sache sein. Ein wenig ist das auch als Ausgleich für die Saumseligkeit gemeint, die sie sich in der Wohnungsangelegenheit bislang hat zuschulden kommen lassen.

Kopetzky sieht aus wie ein etwas verhungerter Hamster in einem zu großen grauen Anzug. Seine Haare lässt er sich anscheinend mit einem ganz kleinen Rasenmäher frisieren, sein Lächeln ist leicht säuerlich, seine Stimme aber angenehm, schnurrend, samtig: »Bitteschön, setzen Sie sich doch! Was zu trinken?«

Vera lehnt ab.

Er sagt seiner telepathisch herbeibefohlenen Assistentin: »Espresso reicht.« Die fliegt davon

Zwischen Vera und dem Makler, auf einem mokkafarbenen Tisch, liegen Papiere, rechts daneben steht ein Schälchen mit Büroklammern in gelber Gummiverkleidung. Eine davon ist aufgebogen zu einer langen Nadel. Vera hat die plötzliche, ebenso spaßige wie gruslige Eingebung: Damit popelt der verhungerte Hamster manchmal in seinen Ohren herum, wenn er vom vielen Handytelefonieren verklebte Gehörgänge kriegt.

Kopetzky schaut sie erwartungsvoll an, als wollte er sagen: Und wie machst du uns zwei jetzt reich, fremde Frau?

Ein tiefes, kehliges Lachen juckt in Veras Hals, aber sie nimmt sich zusammen und sagt: »Es ist nämlich folgendermaßen …«

Der Satzanfang nutzt einen alten Trick, den Vera bei ihrem Vater aufgeschnappt hat – das Wörtchen »nämlich« tut so, als wäre man bereits mitten im Gespräch, es überspringt gleichsam eine ganze Reihe Hürden der Verständigung. Wer dazu dann noch »folgendermaßen« sagt, etabliert Führung – man wird, ob freiwillig oder nicht, beim bloßen Zuhören unausweichlich zur Gefolgschaft.

Es klappt. Der Hamster scheint die Ohren aufzustellen. Vera muss ein wenig an ihm vorbeischauen, um nicht doch noch zu lachen. Was sie ihm erklärt, hat sie sich vorher in der S-Bahn ganz genau zurechtgelegt. Sie hört sich selbst daher nicht einmal richtig zu, es ist, als rede nur ihr Mund, während sie in Gedanken immer noch die mathematischen Katastrophenflächen von gestern Abend begeht, dreht, wendet.

Die generelle Tendenz ihres kleinen Vortrags ist in den beiden abschließenden Sätzen so präzise wie überhaupt vorstellbar zusammengefasst: »Das bedeutet, ich kann erst in zwei Wochen wirklich alles ausräumen, will aber nur die Papiere und einige der Bücher selbst haben, möchte alles andere entweder verschenken oder auf eBay loswerden, wobei mir ein Frankfurter Freund helfen wird. Ich hab's aber andererseits durchaus eilig mit dem Vermieten und würde mir außerdem die Leute gerne selbst ansehen, meinetwegen auch schon in zwei Wochen.«

»Das heißt«, sagt der Mann – der während ihres Monologs so gut wie gar nichts getan oder gesagt, lediglich seinen Espresso entgegengenommen und ein einziges Mal an diesem genippt hat – und faltet die Hände auf dem Tisch wie ein Fernsehgeistlicher beim Wort zum Sonntag, »ich kann eigentlich jetzt gleich eine Anzeige aufgeben. Dann kommen Sie wieder, und die Leute schauen sich die Wohnung an, zum Teil vielleicht noch mit den Möbeln drin, vermutlich auch noch gänzlich unrenoviert – beim Renovieren kann ich ihnen übrigens Hilfe zusichern. Ich habe da vertrauenswürdige Leute, das sind Polen, die arbeiten schon seit Jahren für mich. Und dann geht das ruckzuck über die Bühne, da fackeln wir nicht lange, die Wohnung ist ja in bestem Zustand, davon habe ich mich überzeugt, als Ihr … als Sie und der Herr …«, sie hilft ihm nicht mit Gerds Namen, er lässt ihn aus, »… mir das alles gezeigt haben.«

Vera ist erstaunt und freut sich. Sie hat mit mehr Widerstand gerechnet.

Viel zu besprechen gibt es nicht mehr – als sie um eine Telefonnummer oder eine sonstige Kontaktmöglichkeit hinsichtlich der versprochenen polnischen Ausräumhilfen bittet, wobei sie sich zugleich vorbehält, das Nötige »vielleicht doch selber, mit Freunden aus Berlin« zu organisieren, winkt er im Aufstehen sogar ab: »Damit müssen Sie sich doch gar nicht herumschlagen, das übernehme ich dann, die Leute da sprechen meine Sprache und ich spreche ihre Sprache, das geht alles schnell und unkompliziert, schnell und unkompliziert.«

Er streckt ihr, als sie auch aufsteht, seine große Rechte entgegen, sie ergreift sie etwas zögerlich. Er schüttelt Vera die Hand, als wäre sie ein Weihnachtsbaum, in dessen Geäst sich Zwerge versteckt haben, die wissen, wo der Goldschatz ist, und die er deshalb von den Zweigen reißen will.

Sie beteiligt sich mehr oder weniger aufrichtig an seinen verschlungenen Verabschiedungsritualen, lässt sich dann der Assistentin überstellen und von dieser zum Aufzug führen.

Auf der Straße denkt sie: Alles läuft, wie ich will, nicht zu langsam, nicht zu schnell, mit Frigyes, mit dem Nachlass, mit der Wohnung – fast ist ihr das ein bisschen unheimlich, aber ein billiger Kaffee und ein passendes vollsynthetisches Hörnchen in einem nahegelegenen Stehladen vertreiben jede Grübelei.

Sie fühlt sich energiegeladen und bereit, irgendetwas Berlinisches in Angriff zu nehmen. Vera schaltet ihr Smartphone ein und wundert sich, wie viele Anrufe in der letzten knappen Dreiviertelstunde eingegangen sind – drei von einer Nummer, die sie nicht kennt, weitere zwei von einer anderen Nummer, die sie zu kennen meint, aber nicht zuordnen kann, und sieben, volle alarmierende sieben Stück von Frigyes, dessen Nummer sie nach dem ersten Gespräch, bei dem sie ihre gestrige Verabredung ausgemacht haben, sofort unter dem absurden Stichwort »Honeckers Neffe« gespeichert hat, das weder sachlich korrekt ist noch dem Gefühlswert entspricht, den diese Nummer für sie hat – eine bei ihr schon etwas ältere Strategie der persönlichen Ironisierung menschlicher Nähe (Manuels Nummer zum Beispiel ist in ihrem digitalen Telefonbuch unter »Der Spieler« einsortiert).

Die unbekannten Nummern sind beunruhigend genug.

Frigyes aber meint sie inzwischen als jemanden kennengelernt zu haben, der sie schon deshalb selbst in einem Notfall nirgendwo siebenmal anrufen würde, weil ihm klar ist, dass man, sobald man sieht, dass er's versucht hat, zum nächsterreichbaren freien Zeitpunkt zurückrufen wird.

Das versucht sie jetzt, am kleinen runden Stehtisch im Café.

Aber seine Nummer ist besetzt. Etwas, das sie sich nicht zu genau vorstellen möchte, sagt ihr, dass die fünf Anrufe von mehr oder weniger Unbekannten in irgendeiner unerfreulichen Beziehung zu den Anrufen des schönen Mannes stehen.

Deshalb kämpft sie ein paar Minuten mit der Überlegung, dass es wohl das Praktischste wäre, sie versuchte es auch bei jenen anderen, solange Frigyes nicht sieht, dass sie jetzt erreichbar ist, oder es zwar sieht, aber sich nicht melden kann, weil er selbst zu tun hat mit … ja, womit?

Mit der zweifellos schlimmen Angelegenheit, die sich da in den letzten mittlerweile 50 Minuten auf der Welt gezeigt hat und mit der Vera jetzt gleich konfrontiert werden wird, ob sie will oder nicht. So viel dazu, dass derzeit alles nach ihren Wünschen geschieht, so viel zum Rückenwind, zur Glückssträhne.

Vera will nicht mit Fremden reden, wählt also noch einmal Frigyes' Nummer.

Sein Anschluss ist immer noch besetzt – oder, denkt sie, was noch ominöser wäre, schon wieder. Dann klingelt ihr eigenes Handy. Es ist die Nummer, die ihr vage bekannt vorkommt.

Ein außergewöhnlich unangenehmes, Drehschwindel und Übelkeit streifendes Gefühl des Überfordertseins breitet sich einen Augenblick in Brust und Armen aus wie eine schwarze Puderexplosion.

Dann verbietet Vera sich streng, diesem Schwächeanfall nachzugeben, und nimmt das Gespräch an. Sie erkennt die Stimme zuerst gar nicht – eine Frau, bedrückt, verwischt, offenbar auch tränenschwer. »Issas… hallo? Sprsch… is da Vera Ulisch?«

»Vera Ulitz, ja. Hallo?« Ein Schniefen, etwas Brummendes am anderen Ende.

Vera wiederholt vorsichtig: »Vera Ulitz am … am Apparat, hallo, mit wem spreche ich?«

»Hier ist … ich bin die Azar.«

»Oh. Ah. Hallo, Azar. Was ist … was ist passiert?«

Ein anderer Anrufer klopft bei Vera an, aber sie wagt nicht, das Smartphone von der Wange zu nehmen. Azar sagt leise: »Es war … die haben uns überfallen im … es gab einen Streit im Zug. Im Zug nach … wir sind gestern nach Erfurt, weil …«

Der Satz bricht ab. Eine schreckliche kleine Schweigepause folgt.

»Zu dem Konzert?«, fragt Vera behutsam.

»Ja. Ja, wir sind … da waren Nazis im Zug. Die sind eingestiegen, mindestens … mindestens zehn oder zwölf oder …«

»Wer ist, was … ist jemand verletzt worden?«

»Steven. Steven ist … Steven ist tot. Und die … und sie sind, sie … Petra ist im Krankenhaus in Leipzig. Mein Bruder ist auch … ist … auch da, und Petra ist noch nicht … sie haben sie operiert irgendwie, aber sie ist noch nicht wach. Sie ist noch nicht wieder aufgewacht.«

»Steven ist tot?«, wiederholt Vera den Satz, als wäre das etwas in einer Fremdsprache, das ihr eben ein Lehrer vorgesagt hat und das sie jetzt nachspricht, damit der Lehrer ihre Aussprache beurteilen und, wenn nötig, verbessern kann. Sie kommt sich idiotisch vor. Sie ist entsetzt, sie ist in Panik, und sie fühlt gar nichts, und sie leidet, alles gleichzeitig.

Azar sagt: »Sie sind … ich hab deine, ich hatte deine Nummer weil, ich hab das Handy von Petra jetzt und … ich hab dich aber nicht von dem Handy angerufen, weil das … ich kann nicht mit diesem Handy telefonieren. Das kann ich nicht, das …«

Sie schluchzt. Vera denkt, was soll ich denn jetzt sagen, was kann ich tun? Dann stellt sie die einfachste Frage: »Wie geht's dir? Dir selber? Du warst auch dabei?«

»Ich hatte nur … Fadi hat mich ins, hat mich zum Klo geschubst, da war ein … zwischen den Wagen, da hat er gesagt, schließ dich ein, ich hatte was am Kopf, das hat geblutet, ich bin da rein. Da hatten sie die Messer noch nicht. Ich hab kein Messer gesehen. Fadi hat so Spray gehabt und hat … ich war da drin dann, bis der Zug … der Zug hat gehalten, da war ich noch zwei Stunden drin. Die sind nicht weitergefahren. Dann kam die Polizei, dann … dann haben sie mich, da … ich bin, ich hab aufgemacht, da war mir ganz schlecht, dann haben sie mich in die Ambulanz gebracht. Die haben mich genäht, und untersucht, und die Ärztin hat gesagt, leichte Gehirnerschütterung. Das war alles gestern Nacht. Ich soll noch mal hin.«

»Wo bist du jetzt?«

»Ich bin in Leipzig, im Hotel. Mein Vater und mein Opa sind mit dem Auto gekommen, die sind auch hier im Hotel. Die warten jetzt, dann besuchen wir Fadi.«

»Ist Fadi noch …«

»Der ist nicht mehr … der war nicht in Lebensgefahr, sagt die Ärztin.«

»Oh. Gut. Ja, das … und Petra, wird Petra …«

»Ich weiß es nicht. Ich weiß nicht, ob sie das mit Steven weiß. Er ist … sie haben ihn mit dem Messer …«

Azar kann nicht weitersprechen. Vera fragt, nach einer Pause: »Darf ich … Darf ich auch … ich möchte auch kommen. Wenn Petra …«

»Wenn sie aufwacht, ich glaube, das … das wäre gut, wenn du da wärst.«

»Dann fahre ich bald.«

»Danke. Ja. Ja, mach das. Du, ich kann jetzt … ich kann nicht so lange telefonieren.«

»Ich versteh das.«

»Ich schick dir eine SMS, wo das alles ist. Das Krankenhaus.«

»Danke, Azar.«

»Ja. Bis … bis später.«

Kaum ist die Verbindung getrennt, ruft Frigyes an.

»Vera?«

»Ja.« Es klingt kläglicher, als sie will – sie spürt einen unbeschreiblichen Stich von schlechtem Gewissen, weil sie sich freut, seine Stimme zu hören, auch wenn das eine sehr abstrakte Freude ist, wie in Papier eingewickelt, von ihr getrennt, wie eine zweite Vera, die sich freut, nein: fast freut. Es fehlt ein Stück zur Freude, und dieses Stück ist sie selbst. Sie sagt, während er noch nach Worten sucht: »Ich bin … ich weiß schon alles. Wenn du deshalb anrufst. Steven, Petra.«

Jetzt ist er es, der nur »Ja.« sagt.

Sie schließt die Augen, denn was die sehen, passt schlecht zu ihren Empfindungen: Eine Oma kauft umständlich Brezeln und Kaffee, eine junge Frau an der Theke ist genervt davon.

Vera spricht wie von weither: »Woher … wer hat's dir erzählt?«

»Dockel.«

»Ähm, wer?«

»Dockel. Manfred Dock. Einer von den Antifaleuten aus der Gruppe in Kreuzberg.«

»Ach so, ja«, sagt Vera, als wäre sie nur ein wenig zerstreut, und denkt: Die waren auch dabei, das hat Petra doch noch erzählt, gestern, diese ganzen Freaks, die sie immer kennt, mit Namen wie Knolle, Hubbi oder Dockel. Eine seltsam ungnädige Gereiztheit blitzt kurz in Vera auf über diese kindischen Spitznamen, diese ganze Politik als ewiges Spiel, nie werden sie erwachsen, und eben deshalb bin ich rausgefallen, weil ich schon immer erwachsen war, viel zu früh, aber was soll das jetzt, diese unfreundlichen Gedanken, warum fühle und denke ich so unpassende Sachen?

Frigyes rettet sie vor der unnützen Selbstquälerei: »Kann ich irgendwas machen? Was … was hast du vor, willst du …«

»Ich will hin. Ich werde hinfahren, nach Leipzig. Da ist sie jetzt, da haben sie … im Krankenhaus.«

»Okay. Ja, das … ich könnte dich hinbringen. Ich hab ein Auto.«

Erst will ihr Mund den Satz »das ist sehr großzügig« formen, auf den eine Ablehnung dieses Angebots folgen soll, weil sie ihn nicht bei sich haben kann in dieser Stimmung, weil sie nicht weiß, was sie Unangemessenes, Peinliches oder Schmerzhaftes sagen wird, bis sie sich wieder im Griff hat, weil sie keine Zeugen wünscht, wenn sie auseinanderfällt, was sie ernstlich erwartet. Aber dann besinnt sie sich und sagt: »Danke, das ist … das ist gut. Aber ich kann … ich kann nicht sofort da …«

»Natürlich … Ich dachte, vielleicht heute später, es sind ja höchstens anderthalb Stunden Fahrt da runter. Ich könnte rausfinden, wie das mit Besuchen überhaupt ist. Sie scheint ja noch … sie ist wohl nicht ansprechbar, Dockel … Manfred kommt nachher mit dem Zug an, den hole ich ab, der sagt mir wahrscheinlich den Stand. Dann könnten wir telefonieren, und ich komme vorbei, dann fahren wir, und wenn du willst, auch gleich wieder zurück.«

»Azar und ihre Familie sind dort im Hotel«, stellt Vera fest, wie im Traum.

Es sind alles gar keine Sätze über irgendetwas, das wirklich passiert, es fühlt sich an, als ob man etwas abliest oder auswendig aufsagt.

Frigyes fragt: »Willst du das auch? Willst du ein Hotel …«

»Ich weiß es nicht. Ich bin gerade … ich hab's vor zehn Minuten gehört. Ich glaube, ich weiß wirklich noch nicht, was ich will.«

Plötzlich muss sie an Gerd denken, für den ein solches Eingeständnis der Orientierungslosigkeit eine willkommene Gelegenheit gewesen wäre, ihr mitzuteilen, was sie will, in dieser tödlichen Selbstsicherheit des Gefühlsdurchblickers.

Frigyes reagiert ganz anders: »Klar. Ich weiß es auch nicht. Es wäre nicht normal. Ich hör mal auf, dich zu bequatschen, und … weißt du was, wir machen es so, ich hole den Manfred ab, und der erzählt mir ja vielleicht schon was, und warte dann einfach, dann rufst du an und … das heißt, wenn ich sage, ich warte, soll das nicht … *no pressure*. Ruf an, ruf später an, ruf auch gar nicht an, wenn du dich dagegen entscheidest und lieber mit dem Zug fahren willst oder hierbleiben oder ganz was anderes, auf das wir im Moment noch nicht kommen. Ich will nur sagen: Du kannst … ich bin da.«

»Danke, Frigyes.« Sie fragt sich, ob sie den Namen eigentlich überhaupt schon mal gesprächsweise – statt als Übung – ausgesprochen hat. Sie erinnert sich nur daran, dass sie mehrmals nicht den Mut dazu aufbrachte, weil sie sich nicht sicher war, ob sie ihn richtig aussprechen kann.

»Gerne, Vera«, sagt er, und es hat nichts Gekünsteltes, nichts von den Versuchen, einen besonderen Moment zu erzwingen, die sie bei Gerd immer so anstrengend fand.

Vera schaltet sofort das Gerät aus, eine Spontanentscheidung, als ob die Energie, die das Ding selbst im Standby-Betrieb frisst, sich beim Abschalten irgendwie auf Vera selbst übertragen ließe, die jetzt alle Energie braucht, die sie kriegen kann.

Auf irgendwelchen Wegen strebt sie heimwärts, erst zu Fuß, dann mit der Bahn, in der ihr aber zu viele, zu laute Menschen zu dicht beieinander stehen, dann also wieder zu Fuß und endlich, weil sie erschöpft ist wie lange nicht mehr, mit dem Taxi.

Sie setzt sich im Bad angezogen auf den Klodeckel, starrt auf die trübgrüne Kachelwand und denkt darüber nach, warum sie nicht weint. Hat sie Steven überhaupt gut gekannt? Sie hat lange gebraucht, bis sie bereit war, ihn Steven zu nennen, und wenn sie ihn nicht direkt anredete, sondern mit anderen über ihn sprach, war er ihr noch in letzter Zeit immer wieder einfach »Richard« oder »Petras Typ«.

Sie fand ihn zu forsch, zu jung.

Dann erinnert sie sich, wie sehr sie erschrocken war, als er die Polizei vor der Räumung jener Wohnung neulich provoziert hat, mit dieser Art, die er hatte, »was wollt ihr hier?«, als wäre das nicht klar, ein bisschen verstrahlt eben, ein bisschen lächerlich, sehr entschlossen.

Einer von uns, denkt Vera, und sie weint, es läuft und läuft und hört gar nicht mehr auf. Sie haut mit den Handballen auf die Kacheln, dass alter Putz stäubt, und beißt die Zähne aufeinander, bis die Kiefer wehtun.

Vera steht auf, zieht sich träge und mechanisch wie eine Schlafwandlerin aus, duscht, so heiß sie es aushält. Dann rubbelt sie sich rot, in einer unbeschreiblichen Mischung aus Kummer, Aggressionen gegen alles samt sich selbst und Verwirrung. Sie geht nackt ins Gästezimmer. Sie kniet und öffnet ihren Koffer, wühlt darin herum, braucht für die Auswahl ihrer Kleidung – Longsleeve-Shirt, warme Jeans, dicke Socken, Bluse, Strickpulli – so lange, bis sie zu frieren beginnt, zieht dann alles eilig an, in irrationaler Angst, sich sonst augenblicklich schwer zu erkälten, und legt sich aufs Bett, wo sie nach dem alten Mathematikbuch aus der DDR greift und darin blättert, aber minutenlang nichts von dem aufnimmt, was sie da liest.

Erst als sie am hinteren Innenumschlag ankommt, erreicht sie die Welt wieder. Denn hier, zwischen Register und jenem Innendeckel, liegt ein zusammengefalteter Zettel, den sie öffnet. Er ist dicht gedrängt beschrieben mit der peniblen Schrift ihres Vaters, aber das, was er notiert hat, legt sie nach einem flüchtigen Blick, der ihr verrät, dass gerade diese Notiz ganz bewusst an dieser Stelle in diesem Buch hinterlegt wurde, zunächst weg, um stattdessen zu lesen, was das Lehrbuch weiß – da steht, nebst drei Abbildungen, unter der Überschrift »Al-Hwarizmi – Algebra – Algorithmus«:

Anknüpfend an die hochentwickelte Mathematik der griechisch-hellenistischen Antike und an die in Indien erzielten Ergebnisse erlebte die Mathematik vom 9. bis zum 14. Jahrhundert im Nahen und Mittleren Osten, in Nordafrika und Spanien eine Hochblüte. Arabisch wurde zur Sprache der Wissenschaft der islamischen Welt. Von den islamischen Gelehrten hat der Mathematiker, Astronom und Geograph Muhammad ibn Musa al-Hwarizmi (geboren vor 800, gestorben nach 847) einen bedeutenden Einfluss auf die Entwicklung der Mathematik, auch in Europa, ausgeübt.

Dem folgt eine Herleitung des Wortes »Algebra« aus einer Verballhornung der arabischen Bezeichnung eines Rechenbuches jenes Gelehrten.

Neben den Bildern, die ein Denkmal Al-Hwarizmis in Taschkent, ein Minarett in seiner usbekischen Geburtsstadt und eine alte lateinische Handschrift aus dem dreizehnten Jahrhundert zeigen, die mit den Worten »Dixit algorizmi« beginnt, wird erläutert, dass unser heutiger Ausdruck »Algorithmus« ein Echo des Namens jenes Mannes ist.

Vera nimmt sich den Zettel wieder vor. Sie liest:

Hätte Hitlers Wehrmacht gesiegt, wüssten wir in Deutschland nichts von Einstein. Oder: Nur Falsches. Was weiß, wer nur Falsches weiß?

Im Fernsehen wissen sie über »die Araber« nichts als »Terrorismus«, und über die DDR nur »Stasi« und »keine Südfrüchte«. Sie reden über Biermann, sie reden nicht über Egon Schultz, es hat ihn nie gegeben. Biermann redet auch selbst. Schultz redet nicht. Sein Tod war eine Nachricht in der Republik, wir hielten den Atem an. Die Republik ist weg. Schultz starb an einer Grenze, die Ulbricht auf Druck der Sowjets sichern musste –

sonst hätte auch der Tod von Egon Schultz zu einem atomaren Weltkrieg führen können, wie jeder Grenzzwischenfall damals. Gleichgewicht, Katastrophenbalance. Heute sagen sie: Schultz starb im Feuer eines Genossen. Aber da hatte der Schleuser schon gefeuert. Schultz, der in Verteidigung der DDR starb, wird zum Kronzeugen gegen sie zurechtgemacht. Man kann mit einer Wahrheit lügen, wenn man einen Zusammenhang damit verdeckt. Für uns waren die Araber kultivierte Leute. Ulbricht bei Nasser. Schultz 64 erschossen, damals der Anlauf zur neuen Ökonomie des Sozialism. Ideologie: Was sind die Araber, die Juden, die DDR-Menschen in den Medien, wie wird informiert? Daten = relationale Einheiten. Norbert Wiener über den Unterschied zwischen Information, Energie, Materie. Dreiseitige Unterscheidung. Prädikatenlogik, Quantorenlogik. Wenn falsche Information nicht als bedeutungslos, sondern als eine eigene, andere Art von Information angesehen wird, verliert ZB der Operator »nicht« sein semantisches Vermögen, Information zu stören oder zu zerstören. Läßt sich überhaupt eine Logik/ eine Rechnung/ein Kalkül konstruieren, worin eine Lüge eine Information ist?

Vera faltet den Zettel wieder zusammen, schiebt ihn ins Buch, legt es weg.

Sie muss etwas essen, denkt sie.

Aber sie hat keinen Hunger. Es ist erst 14 Uhr. Sie geht in die Küche, sucht nach starken alkoholischen Getränken, wo sind sie? Otto Ulitz hat sich doch die Gesundheit damit ruiniert, es fing schon an, als sie noch bei ihm lebte, damals immer mit Rum im Tee, nein: mit immer weniger Tee im Rum, erst nur an Weihnachten, dann das halbe Jahr über, und im Sommer kam der Tequila dazu – der ist nicht so hochprozentig, das war stets seine Ausrede, alles mit Maß, und nach 1990 nie mehr Wodka, den er früher, wie Freunde sagten, die er bis 2000, na: bis 2004 noch hatte, durchaus gerne trank.

Wodka, nein, das ist russisch, die Russen haben uns verraten und verkauft. Im Klappschrank am Boden findet sie schließlich einen Tequila mit Zimt, »Don Juan«, 25 % vol., ehemals 0.7 Liter, jetzt nur noch ein Drittel voll. Die Flasche entdeckt Vera, nachdem sie jeden Speiseschrank, jedes Regal ausgeräumt hat und alles aufs Bord am Fenster, auf den Boden, auf den niedrigen Tisch, den Stuhl und die Ablage an der Spüle gestellt hat, alle Gewürze und Olivenölfläschchen, so dass sie denkt: Das wird Kopetzky nicht gefallen, wenn wir hier Leute zur Besichtigung reinlassen und die sehen diese Unordnung.

Vera steht auf, die Tequilaflasche in der Hand, schwenkt sie wie ein Pirat und lallt: »Wir saufn! Wir saufn fürn Annifaschismus unnnn fürn Sossalissmuss!«

Dann findet sie sich widerlich für diesen bitteren Witz, stellt die Flasche ins Spülbecken, geht auf den Flur, sinkt dort neben die Steckdose, weint kauernd, kauert weinend.

Sie schiebt sich die Wand hoch, hört auf zu weinen, stößt sich von der Wand ab. Dann geht sie ins Arbeitszimmer, weil es da hell ist, steht in der Mitte des Raums, schließt die Augen, streckt die Arme aus. Legt die Arme an. Öffnet die Augen.

Geht ins Gästezimmer, holt ihr Smartphone.

Kehrt damit zurück ins Arbeitszimmer, ruft Azar an. »Der Teilnehmer ist im Moment nicht erreichbar.«

Vera will Frigyes anrufen, nein, sie will es nicht.

Sie lässt es bleiben. Sie hat Durst, nein, sie will etwas Alkoholisches trinken, aber nicht den ekligen Tequila aus der Flasche, an der ein Toter gesaugt hat – ein Mann, der schon tot war, als er noch lebte, einer, der 1989 gestorben ist. Was immer die Welt sonst von ihm gedacht haben mag: Vera wusste, dass er tot war, sie sah ihn langsam und unter nutzlosem Protest verschwinden. Das war ihre Jugend.

Er ist in seine Aufzeichnungen verschwunden, nicht ins Nichts, und die sind noch da. Vera fühlt die Last, die es bedeutet, das verwalten zu müssen, was noch da ist.

Sie fühlt sich dazu außerstande, sie fühlt sich dazu erpresst. Sie zieht den Mantel an und geht auf die Straße, aber nicht nach links, zum Supermarkt, sondern nach rechts, zur Tankstelle.

Dort kauft sie einen australischen Wein, zwei Flaschen »Yellow Tail« Shiraz, je 0,75 Liter zu 7 Euro das Stück. Sie glaubt, der Mann an der Kasse schaue sie an, als wollte er ihr sagen: »Du siehst verfolgt und halbkriminell aus, du kaufst am hellen Tag Wein in einer Tankstelle, den du im Supermarkt um die Ecke billiger kriegen würdest, weil du nicht gesehen werden willst, aber sei beruhigt, ich habe dich nicht gesehen, ich werde dich nicht verpetzen.«

Wahrscheinlich erlebt er so etwas öfter, denkt Vera, und dann, im Hinaushuschen, fällt ihr ein: Was heißt eigentlich »so etwas?«

Eine halbe Stunde später hat sie die erste der Flaschen stehend, am Arbeitstisch ihres Vaters, komplett ausgetrunken, anfangs mithilfe eines nicht besonders gut geputzten Glases aus der Küche, dann, als ihr klar wurde, dass wirklich niemand sie sehen kann, direkt aus der Flasche. Als nichts mehr übrig ist, geht sie in die Küche und nimmt sich den Tequila. Sie schraubt ihn auf, braucht kein Glas. Die Hemmung ist weg, die sie vorhin noch daran gehindert hat, das Zeug auch nur zu probieren. Dass diese Hemmung von Pietät, Selbstachtung und anderen durchaus notwendigen Dispositionen gespeist war, will sie nicht mehr wissen.

Das Getränk schmeckt süßlich, wie aus tausend kleinen schnapsgetränkten Zuckerkristallen zusammengesetzt. Vera geht mit der Flasche ins Gästezimmer, nimmt sich dort zwei Kopfkissen, trägt sie und die Flasche ins Arbeitszimmer, schaltet den Fernseher an und setzt sich mit dem Tequila auf die Kissen am Boden. Papa hat bestimmt alle Rundfunkgebühren abbuchen lassen, wahrscheinlich im Voraus – das, was sie jetzt sieht, ist bezahlt, denkt Vera und lacht gurgelnd, entsetzt über nichts Bestimmtes.

Die Simpsons machen Quatsch. Dann sagt man Vera, was sie kaufen soll, vor allem Joghurt, der sie sportlich in Form bringen will, und Fertiggerichte, die ihre Kinder lieben werden, außerdem ein Rasierwasser für ihren Mann, das aus ihm einen Meeresgott machen kann.

Sie fragt den Fernseher: »Lässt sich überhaupt eine Logik, eine Rechnung, ein Kalkül konstruieren, worin eine Lüge eine Information ist?«

Dann schaltet sie um.

In einem Studio sitzt ein muslimischer Geistlicher und äußert Sorgen. Ihm gegenüber sitzt ein katholischer Geistlicher und äußert Sorgen über die Sorgen des muslimischen Geistlichen. Zwischen ihnen sitzt ein Hänfling, der mehrfach versucht, den Gedanken zu formulieren, dass die Sorgen der beiden Geistlichen auch Anlass zur Hoffnung geben, weil sie öffentlich geäußert werden, woraus sich ja immerhin schließen lasse, dass die Möglichkeit bestehe, die Dinge doch noch abzuwenden, denen besagte Sorgen gälten.

Es gelingt ihm nicht, diesen Gedanken auszudrücken, weil der Gedanke zu kompliziert und zu frech gelogen ist. Der Wortschatz des Mickerlings wäre aber, vermutet Vera bald, auch für einen wahren und einfachen Gedanken zu arm. Der muslimische Geistliche ahnt immerhin, was der Moderator sagen will, und widerspricht ihm deshalb: Nein, dass sei kein Zeichen der Hoffnung, dass er hier Sorgen artikuliere und der katholische Geistliche sich über diese Sorgen seinerseits Sorgen mache, denn ein Zeichen der Hoffnung setze das voraus, was der Moderator angedeutet habe, nämlich dass man das, was in einem Gespräch wie diesem statt Hoffnungen eher Befürchtungen nähre, noch abwenden könnte, was aber im Fall dessen, worum sich der katholische Geistliche sorge, nicht gegeben sei, denn die Sorgen des muslimischen Geistlichen seien ja eben nicht mehr abwendbar, sondern bereits vorhanden, wenn auch ihr Gegenstand wiederum … und so weiter.

Vera wünscht der demokratischen Öffentlichkeit ohne Missgunst noch viele schöne derartige Debatten. Sie hat den Tequila ausgetrunken und sucht den Korkenzieher, um die zweite Flasche des australischen Weines öffnen zu können. Auf dem Arbeitstisch sieht sie ihn nicht.

Auf dem Fernseher liegt er nicht. Auf dem Boden auch nicht,

und nebenan im Gästezimmer, auf oder unter dem Bett, ist er genauso wenig. Von leichtem Schwindel befallen, mit etwas Links-, dann leichtem Rechtsdrall, wankt Vera zurück ins Arbeitszimmer.

Sie nimmt die Fernbedienung und schaltet um. Jetzt schießen Leute aufeinander, das scheinen Nachrichten zu sein. Sie beugt sich vor, dann erkennt sie sich als Hund auf allen vieren und rutscht herum, bis sie am Boden, auf dem Flur, neben einem seit Jahren leerstehenden amphorenartigen Gefäß für große, langstielige Blumen, den Korkenzieher findet.

Irgendwo liegt das dudelnde Handy. Vera beschließt, nicht erreichbar zu sein. Sie kriecht zurück zu den Kissen, schaltet den Fernseher leise, aber nicht ab, und leert auch die zweite Flasche, zügiger als die erste.

Draußen wird es schon wieder dunkler. Die Armbanduhr verrät Vera, dass es erst 16 Uhr 20 ist. Sie rollt nach rechts, nach links, auf kühlem Boden. Sie hat die faustgroße Fernbedienung verloren, will aber nicht noch einmal etwas suchen, keinen Korkenzieher, keine Kugel im Würfel, sondern bewegt sich auf Händen und Knien zu dem kleinen Fernsehgerät und schaltet es aus.

Als sie sich anstrengt, um zurück zu den Kissen zu gelangen, gerät die teuflische Wohnung ins Rutschen.

Zwei Stunden später liegt Vera flach atmend auf dem Läufer im Bad.

Sie hat sich in die Wanne übergeben und sieht klarer als je seit dem Gespräch mit Azar heute Vormittag. Ihr Bauch tut weh, es ist eine Art Krampf. Sie hat nichts gegessen, aber jeder Rausch ist wie weggesprengt. Die Wanne hat sie mit starkem Duschstrahl eben gute zwanzig Minuten lang gesäubert, während derer sie mehrfach glaubte, noch einmal erbrechen zu müssen – irrtümlich, wie sich herausstellte.

Zweimal Zähneputzen, Mundwasser, Mineralwasser, Rückkehr ins Bad, Pinkeln, das Gesicht mit einem heißnassen Waschlappen säubern. Jetzt krümmt sie sich hier, jenseits von

Wut, Qual oder Reue. Ein bisschen Schwindel ist noch übrig und der harte, wie zerdrückte Bauch. Das ist auszuhalten. Ich muss in Leipzig anrufen. Ich muss Manuel anrufen. Diese Gedanken fallen ihr ein, wie spärliche Tropfen nach einem langen Regen von einer Dachrinne stürzen. Jeder neue ist ein bisschen schwächer, ein bisschen weniger motiviert als der vorhergehende: Ich muss.

Ich müsste.

Ich sollte.

Ich würde gern.

Ich mag nicht.

Ich kann nicht.

Die Türklingel schrillt Alarm.

Das klirrende Rasseln zuckt durch Vera wie Strom an einem Zaun. Sie schlägt sich den Kopf am Außenrand der Badewanne an, flucht, dreht sich auf den Bauch. Der Krach reißt ab, dann geht er wieder los.

Vera richtet sich auf, sie weiß selbst nicht, wie sie das fertigbringt. Als sie schließlich mehr oder weniger gerade steht, sieht sie auf der Waschmaschine das Handy mit flackerndem Grabesleuchten pulsieren.

Das tut es schon eine ganze Weile, nimmt sie an, und jetzt dudelt auch noch das Anrufsignal. Vera vermutet dumpf, dass seit Beginn ihrer Selbstmisshandlung das Telefon mehrfach geläutet hat. Irgendwann sind auch ein paar Kurzmitteilungen eingetroffen, aber es schien sie, versteht sie jetzt befremdet, irgendwie nichts anzugehen, sie fühlte sich nicht gemeint. Das Klingeln von draußen hört wieder auf, das Handydudeln auch. Dann geht das schreckliche Türsignal wieder los, und Vera schleicht an der Wand vorbei, als müsste sie vor allem dem Spiegel ausweichen, den sie gleich auf Armeslänge passieren wird, denn jemand könnte von drüben herausgreifen, der sie hasst: ein Toter, ein Ungeborener.

Sie tastet in sich nach einem Gefühl, das ihr helfen könnte, herauszufinden, was sie jetzt tun soll. Während sich zur kalten, glitschig harten Übelkeit im Bauch ein pochender Schläfenschmerz einstellt, weiten sich ihre Augen für einen kurzen Moment mit Schrecken, als ihr klar wird, dass sie Angst hat.

Angst, das dort an der Tür könnte die Polizei sein, obwohl ihr nichts einfällt, was sie angestellt haben soll. Angst vor Nazis. Angst vor Leuten, die sie gar nicht kennt, und vor Leuten, die sie zu gut kennt, konkrete Angst, abstrakte Angst, unbeschreibliche Angst.

Angst davor, dass sie in einer Welt lebt, in der Nazis ihre Freunde töten können, aber das Fernsehen sendet Diskussionen. Angst, weil sie in einer Wohnung lebt, in die der Staat hineingreifen kann und sein Propagandafernsehen und sein Propagandaradio hineinstellen und sie dazu zwingen, für beides zu bezahlen, sonst nimmt er ihr irgendetwas weg, das ihr angeblich gehört. Angst davor, dass dieser Staat auch aus anderem Grund in diese Wohnung hineingreifen kann und Vera hinausholen und auf die Straße werfen, wenn sie keinen mehr findet, für den sie in der Back Lounge arbeiten kann, denn dann bezahlt der Staat das Leben beim Vermieter nur noch auf Widerruf, dann gehört sie diesem Staat, den sie erlebt hat beim Hinauswerfen von Leuten, die das Amt verärgert haben.

Die gesamte Ordnung, die Steven und Petra nicht beschützt hat, die doch in Erfurt nichts wollten als Musik und Quatsch machen, ist eine, die in ihren Medien, für deren Betrieb Vera zahlen soll, verbreiten lässt, Veras Vater und andere, die einen anderen Staat gewollt und gehabt haben, seien Verbrecher gewesen, weil sie nicht in diesem jetzigen, sondern in jenem von ihnen selbst gewollten und gemachten Staat hatten leben wollen.

Vera im freien Fall, Vera ohne Rechte.

Es klingelt jetzt mit kurzen Unterbrechungen, ein automatenharter Rhythmus, der sagt: Du hast keine Wahl, du musst aufmachen. Keine Wahl, so ist das hier, wie bin ich da reingeraten? Sie stolpert auf den Flur, drückt den Öffner, ruft: »Ja? Was denn?« und hört dann, wie unten die Haustür geöffnet wird.

Es steht also niemand direkt vor der Wohnung – stimmt, dann wäre ja wohl inzwischen auch geklopft worden. Sie entriegelt alle Schlösser. Ihr Vater, fand sie immer, hat zu viele angebracht.

Da ist sie sich jetzt nicht mehr so sicher. Sie hört Schritte treppauf und begreift, dass sie seit Jahren nichts erlebt hat, was der völlig unvernünftigen Angst gleicht, die sie jetzt quält. An Haken über der unbenutzten Vase hängen drei schwere hölzerne Kleiderbügel, solide wie alle Gebrauchsgegenstände, die ihr Vater mochte – wie sein Schreibtisch, seine Regenschirme, sein Graphenpapier.

Sie nimmt einen der Bügel vom Haken und hält ihn wie einen großen Bumerang oder ein krummes Holzschwert. Die Tür öffnet sie noch nicht. Die Schritte kommen oben an.

Vera horcht, überlegt: Den Geräuschen nach zu urteilen ist das dort nur eine einzelne Person. Sie glaubt zu spüren, wie der Mensch überlegt: Klopfen? Noch einmal klingeln? Stattdessen sagt eine Stimme: »Vera? Bist du … ist alles in Ordnung?«

Sie kennt die Stimme noch nicht lange. Aber man muss eine Stimme nicht lange kennen, um sie gut zu kennen. Sie öffnet die Tür und denkt: Wohin mit dem Ding?

Frigyes sieht sie an, dann den Kleiderbügel, erst erstaunt, dann bestürzt. Er entdeckt keine Komik an der Sache, wofür sie ihm sofort sehr dankbar ist. Sie wankt einen Schritt zurück, um ihn vorbeizulassen. Er tritt ein, schließt sogar die Tür, rücksichtsvoll leise. Sie legt den Bügel auf die offene Amphore und sieht ihn an.

Er sagt: »Tut mir leid, falls das … ich hätte warten sollen, ich wollte ja auch … hab ja auch gesagt, dass ich warte, aber als du um sechs noch nicht … ich hab ein paarmal angerufen, und … *well*. Hier bin ich.«

»Ich bin besoffen«, sagt sie.

Denn die Klarheit, die sie eben noch um sich und in sich gespürt hat, versinkt gerade wie ein Schwamm in einer zweiten Trunkenheitsflut, die sie im Grunde schon erwartet hat. Sie weiß genug über die Schein-Nüchternheit, die aufs Erbrechen immer folgt: Gezeiten.

Er nimmt sie in die Arme. Sie schließt die Augen und ist

sich nicht sicher, ob er sie wirklich sachte wiegt oder ob das die weichen Knie sind und der Suff.

Sie sagt: »Ichmumihinlem.«

»Hm?«, fragt er nach, nicht unsicher, ganz bei ihr.

»Ich … muss … mich hinlegen, mir … dreht sich's. Alles.«

»Okay, wo kann … ich bring dich …«

»Ja, hier durch.« Sie hilft ihm, sie ins Gästezimmer zu führen, und er hält sie fest, an Arm und Hüfte. Dann geht er mit ihr in die Hocke, bis sie sich zurücksinken lassen kann aufs Bett, wo sie die Augen schließt und fest geschlossen hält, bis die Rotationsillusion milder wird.

Dann endlich schaut sie ihn an.

Er hat über sie hinweg die Leselampen auf dem großen Karton eingeschaltet, in dem, wie sie, weil sie nachgesehen hat, inzwischen weiß, Otto Ulitzens MEW-Ausgabe verstaut ist.

Das Halbdunkel tut ihr gut.

Sie sagt: »Danke. Ich kann … ich kann heute nicht fahren. Nach Leipzig.«

»Natürlich. Das ist doch klar. Ich könnte … ich kann das auch nicht, glaube ich. Brauchst du noch was? Ich kann dir auch noch was einkaufen gehen, oder … Aber wenn du einfach deine Ruhe brauchst … ich wollte nur nachsehen, wie's dir geht.«

Einen Moment lang überlegt Vera, ob sie ihn fragen soll, woher er eigentlich die Adresse kennt, aber dann fällt ihr gerade noch rechtzeitig ein, dass das paranoid klingen würde und undankbar. Außerdem gibt es etwas anderes, was sie ihm sagen möchte: »Ich brauch … eigentlich nichts, aber es wäre toll, wenn du … wenn du noch 'n Weilchen dableiben könntest. Nur so, weißt du. Weil … ich will eben genau nicht meine Ruhe gerade.«

»Okay«, sagt er.

Nach einer kleinen Pause wagt sie einen Zusatz: »Ich bin heute allerdings beschissene Gesellschaft.«

»Finde ich nicht«, sagt er.

Vier:
Die Nacht hilft

Vera erwacht im Dunkeln.

Etwas Lebendiges liegt nah bei ihr, etwas Leichteres zwischen Halsgrube und Herz auch auf ihr. Das Leichte ist ein Arm. Sie denkt zuerst, dass das nicht sein kann, denn neben Menschen einzuschlafen war ihr immer fast unmöglich. Jeder bisherige Freund, jeder Verlobte hat das lernen müssen: Getrennte Matratzen sind bei ihr nicht zu vermeiden.

Das bisschen Licht von draußen ist schmal und weiß, Straßenbeleuchtung. Vera ist vollständig angezogen, nur die Schuhe fehlen. Sie hebt den Arm vorsichtig an und rutscht dann neben ihm ein Stück runter, noch ein Stück, noch eins, dann kann sie aufstehen, ohne den schlafenden Mann zu stören. Er hat keine Schuhe an, ist aber sonst ebenfalls bekleidet. Vera sieht im schwachen Licht vom Fenster auf ihre Armbanduhr, es ist zwanzig nach drei. Sie geht ins Bad, auf die Toilette, und ist bei alledem so leise, wie sich's machen lässt.

Sie putzt noch einmal die Zähne, mit der elektrischen Bürste, die sie aber nicht einschaltet. Schlecht ist ihr nicht mehr, Schmerzen hat sie kaum, der Kopf ist etwas schwerer als nötig, an den Schläfen drückt ein Ärger, pocht aber nicht.

Ihre Haare sind an der linken Kopfseite absurd eng an den Kopf gedrückt, am andern Ohr stehen sie ab wie bei einem Witzwissenschaftler in einem Witzfilm nach einer Explosion. Sie macht die Haare ein klein wenig nass und bürstet erfolglos daran herum. Dann kehrt sie ins Schlaf- und Gästezimmer zurück. Es gelingt ihr, sich wieder neben Frigyes, zwischen ihn und die Wand zu schlängeln. Er scheint nichts bemerkt zu haben von den Veränderungen der letzten Viertelstunde. Frigyes schläft sehr tief, und Vera, einer Laune folgend, nimmt seinen Arm und legt ihn wieder auf sich, wie er lag, legt dann auch ihre Rechte auf seine Hüfte, wie um etwas auszuprobieren, das vielleicht eine Zukunft hat.

Sie weiß, dass es für sie fast unmöglich sein wird, wieder

einzuschlafen, aber das stört sie nicht. Sie dreht sich ein wenig zu ihm, denkt: Dann schlafe ich eben heute nicht mehr. Dafür hab ich ihn hier. Sie überlegt kurz, wie es morgen wird, fragt sich, was er wohl für ein Auto hat, vielleicht ein teures, vielleicht ein ganz kleines. Über diesen Gedanken schläft sie dann doch ein.

Fünf:
Der Segen Überlebender ist kostbar

Er hat Kaffee gemacht und lächelt, als sie ins helle Küchenlicht tritt.

Sie gähnt. Sie schämt sich und freut sich. Er sagt: »Du hast nichts da. Überhaupt nichts. Wie geht das? Wie lebst du hier?«

Es ist halb acht, weiß ihre Uhr. Vera setzt sich an den niedrigen Tisch und sieht, dass da auf der anderen Tischhälfte, an dem anderen Stuhl, ein nicht sehr hoher Stapel von Papieren ihres Vaters liegt. Den Themenaufkleber kann sie nicht lesen, aber es ist Prosa, sie kann keine Gleichungen erkennen, jedenfalls nicht auf dem obersten Blatt. Frigyes ist ihrem Blick gefolgt und sagt: »Das lag im Bad, auf den Handtüchern. Ich hab's da weggenommen, weil …«

Er zuckt mit den Schultern, sie schaut kurz zu Boden, dann traut sie sich, seinen Blick zu erwidern, und sagt: »Ich weiß auch nicht, was ich gestern alles gemacht habe, wann, und wie. Wahrscheinlich wollte ich's auf dem Klo lesen, hackedicht, wie ich war. Danke, dass du's gerettet hast. Ich hätte sonst vielleicht noch draufgekotzt.«

»Gern. Kaffee?« Er deutet ein Lächeln an, sie grinst vorsichtig mit und nickt. Er hat das Geschirr gefunden, bewegt sich hier überhaupt sehr sicher, als wäre er daheim. Er stellt ihr eine Tasse hin, nimmt auf seiner Seite das Manuskript von Otto Ulitz hoch, tritt aus der Küche, legt es auf die Kommode im Flur, kommt zurück, stellt die zweite Tasse hin, schenkt Vera ein und dann sich selbst.

»Hast du hier Zucker oder Milch oder willst du …?«

»Ich trink das schwarz. Falls du selbst …«

»Nein, ist doch gut. Ich mag es auch so.« Er probiert, verzieht das Gesicht: »Obwohl, nee, so mag ich es nicht. Das ist ja fürchterlich, was hab ich denn da gemacht?«

Sie probiert, verzieht das Gesicht auch und sagt, gegen ihren Willen amüsiert: »Ich weiß es nicht. Kaffee ist das nicht.«

»Batteriesäure«, schlägt er vor.

»Hundeschweiß«, verbessert sie. Er probiert noch mal und sagt: »Stimmt, mehr Hund.«

Im Bad entdeckt sie, dass ihre Frisur sich verbessert hat. Sie macht sich frisch, dann gibt sie Frigyes ihre Schlüssel und erklärt ihm, wo man in der Nachbarschaft Brötchen und andere morgendliche Notwendigkeiten bekommt. Als er aufbricht, gibt sie ihm einen Kuss auf die Wange, er freut sich sichtlich. Dann schaut sie endlich ihr Handy an: mehrere Anrufe von Frigyes, gestern, einer von Manuel – stimmt, der weiß ja noch nichts –, einer von Azar und einer von der anderen unbekannten Nummer. Sie ruft als Erstes Azar an, die sogar schon wach ist. Das Gespräch währt nicht allzu lang, Vera führt es im Gästezimmer und ist gerade fertig, als Frigyes zurückkehrt. Sie erklärt: »Azar sagt, es wäre gut, wenn wir kämen. Heute. Petra ist seit gestern Abend wach, auch soweit außer Gefahr, Fadi schon länger, irgendwann gestern Nachmittag haben sie ihn wieder … Azar sagt, es kommt jetzt alles auch in den Nachrichten, Medien … und dass Polizei im Krankenhaus ist. Bewacher.«

»Wieso, gibt es Drohungen, oder …?«

»Keine Ahnung. Kannst du fahren?«

»Klar.«

Das Handy klingelt. Es ist Manuel: »O Gott, Vera. Was für eine Scheiße, ich hab's gerade in der Taz gesehen.«

»Die hast du gekauft?« Sie empört sich fast und bemerkt zu spät, wie lächerlich dieser Impuls im Grunde ist, wie sehr dieser Versuch, an Maßstäben festzuhalten, die normalerweise gelten, die Situation verfehlt.

»Ja, na, also deine ›junge Welt‹ kriege ich hier ja nicht gleich,

Verzeihung.« Es klingt nicht richtig beleidigt, eher gejagt, defensiv, und Vera macht: »Schhh… Entschuldigung. Ich hab sie grad nicht alle.«

»Hey, bitte, das ist doch klar, dass … warst du dabei? Es steht nicht drin, ob du … wie du …«

»Ich war hier in Berlin, in der Bude von meinem Vater, und habe gelesen.«

»Oh, Gott sei Dank. Ich meine, das klingt jetzt Scheiße, aber …«

»Nein, du hast recht. Ich bin auch froh, und gleichzeitig habe ich ein schlechtes Gewissen, weil ich froh bin. Weißt du: Die Stubenhockerin, gerettet von ihrer Stubenhockerei und so.«

»Was machst du jetzt? Soll ich … Kann ich irgendwas helfen?«

»Petra liegt in Leipzig im Krankenhaus.«

»Ja, es hieß, sie wäre irgendwie sehr schwer verletzt, und … der andere, das … das war ihr Freund? Der, den … der …«

»Den sie umgebracht haben, ja. Das war Steven.«

Sie reden noch ein Weilchen, es geht dabei hauptsächlich darum, Manuel zu beruhigen, und Vera merkt, dass ihr das gut tut. Sie kann leichter andere Menschen aufrichten und trösten als sich selbst – aber sich selbst muss sie auch gar nicht mehr aufrichten und trösten, denkt sie, als sie während des Gesprächs von Frigyes das Croissant entgegennimmt und das Glas Orangensaft, dankbar lächelnd.

Nach dem Telefonat brechen die beiden auf. Das Auto ist ein relativ neuer Peugeot, das Modell erkennt sie nicht, bei Autos weiß Vera kaum Bescheid. Sie bittet ihn um einen Umweg, man kauft Zeitungen, sie liest ihm daraus vor. Nicht alle melden es groß, aber alle melden es. Bei der Taz stehen die Namen, bei der »jungen Welt« stehen Abkürzungen der Nachnamen, bei der BILD wieder die Namen, in der B. Z. Abkürzungen für Vor- wie Nachnamen. Die Fahrt geht nicht lange, die Straßen sind frei, es ist Dienstag, halb zehn, als man Berlin verlässt, auch auf der Autobahn herrscht kaum Verkehr. Um Viertel nach elf treffen sie am Universitätsklinikum Leipzig ein. Beim Eintreten, auf dem Weg zur Pforte, liest Vera auf einem Prospekt, der auf einem Stuhl liegt: »Medizin ist unsere Berufung« und denkt: Einfältigere Losungen hatte die DDR auch nicht.

Als sie nach kurzem Gespräch mit dem wachhabenden Polizisten vor der Tür zu Petras Einzelzimmer ohne Frigyes, der »auf dich warten« will, den Raum betritt, in dem Petra liegt, und die kalkweiße Frau da liegen sieht, neben einem Tisch voller Blumen in kurzen, langen und absurden Vasen, reißt etwas in ihr und sie denkt: So ist das also, wenn das Herz bricht. Petra sieht aus wie ihr eigener Schatten, wie etwas Abgepaustes. Die Lippen sind bläulich, als sie sehr leise sagt: »Vera. Hey.«

Vera tritt ans Bett, beugt sich vor, küsst die Freundin auf die kühle Stirn, nimmt sich dann einen Stuhl, schiebt ihn ans Bett. Petras Arme liegen auf der Decke. Ein Zugang, grün und aus Plastik, steckt in ihrem rechten Arm, verbunden mit einer Flüssigkeit am Ständer, in einem Klarsichtbeutel, und an der Stirn klebt etwas, das mit einer Maschine verbunden ist, an der auch noch ein weiteres Kabel hängt, das in Petras engem Kittelausschnitt verschwindet. Die Maschine hat Monitore, auf denen in zwei Dimensionen über Zeit verteilt Zahlen und eine Kurve angezeigt werden.

Vera sieht Petra an. Petra sagt: »Ich wäre fast tot gewesen. Ganz knapp neben die Niere hat der eine Typ gestochen. Ich hab wohl sehr geblutet. Im Krankenwagen hab ich … da war ich weg, dann dachte ich … dann waren Lichter an der Decke, da haben sie mich in den OP gefahren, und dann … war ich wieder weg, länger.«

»Was für Verletzungen sind …« Vera weiß nicht, wie sie diese Frage beenden soll.

Petra sagt: »Das Knochenzeug ist … nicht so gefährlich. Eine gebrochene Rippe, eine leichte Fraktur im Schienbein, und der Rest sind Prellungen. Becken. Hüfte. Aber die inneren Organe … da wissen sie's noch nicht so genau. Das wollen sie noch anschauen. Es waren vier oder fünf Stiche.«

»Wie habt ihr … was … wie war es genau? Oder willst du darüber nicht … reden?«

Petra schaut an Vera vorbei auf die Wand, als könnte sie dort ablesen, was geschehen ist, dann sagt sie: »Ich weiß es nicht mehr. Die Polizisten sagen … die glauben mir das nicht, dass ich es nicht weiß, aber ich war gerade … als es losging, habe ich versucht, den Schaffner zu finden, weil der Zug eine Viertelstunde lang mitten auf der Strecke stehengeblieben war und es natürlich keine Durchsage gab in dieser … Bummelbahn … Und dann kam ich zurück, da war das schon … da haben sie schon rumgebrüllt. Und Steven. Steven immer, mit seiner … großen Fresse …«

Sie fängt an zu weinen, aber nicht wie jemand, der von seelischem Schmerz überwältigt ist, sondern fast wie ein undichter Automat. Es läuft an den Wangen runter. Vera kennt das. Sie kramt in ihren Manteltaschen nach dem Päckchen Tempos, das sie immer dabei hat, findet es, reicht Petra zwei, die sie mit leicht zitternden Händen annimmt. Petra wischt sich die Augen, die Wangen, schnieft. Schaut Vera an, lächelt entschuldigend und sagt: »Steven. Ich kann das … nicht kapieren, wie das … passiert ist. Fadi wollte die Situation beruhigen. Aber er hat dann auch als Erster zugeschlagen, als der eine von den Nazis mich packen wollte. Der hat nach meinem Kopf gegriffen, nach den Haaren, als ob – als ob man das so macht, weißt du? Frauen: Die packt man an den Haaren, dann kann man sie mit dem Kopf gegen was schlagen.«

Eine Pause streckt sich ziemlich, bevor Petra fortfährt: »Fadi hat jetzt Ärger, kannst du dir das vorstellen? Disziplinarsache. Weil er in seiner Freizeit mit linksradikalen, autonomen Antifaschisten … Der eine Nazi hat ihn angezeigt, der ist irgendwo auch im Krankenhaus, aber wohl nicht hier. Es heißt … Sie sagen, er hat ein Auge verloren, weil Fadi ihm …« Sie kann nicht weitersprechen, weint noch einmal sehr, diesmal mit Krämpfen, Würgen, kippt nach vorne, Vera setzt sich auf die Bettkante, nimmt sie in den Arm und wartet ab, bis das Weinen und Zucken verebbt ist. Dann spürt Vera, dass sie Petra loslassen soll, tut es und ist verwundert, aber auch erlöst, als die Freundin das erste Mal lächelt: »Bist du alleine da?«

Vera lächelt auch, vorsichtig: »Nein. Frigyes hat mich gefahren.«

Petra sagt: »Das … das ist gut. Mit euch. Ich glaube, das kann was werden. Ich bin dafür. Ich sehe das nämlich anders als … andere.«

Vera versteht nicht: »Was sehen andere … wie?«

»Ach nix, vergiss es. Es ist egal.«

»Nichts ist egal, wenn du mir was sagen willst. Du kannst mir alles sagen. Ich bin hier, weil ich froh bin, wenn du was sagst.«

Petra deutet ein ganz winziges Kopfschütteln an. Denkt nach. Schaut Vera an. Dann sagt sie: »Nee, ist doch nur, weil … Den mögen ja viele nicht so, bei uns. Steven mag … mochte …«, sie kämpft mit etwas, Vera lässt ihr Zeit dazu, dann sagt Petra: »Es ist wirklich scheißegal. Sektenquatsch.«

»Wegen grün? Weil er bei dieser …«

Petra hat immer noch genug Kraft, Vera ins Wort zu fallen: »Du, Liebste, wirklich … es ist so egal. Weißt du, es hat nur indirekt mit dieser Arbeit für die Abgeordnete von den Grünen zu tun, es ist mehr … Er arbeitet ja jetzt als Journalist, und einige von uns, aus der Antifa, auch aus der … also, er gilt als Windhund, weil er manchmal … als die Ukrainegeschichte losging und die DKP in Berlin klar aufgetreten ist nach dem Mord im Gewerkschaftshaus, als in der Ukraine so viele Linke verbrannt sind, umgebracht von den ukrainischen Faschisten, und niemand hat davon berichtet hier – das war ganz klein, fast unsichtbar bei SPIEGEL Online und so – da hat die DKP, und da haben Teile der Linkspartei in Berlin relativ deutlich … aber die Grünalternativen und ihre Medien, die haben dann so eine Linie gefahren: Das ist eine Freiheitsbewegung gegen die Oligarchen und gegen die Bedrohung durch Putin, und der Antifaschismus wird von uns, von den Linksradikalen, angeblich nur instrumentalisiert … Und da hat dein … da hat Frigyes dann einen Artikel geschrieben, wie der Antifaschismus von uns angeblich … also, das sei alles Vorwand, das geht von Leuten aus, die er Stalinisten nennt … Da ging es dann um mehr als die Ukraine, da ging es darum, wie Ewiggestrige den Antifaschismus schon immer instrumentalisieren, es ging vor allem gegen den Fink als Beispiel. Den von der VVN.«

Vera kennt ihn, ihr Vater schätzte ihn: »Den ehemaligen Rektor von der Humboldt-Uni.«

»Ja, der war das große Beispiel, dass der Antifaschismus eine Maske ist für Alt-SED-Politik, für Versuche, in die linksradikale Szene stalinistisches Denken einzuschmuggeln.«

Vera sagt: »Wusste ich alles nicht.«

»Musst du auch nicht wissen. Du musst wissen: Wer ist Frigyes? Wie ist er zu dir?«

Petra guckt forschend, fragend. Vera ist fast ein bisschen stolz, als sie antwortet: »Zu mir ist er toll. Lieb. Respektvoll. Alles.«

Petra sagt: »Und sexy. Manchmal denke ich, ein bisschen von der Abneigung, die einige von unseren Jungs gegen ihn haben, hat auch damit zu tun, dass sie wissen, wie er auf Frauen wirkt. Ich meine, der Typ … also, den will man ja schon mal kennenlernen«, sagt Petra, mit etwas wie einer Andeutung ihres schönen, eben noch ganz unauffindbaren Funkelns im Blick.

Vera sagt, gespielt nölig: »Kann schon sein.«

»Also ist noch nix gewesen?«

»Nix Schlimmes«, sagt Vera lächelnd.

»Dann beeil dich damit«, sagt Petra, und ihr Lächeln sieht sehr traurig aus. Vera denkt zum ersten Mal seit Betreten dieses Raums wieder, was sie in Petras Nähe schon so oft gedacht hat: Was für ein wunderschöner Mensch. Das macht sie jetzt auch sehr traurig, denn sie weiß, was man diesem Menschen angetan hat, und dass die Zeit des Leidens für Petra erst angefangen hat.

Sie umarmen einander wieder, verabschieden sich dann. Als Vera den Raum verlässt, muss sie einer Krankenschwester Platz machen, die auf einem Tablett etwas zu Essen bringt. Frigyes steht auf dem Gang am Fenster und tippt in sein

Handy. Der Polizist wacht wie gemalt. Frigyes sieht sie. Sein eben noch sehr ernster, ungewohnt verschlossener Gesichtsausdruck wird weicher, freundlich. Sie geht zu ihm, berührt ihn, er sie auch, flüchtig und vertraut zugleich. Sie sagt: »Es ist … okay, soweit es okay sein kann.« Frigyes nickt. Sie sagt: »Ich glaube, wir können zurückfahren. Wenn das für dich …«

»Gut. Wenn du dir sicher bist, dass … na ja.«

»Ich kann hier nichts tun. Nichts Sinnvolles.«

Sie gehen gemeinsam die Treppe runter.

Ein Stockwerk tiefer sitzen an einem Tisch Azar, ihr Vater, ein anderer Mann, der auf schwer bestimmbare Weise zu den beiden zu gehören scheint, und eine junge Frau mit Aufnahmegerät, offenbar eine Journalistin. Azar blickt auf, erkennt Vera, sagt: »Eine Sekunde, ja?«, zu der Journalistin, schaut ihren Vater an, der nickt, und geht zu Vera und Frigyes. Sie hinkt ein bisschen, Vera zuckt zusammen, als sie das sieht.

»Hallo, Vera«, sagt Azar.

Die Frauen umarmen einander. Dann schaut Azar Frigyes an, nicht abschätzig, nicht feindselig, aber auch nicht herzlich, eher distanziert freundlich. Er sagt: »Hallo, Azar.« Sie nickt knapp, wendet sich Vera zu und sagt: »Fadi geht es besser. Wir haben lange geredet. Die Anja«, sie deutet mit dem Kopf in Richtung der Frau, die Vera für eine Journalistin gehalten hat, »ist von der Roten Hilfe. Eine Anwältin. Mein Onkel – das ist der andere Mann da – kennt sie, der hat sie angerufen. Sie berät uns, wegen Fadi.«

»Ja, Petra hat erzählt, seine … die Polizei …«

»Ja, diese Schweine sind unfassbar. Dienstaufsicht, Vorgesetzte … er hatte frei. Aber es heißt halt: Radikale, was machen Sie mit denen? Einer von diesen Schweinen war gestern hier, und als mein Vater zu ihm sagt: Mein Sohn ist fast umgebracht worden, und Sie spielen hier Verfassungsschutz, da sagt der Typ: Es ist mir egal, wo ihr Sohn mitmischt, ob das Islamisten sind, Kommunisten oder Antideutsche. Ein Berliner Polizist prügelt sich nicht.«

»Außer im Dienst«, sagt Vera, und riskiert einen Seitenblick auf Frigyes, der den Witz versteht und ruhig ergänzt: »Damit kommen sie nicht durch. Das klappt nicht, aus Opfern Täter machen.«

»Wir werden sehen«, sagt Azar kühl und setzt hinzu, an Vera gewandt: »Ich ruf dich an, ja?«

»Ja, bitte«, sagt Vera, legt den Arm um die Hüfte des Mannes, der sie hergebracht hat, und Azar geht zurück zu ihrer Besprechung.

Sechs:
Jedes Zusammenstehen demonstriert etwas

Eine Stechpalme, umgeben von Kies.

Steine voll Weißmoos, Föhren, eine große Rotbuche.

Ein ganz sanfter Wind unter bewölktem Himmel.

Zu Stevens Beerdigung am Freitag nach dem Überfall sind etwa hundertmal so viele Menschen erschienen wie zur Beisetzung von Otto Ulitz.

Petra hat darauf bestanden, dabei zu sein, Vera schiebt sie im Rollstuhl. Später, am Grab, steht Petra auf, wirft Blumen hinein, teure Rosen namens »Petite Lisette«, die Vera am Tag vorher bei einem Berliner Spezialfloristen besorgt hat – sie haben irgendeine besondere Bedeutung für Petra, die sich darüber nicht genauer äußert.

Frigyes ist alleine gekommen. Vera war den ganzen Morgen bei Petra. Noch in der Nacht ist sie nach Leipzig gefahren und hat dann mit anderen zusammen gegen den nicht sehr scharfen Protest der Ärzteschaft des Uniklinikums Leipzig Petra abgeholt und hergebracht. Mit Frigyes hat sich Vera vage »für danach« verabredet. Er ist damit »ganz einverstanden – es sind ja nicht nur Leute da, die mich mögen. Ich halte mich lieber ein bisschen bedeckt.«

Fadi ist vorgestern aus dem Krankenhaus entlassen worden, viel früher als erwartet. Er sieht weniger kaputt aus, als Vera befürchtet hat. Sie redet kurz mit ihm, über seine beruflichen

Schwierigkeiten. Er sagt in gleichmütigem Ton: »Da scheiß ich drauf. Das sind Idioten, ich muss da nicht arbeiten.«

Manuel ist auch da, er kennt Petra aus gemeinsamen Frankfurter Tagen, hat bei SATURN freigenommen. Der schwere Mann sieht irgendwie schlanker aus in seinem überraschend geschmackvollen Traueranzug. Er bleibt in Veras Nähe, ohne sich ihr und Petra aufzudrängen. In der langen Schlange derer, die nach den Worten des linken Pfarrers aus Kreuzberg am offenen Grab vorbeidefilieren, in dem der Sarg liegt, über den sich Vera heimlich wundert, weil sie wie selbstverständlich angenommen hat, Steven werde, wie ihr Vater, wohl verbrannt werden, fällt ihr eine sehr beeindruckende Frau in Schwarz auf, wohl Anfang fünfzig, mit strengem, aber schönem Gesicht, einer gewaltigen schwarzen Mähne mit V-Haaransatz, aus dem drei auffallende schlohweiße Strähnen rechts auf die Schultern fallen.

Die fremde Frau steht lange da, nimmt eine Handvoll Erde, wirft sie auf den Sarg und geht, würdevoll aufrecht, langsam zu Stevens Eltern und Petra. Stevens Eltern, die in Zehlendorf wohnen, sind am Ende, die Mutter, eine Kinderärztin, hört nicht auf zu weinen, der Vater, ein klassischer Musiker (Violine? Cello? irgend so etwas, denkt Vera), der nach Petras Angaben nicht älter sein kann als Mitte fünfzig, sieht aus wie ein Greis, mindestens siebzig. Die beeindruckende Frau gibt dem Vater die Hand, der Mutter auch, dann beugt sie sich vor zu Petra, umarmt sie, küsst sie auf beide Wangen, flüstert etwas. Richtet sich auf, nickt Vera zu, freundlich, aber reserviert, und geht weiter.

Vera bückt sich, bevor der nächste Mensch eintrifft, der kondolieren will, und fragt Petra: »Wer war das?«

»Enikö. Sie mochte … mochte Steven sehr.«

»Die Schwester von …«

»Ja. Die Schwester von deinem Typen.« Und der leicht neckische Tonfall versöhnt Vera ein paar Sekunden lang fast mit der Grauenhaftigkeit der Tatsache, um die es auf dieser Veranstaltung geht.

Vor dem Friedhof stehen drei Mannschaftswagen der Polizei, etwa ein Dutzend Beamte in Uniform und einige Journalisten. Auch ein Fernsehkamerateam ist dabei. Vera nimmt sich vor, Frigyes später zu fragen, ob er die Fernsehleute kennt. Als sie Petra durch den schmalen Ausgang schiebt, durch den kaum drei Menschen nebeneinander passen, sagt Petra zu Manuel, der schon draußen steht: »Wollen wir was trinken gehen, bevor du fährst? Dockel und Simone planen was Gedenkmäßiges im Internet. Vera sagt, du kennst dich da aus.«

Manuel zuckt mit den Schultern: »Auskennen ist zu viel gesagt. Ich hasse das Internet, und was man hasst, lernt man genau kennen, damit man weiß, wie man es zerstören kann.«

Petra lächelt. Dann sagt sie zu Vera: »Komm, hau schon ab. Schau doch mal, wie er da drüben steht, so ganz alleine.«

Es stimmt. Frigyes raucht auf der gegenüberliegenden Straßenseite und sucht niemandes Gesellschaft. Vera fragt: »Ich treff dich aber noch, bevor ihr fahrt, ja?«

»Klar. Wir wollen alle um sechs am Bahnhof sein, dann fahren mich Dockel und Hubbi in Hubbis Kleinbus wieder nach Leipzig.«

»Und ich muss dann auch auf den Zug«, sagt Manuel. Vera umarmt ihn, küsst ihn auf die linke Wange, lacht fast, als er sagt: »Hör auf, das ist ja widerlich, was soll das sein, Gedenksex?«

Sie löst sich von ihm. Schaut Petra an. Petra sagt: »Jetzt geh rüber. Geh, bevor ich ihn mir selber hole.«

Vera küsst Petra noch mal auf die Stirn, dreht sich um und will losgehen. Aber da spricht sie jemand an: »Vera?«

Gerd ist eben durchs Tor getreten. Sie hat ihm schon kurz zugenickt, als er Petra und den Eltern des Toten wie viele – nicht alle – andere Beerdigungsbesucher kondoliert hat.

»Hallo, Gerd.«

»Hey. Wie geht es dir?«

Die Frage gefällt Vera nicht. Der Mann gefällt Vera nicht. Sie sagt: »Geht so.«

»Sag mal, könnten wir vielleicht was trinken gehen? Ich wohne heute Abend bei Sascha, ich bin noch mal hergekommen, obwohl es bei mir am Montag losgeht, aber das konnte ich irgendwie nicht, nur eine Karte schicken und mich raushalten. Ich war auf zu vielen Beerdigungen zuletzt, ich weiß nicht, wie es dir geht, aber vielleicht wäre es für uns alle gut, wenn wir mal innehalten und …«

So lallt er weiter, ohne Petra ernstlich zu beachten, ohne Manuel auch nur zu grüßen, von sich und seiner Seelenbalance und davon, was »wir« tun sollten, womit er vor allem Vera meint, die ihm also seiner Ansicht nach für seine Hilfe bei der Beisetzung ihres Vaters oder für irgendetwas anderes eine Chance schuldet, sich noch mal einzutragen in irgendeinem fiktiven Buch ihres Lebens, das ihm vorschwebt, irgendwo in seiner wolkigen Philosophie.

Manuel unterbricht ihn nicht direkt; was er sagt, richtet sich nur an Vera, halblaut: »Wir werden mal los. Ihr kommt klar hier?« Und auch Petra schenkt ihr einen Blick, der auf sanfte Art verspricht, Gerd mit dem Rollstuhl gegen's Schienbein zu fahren, falls das nötig sein sollte. Vera sagt zu Manuel: »Also nachher am Bahnhof.« Manuel und Petra verabschieden sich undeutlich von Gerd, der das vor lauter Ausbreitung seiner Reflexionen und, wie er sagt, »Emotionen« gar nicht mitbekommt. Schließlich schaut Vera an ihm vorbei sucht nach Frigyes. Bei dem steht jetzt die beeindruckende Frau und – was tut sie? Schimpft sie? Ihr schwarzer Haarschopf bewegt sich. Ihr Bruder zieht den Kopf ein wenig ein, sieht verlegen aus, wiegelt ab. Die beiden stehen zu weit weg, als dass Vera hören könnte, was sie reden.

Gerd ist an einem Punkt angekommen, den er schon länger erreichen wollte: »Und da wäre es einfach traurig, wenn zwei Leute so vieles verbindet und sie geben einfach ihre Macht ab, ihr Gemeinsames selber zu gestalten, wer jetzt wo arbeitet und …«

»Ja, ist alles richtig und tiefsinnig und so fort«, sagt Vera und sieht ihn, der einen gequälten Gesichtsausdruck aufgesetzt hat und wohl wirklich unter irgendetwas leidet, jetzt an, »aber es ist halt so, Gerd: Du kannst überhaupt nichts dafür, dass mein Vater mir immer, auch als er mich schon nur noch angeschnauzt hat, einreden wollte, ich müsste alles vermeiden, was sein Leben zerstört hat, die ganzen Unwägbarkeiten, die depressive Gattin, oder manisch-depressive, oder was sie sonst war, also bloß keine Beziehung zu einem instabilen Menschen, und ich müsste mir einen stabilen suchen und die Beziehung müsste dann auch stabil sein, am besten gleich aufs Heiraten zusteuern, und deshalb habe ich mir dann, um seine Achtung nicht zu verlieren, nur immer solche Typen ausgesucht, denen nichts anderes eingefallen ist, was sie mit mir machen können, als eben … mich zu heiraten, und deshalb war ich dreimal verlobt, und davon weiß ich noch den ersten, weil das so heftig war, weil da eine Welt zusammengebrochen ist, womit ich aber nur nachgespielt habe, wie meinem Vater seine größere, seine politische Welt zusammengebrochen ist, und an dich erinnere ich mich auch noch, weil das der dritte und letzte Versuch war. Der zweite, na ja, der hat gut gekocht. So was mache ich nie mehr. Aber der zweite, glaubst du das, der Freiburger Typ in Frankfurt, der dann ansonsten einfach eine Vollniete war, dieser Internet-Startup-Held, den mein Vater sogar noch mehr verachtet hat als dich, von dem weiß ich nicht mal mehr genau, wie er ausgesehen hat. Und das hier … also, man sieht einfach, das Leben ist wirklich kurz. Such dir jemanden, Gerd. Such dir jemanden, der dieses Ding mit der gegenseitigen Gefühlserpressung mitmacht, oder hör selber damit auf und fang was Besseres an. Aber mit mir geht nichts mehr. Wir haben einander verbraucht, und ich bin dir dankbar für alles, für die Hilfe bei meinem Vater, weil ich zu betäubt und verblödet war, mein Verhältnis zu ihm zu klären, als er noch gelebt hat, und dann zu geschockt, mich ordentlich zu verabschieden, als er tot war. Danke dafür, und danke auch dafür, dass ich jetzt einfach einsehe, wie verrückt und überflüssig es ist, so zu leben. Mach es nicht, lass es sein, mach's wie ich, such dir was Besseres. Wirklich, danke.«

Und sie tut einen Schritt auf ihn zu wie ein leichter Wind, streift ihn mit ihrem Kuss an der Wange und lässt ihn stehen, um über die Straße zu eilen, wo Frigyes jetzt schon erheblich weiter weg ist, unterwegs zu seinem Auto, abgewandt von ihr und vom Friedhof, während Enikö auf Vera zukommt, die eben nach Frigyes rufen will, um ihn aufzuhalten, als die schöne, strenge Frau sie erreicht und stehenbleibt und sagt: »Sind Sie Vera? Vera Ulitz?« Auch Vera bleibt stehen, sehr ungern, und sagt: »Ja, wes… wieso? Ich muss, es tut mir leid, ich weiß, sie sind seine Schwester, aber ich muss Frigyes erreichen.«

Die Frau zeigt ihr ein sekundenkurzes, vielsagendes Lächeln: »Na dann. Alles Gute – man erreicht ihn nicht leicht.«

»Entschuldigung, aber ich weiß nicht, welche Familienstreitigkeiten Sie haben, und es ist mir auch nicht sehr wichtig, aber wichtig ist mir, dass er nicht davonfährt.«

»Verstehe. Na gut, lernen Sie ihn kennen. Aber wenn Sie mal Zeit haben, fragen Sie sich, was er hier macht, wenn er nicht von vornherein mit Ihnen herkommt. Und was er will. Und wenn Sie das, nach allem, was er den Leuten sonst so antut, nur um weiterzukommen, nur um das hinter sich zu lassen, was Sie Familienstreitigkeiten nennen … wenn Sie das alles rauskriegen, dann sagen Sie mir mal Bescheid. Ich bin ja leicht zu finden.«

Vera ist verärgert und überlegt, was wohl die kälteste und heftigste Abfuhr wäre, die sie dieser unverschämten Frau erteilen kann. Aber die geht einfach weiter, und Frigyes sitzt im Wagen, er sieht sie nicht, fährt wohl gleich weg.

Vera läuft, so schnell sie kann.

IV. TIEFSCHLAG

Eins:
Beratungen sind die halbe Verwaltung

Der Tisch ist lang, nicht rund, ein vernünftiges Rechteck.

Etwa dreißig Personen haben daran Platz genommen. Walter Ulbricht sitzt am Kopfende. Er hört sich an, was gesagt wird, unterbricht selten, meist dann, wenn zu viele Zahlen zu dicht aufeinander folgen. Dann will er wissen, »was dis bdeutet.«

Das verschluckte »e« in »bedeutet« macht aus dem Wort, bei dem man andernfalls an dichterische Freiheit oder philosophische Grillen denken würde, eine Art von technischem Fachausdruck. Die Stenotypistin links hinter ihm setzt mit ihrer zartrosa Strickjacke den einzigen Farbakzent im Raum. Der Tisch, die Paneele an der Wand, die Anzüge und Krawatten stammen alle aus einer tugendhaft blassen Vorstellung von Sachlichkeit. Der jüngste Mann am Tisch, zugleich die Person mit dem niedrigsten administrativen Rang – selbst die Stenotypistin steht über ihm – hat als Einziger nicht nur Papiere, sondern auch ein Buch vor sich liegen.

Er glaubt sich in Ulbrichts totem Winkel.

Der Staatsmann, denkt er, wird ihn nicht beachten. Er weiß auch, dass etwas Schlimmes geschähe, würde er selbst es wagen, das Wort an den zu richten, der dieser Veranstaltung vorsteht. Otto Ulitz betrachtet die Goldprägung vorn auf dem Buch, das er eigentlich in seiner Aktentasche hatte verschwinden lassen wollen, bevor man den Sitzungssaal betrat. Sein direkter Vorgesetzter, der rechts von ihm sitzt und sich mehr und hektischere Notizen macht als irgendwer sonst, die Stenotypistin eingeschlossen, hat sich diese Aktentasche eine Viertelstunde vor Beginn der Zusammenkunft jedoch ausgeborgt, um einiges Material darin zu verstauen, das er nun doch nicht vortragen wird. Denn in letzter Minute wurde die Gesamtdauer dieses Treffens auf eine Stunde verkürzt – Ulbricht hat unerwartet noch Gäste, angeblich aus Moskau.

So müssen sich jetzt alle, die hier sitzen, gut überlegen, was sie ihm zu Gehör bringen wollen, sollten sie Gelegenheit dazu erhalten. Gerade spricht ein Mann aus Dresden, ein alter Rivale des direkten Vorgesetzten von Otto Ulitz.

Der Dresdner redet in leierndem, leblos auswendigem Ton allerlei von der Textilindustrie, von der wichtigen Arbeit der Chemiker an vollsynthetischen Fasern, von den Mängeln der Oberflächenbeschaffenheit dieser Fasern, von diesem und jenem. Otto Ulitz denkt: Faseln über Fasern, fabelhaft.

Ulbricht schiebt den Kopf etwas zurück. Das Kinn liegt jetzt dicht am Hals, was zwar keine Ungeduld, aber doch mangelnde Begeisterung für die Ausführungen des Redners mitteilt, der nun in dröger Litanei »unsere Arbeiter in der chemischen Industrie, unsere Ingenieure, Techniker, Forscher« zu loben beginnt, bis Ulbricht schließlich einwirft: »Vergessen Se nich die Leiter. Das ist auch enne Frache der Leitung. Sie könn de Leute nich nur mit Lob anstacheln, Se müssn auch leiten. Newohr, Preuß?«

Die Überleitung, die sich an den Vorgesetzten von Otto Ulitz wendet, ist nicht elegant. Der junge Mann ahnt, dass sie das auch nicht sein soll.

»Ganz richtig«, sagt Preuß. »Und dabei geht es dann um Prozesse, die nicht nur in der chemischen Industrie relevant sind, sondern überall. Die Automatisierung vor allem. Wir führen Datenverarbeitungsanlagen ein, Rechenmaschinen, das ist eine große Umstellung. Anders als die Imperialisten müssen wir im Sozialismus aber nicht warten, bis es absolut nicht mehr anders geht. Der Konzernherr darf neue Fertigungsmethoden nicht zu früh einführen, wenn sie noch zu viel kosten, und nicht zu spät, wenn andere das schon getan haben. Wir hingegen können das politisch veranlassen, wenn wir sehen, der Zeitpunkt ist da. Und unsere Prognosen sagen, dass in den nächsten zehn bis zwanzig Jahren die Elektronik am maschinellen, automatischen, rechnergesteuerten Werkzeugwert insgesamt so gut wie die Hälfte …«

»Sechzig bis siebzig Prozent.« Otto Ulitz sagt es nur halblaut, und ohne sich zu bedenken. Preuß stutzt, dann sagt er scharf: »Genosse Ulitz, haben Sie etwas zu ergänzen?«

Der junge Mann weiß, dass sein einziger Ausweg vor diesem Forum in der entschlossenen Selbstbehauptung liegt. Er wiederholt mit fester Stimme: »Sechzig bis siebzig Prozent. Das gilt auch …«, er zögert vor der Ergänzung, die ihm einfällt, aber dann muss sie heraus: »Das gilt auch im Textilwesen.«

»Also bitte!«, stößt der Rivale aus Dresden hervor. »Da sehen wir nu, was der Genosse Preuß für eine Mannschaft hat, und was die für Manieren haben, diese jungen Kerle.«

Mit dünner, hörbar angestrengter, aber klarer Stimme sagt Ulbricht: »Egon Schultz war auch ein junger Kerl. Er hat sein Lebn gelassen für de Deutsche Demkratsche Republik, und wenn wir solche Genossinnen und Genossn nich haben, dann ham wir bald ausgespielt.«

Der Dresdner sieht betreten aus. Er kennt den Vorfall, wie ihn die ganze DDR kennt, der Grenzer ist vor zwei Monaten gestorben. Ulbricht fährt fort: »Also, Genosse …«

Das Herz klopft dem jungen Mann, als wollte es ihm davonlaufen. Preuß sagt in mildem, betont geduldigem Tonfall: »Otto Ulitz. Einer von meinen Mathematikern, hier aus Berlin.«

»Also, Genosse Ülitz«, Ulbricht schmunzelt ein wenig, als wüsste er, dass er den Namen etwas eigen ausspricht, »ich hab Sie ein wenig beobachtet heude, und Se machen den Eindruck, als ob Ihnen Ihr Buch lieber wäre als die Beratung hier. So sind viele von unsern jungen Leuten, die von der Akademie komm. Sie haben die Wissenschaft, sie haben auch den Marxismus-Leninismus studiert. Sie denken, sie kennen de Zukunft. Also, wie sehen Sie de Zukunft?«

»Das Buch«, beginnt Otto Ulitz und weiß alle Augen im Raum auf sich gerichtet, »ist von einem sowjetischen Forscher. Es heißt ›Grenzverteilungen von Summen unabhängiger Zufallsgrößen‹.«

Der Dresdner hält diese Eröffnung für so schwach, dass er dem Sprecher in die Parade fährt und ihm sogar die Anrede als »Genosse« verweigert: »Herr Ulitz, wir haben hier keine Zufallswirtschaft, wir haben eine Planwirtschaft.«

Bevor Ulbricht, dem danach zu sein scheint, den Mann abermals zurechtzuweisen, das tun kann, geht Ulitz selbst zum Gegenangriff über: »So ist es. Und eine Planwirtschaft muss den Zufall mitplanen. Sehen Sie, es gibt nun mal viele Variablen, viele Dimensionen für unsere Entscheidungen, und wir müssen die Menschen in gewissem Sinne als Zufallsgrößen sehen, und die sowjetische Mathematik hat in den letzten Jahren gelernt, dass die Wahrscheinlichkeitsrechnung …«

Es ist Ulbricht, der ihn unterbricht: »Die Menschn im Sozialismus sind keine Zufälle. Die Menschen im Sozialismus sind vernunftbegabte Wesn.«

Otto Ulitz nickt eifrig, schüttelt den Kopf, nickt wieder. Sucht Worte. Vereinzelt tuschelt man. Unterdrücktes Lachen ist zu hören. Preuß sagt: »Mein lieber Otto …«

Ulitz schnappt noch einmal nach Luft, dann bricht es aus ihm heraus: »Nein, nein, sehen Sie, Genossen … es ist so, wir müssen … wir müssen den freien Willen der Leute anerkennen, wir müssen fördern, dass sie in ihrem Interesse, als vernünftige Wesen, uns mit Neuem überraschen. Es ist wie mit dem freien Willen überhaupt: Der dialektische Materialismus hat kein theologisches Konzept von freiem Willen, von Gut und Böse, er sagt, die Leute sollen einander nicht zwingen können, wir sollen eine Gesellschaft einrichten ohne Nötigung, das heißt, das Verhalten der Leute ist nicht von Befehlen determiniert, sondern es kann uns überraschen. Wir müssen diesen Überraschungen Raum geben, indem wir anfangs eine völlige Zufallsverteilung der Chancen annehmen und dann lernen, wo und wie und warum das nicht so ist, wo die Begabungen stecken. Das ist die Methode von Thomas Bayes. Thomas Bayes ist lange missverstanden worden, auch in der Sowjetunion. Kolmogorow – der geniale Mathematiker, von dem dieses Buch hier stammt – hat die Lehre von Bayes, wonach die Wahrscheinlichkeit der Grad gerechtfertigten Glaubens an ein Ereignis ist, anfangs als subjektivistisch abgelehnt. Er dachte, da steckt ein Irrationalismus drin. Aber dann hat er gesehen, wie man Bayes präzisieren muss – und eben auch, dass man ihn braucht: bei Geschossbahnberechnungen, im Krieg gegen die deutschen Faschisten, hat Kolmogorow gesehen, wenn man anfangs eine Zufallsverteilung von einer gewissen Gleichmäßigkeit annimmt und dann die Rechnung Schritt für Schritt dem gelernten Wissen anpasst …«

»Das sind philosophische Erwägungen«, unterbricht Ulbricht, »mit denen wir uns hier nich befassn können.«

Ulitz weiß, dass ihm Raum und Geschick fehlen, sich verständlich zu machen. Er sagt, nicht mehr so eifrig wie eben: »Der … der Sozialismus ist selbst … eine philosophische Erwägung. Ich will ihn nur unseren Maschinen beibringen, damit sie uns dabei helfen, dass er … dass er wirklich …«

»Den Rechenmaschinen den Sozialismus beibringen«, sagt Ulbricht, »und den Sozialistinnen und den Sozialisten das Rechnen. Das gefällt mer. Das wollen wir loben, dafür dank ich Ihnen, Genosse Ulitz. Also, was weiter? Genosse Rauer?«

Damit ist der nächste reguläre Referent auf der Rednerliste benannt, die Ulbricht im Kopf trägt. Und obwohl die Art, wie der außerplanmäßige Beitrag des jungen Mathematikers damit abgetan ist, nicht eben von Zartgefühl zeugt, und obwohl die Rüge, die sich Ulitz später von Preuß für seinen »nassforschen und schädlichen Auftritt« anhören muss, ihn ziemlich erschüttert, fühlt er sich für einen Moment ermutigt.

Er wird diese Ermutigung auch in Zeiten nicht vergessen, in denen ihm und der Sache, die er hier vertreten hat, jahrzehntelang eine schreckliche Niederlage nach der anderen widerfährt.

Zwei: Kündigungen und Klärungen soll man nüchtern vollziehen

Vera staunt. Sie hatte vergessen, wie gut die Welt aussehen kann.

Wenn die Herbstsonne morgens in ein buntes Zimmer fällt, mit einem roten Lampenschirm darin und einem Poster mit Fotokunst, auf dem eine Frau eine Frau beschützt, in einem Spiegel mit Möwen als Rahmen, dann sind alle Farben manchmal so kräftig wie eben erst erfunden, wie das Licht als Neugeschaffenes.

Vera räkelt sich auf dem Bett ihres Gastgebers, der gerade duscht. Sie weiß, dass er gleich Frühstück machen wird, dass er alles da hat, was er dafür braucht – sie hat einen Blick in seinen Kühlschrank werfen können, gestern Abend, als er die beiden Bierchen rausgeholt hat. Sie bewegt den Hintern hin und her auf der warmen Matratze, warm von zwei Leuten, warm von der langen Nacht. Sie haben schon im Auto angefangen, einander zu küssen. Noch in Sichtweite des Friedhofs haben sie einander die Hände an die Wangen gelegt. Vera hat seinen Hals heiß angehaucht, und er hat an ihrem Ohrläppchen geknabbert, obwohl Trauernde und Polizei und Journalisten links und rechts am Wagen vorbeigingen.

Diese Leute schauten diskret weg. Aber selbst wenn sie die Liebenden angestarrt hätten, hätte das Vera nicht aufgehalten.

Es war so weit, es musste sein, er wäre ihr sonst ausgebüxt. Sie trägt nichts als ihr T-Shirt. Ihre Arme und Beine, die sie dreht und streckt, sind ihr nie länger, glatter, beweglicher vorgekommen. Die Dusche hört auf zu rauschen. Etwas klappert. Er gibt sich keine Mühe, leise zu sein. Das ist die Rache, denkt sie lächelnd. Denn in der Nacht war Vera auch nicht leise. Sie fühlt sich sehr, sehr gut und denkt: War das nicht Petra, die mal gesagt hat, solange man nicht glücklich ist, denkt man immer, man muss schön sein, und wenn man dann glücklich ist, weiß man auf einmal, man ist schön, aber es ist gar nicht mehr wichtig.

Na, der letzte Teil stimmt nicht, findet Vera. Es ist sehr wichtig.

Sie hört seine Schritte, barfuß, er geht in sein Wohnzimmer.

Zwei Minuten später hallen Frauenstimmen wie Chöre in einer Kathedrale. Bald singt eine Seele, die zugleich verrucht klingt und jungfräulich, wie eine grausame Königin als liebes Kind, zu spärlichen Klavierakkorden:

I'm thinking it over
The way you make me feel all sexy but it's causing me shame
I wanna lean on your shoulder
I wish I was allowed, but I don't wanna cause any pain
And if I'm feeling like I'm evil we've got nothing to gain

Jetzt wird die Stimme weicher, fragend, aber nicht weniger lieblich:

What if I never see you cause we're both on a stage
Don't tell me listen to your song because it isn't the same
I don't wanna say your love … is a waiting game …

Da fallen glühende Goldtropfen von der Decke, elektronische Sounds, und eine gewaltige Pumpe setzt alles Blut aller Menschen überall in Zirkulation, dass Räume größer werden, die doch schon so starke Farben haben, so groß sind.

Frigyes kommt zu ihr, summt ihr ins Ohr, dass sie gekitzelt auflacht, und fasst sie sicher und gut an. Noch einmal, wie in der Nacht, sind sie beide das Einzige, was es gibt, durch verschiedene Leuchtfelder hindurch, die auf der Platte, mit der er Vera wecken wollte, aufeinander folgen.

Vera lernt neu küssen, Frigyes lernt neu atmen, bis beide nur noch zerwühlt daliegen können und nach Luft schnappen und sich wundern, was es alles gibt, zum Beispiel dies hier, das Neue, die Hitze.

Sie hören der Platte zu, wie sie zu Ende geht.

Dann führt Frigyes Vera ins Wohnzimmer, wo alles auf einem großen Glastisch steht, was ein Frühstück braucht. Der Kaffee ist herrlich, wie aus Nuss und Mokka, die Melonenscheiben haben die Farbe von Aprikosen, der dünne Schinken widerlegt das Vegetarische als Ganzes, das Brot schmeckt wie gerade aus dem Ofen geholt – »ich war nicht draußen, ich hab's nur kurz warmgemacht«, sagt er – und es gibt Küsse, immer wieder, ganz einfach, ganz leicht.

Frigyes hat noch andere CDs, die zu diesem Anfang aus Gold und Silber an allen Wänden in der Morgensonne passen, Musik, die Vera nicht kennt, deren Namen sie auch nicht wissen muss, es ist einfach die Musik von jetzt und das Versprechen von noch mehr Musik demnächst. Heute Morgen, Morgenmorgen, Übermorgen, Immermorgen.

Dann sagt sie: »Duschen will ich aber auch.«

»Klar«, sagt Frigyes, »ich räum solange mal ab hier.«

Sie rümpft die Nase: »Das geht nicht.«

Er wundert sich: »Wieso nicht?«

»Weil ich nicht alleine duschen will.«

Das sieht er ein. Sie muss nicht alleine duschen.

Eine halbe Stunde später liegt sie, den Kopf auf seiner Brust, neben dem Bett auf dem Teppichboden, der von hier bis zum Bad kleine Wasserpfützen aufsaugen muss.

Sie sagt bedauernd und außer Atem: »Ich muss … aber … nach Frankfurt. Heute. Ich hätte eigentlich gestern mit Manuel mitmüssen. Ich muss kündigen und lauter solche Sachen. Und, ach so, ich muss dem Mike von der ›jungen Welt‹ mal was mailen, ich habe das Treffen ja abgesagt, das der … Scheiße.«

Sie sagt das ungehalten über sich selbst, aber wer sie nur sähe, nicht hörte, käme nie darauf, dass sie gerade irgendetwas anderes sein könnte als hochzufrieden.

Dann sagt sie: »Wie viele von diesen Kondomdingern hast du eigentlich da? Ich meine …«, er holt Luft, aber sie redet weiter, »es geht mich nichts an, was du wie oft wann … aber ähm es gibt da ja … also, ich nehme ja die Pille, obwohl mit meinem Exfreund schon seit längerem, das heißt, als wir noch zusammen waren …«

»Langsam, langsam, *too much information*«,wiegelt er heiter ab, »das muss ich erst mal sortieren, was willst du denn eigentlich wissen?«

»Ob du mit tausend Frauen schläfst oder eine Freundin hast, du Heinz.« Sie kneift ihn in die Seite, nicht fest. Er sagt: »Liebe Vera, ich schlafe nicht mit tausend Frauen. Höchstens mal mit der einen oder anderen, wie sagt man? Bekanntschaft, aus dem Club oder … Vor zwei Jahren ist meine letzte Beziehung kaputtgegangen, seitdem hatte ich entweder keine Zeit oder keine Lust, mich auf jemanden einzulassen, auf eine Frau, die …«

»Also hast du keine Freundin«, stellt Vera fest.

Er denkt nach: »Kommt drauf an.«

»Wie, kommt drauf an?«

»Naja, eigentlich müsste ich ja dich fragen: Meinst du, ich könnte demnächst eine haben?«

Sie prustet: »Pfff, was soll das denn jetzt, wieso soll ich beurteilen können, ob du … ach so. Oh.«

Sie löst sich von ihm, setzt sich aufrecht hin, er auch. Sie schauen einander an. Sie sagt: »Du meinst, ich könnte ja …«

»Schon. Oder?«

»Okay. Tja. Ja. Also, weißt du was? Ich möchte, glaube ich, noch nicht direkt drüber reden, aber wenn man es wahrscheinlichkeitstheoretisch ausdrücken soll, müsste man wohl sagen, es könnte schon sein, dass du bereits eine Freundin hast.«

»Also wenn ich eine Freundin hätte und die müsste heute noch nach Frankfurt, ich würde sie glatt mit dem Auto hinfahren, damit ich das noch ein bisschen länger genießen kann, dass ich jetzt wahrscheinlich eine Freundin habe.«

Der Tag bleibt strahlend klar, auch auf der Autobahn, und

der Kontrast dieses fast sommerlichen Wetters zu der Mischung aus Laszivität und Melancholie, die von der Musik ausgeht, die Frigyes mitgenommen hat, auf Veras Bitte – es ist die erste CD, die heute morgen lief, das Album »Goddess« von Jillian Banks – erzeugt eine ganz eigenartige, großzügige, herzweitende Stimmung im Auto.

Die Musik ist nicht zu laut. Der Autofahrer weiß genau, wie weit er den Regler nach rechts drehen muss, damit man sich noch unterhalten kann.

Vera sieht hinaus ins Weite und sagt: »Warum bist du gestern nicht zu Petra gegangen? Auf der Beerdigung? Ich hatte dich gesehen und wusste, du bist da, und hab ein bisschen drauf gewartet.«

Er erwidert: »Das klingt wahrscheinlich kleinlich, aber … es ist nicht so ganz meine Szene da. Ich bin aus Respekt gekommen, und ganz früher war's ja auch meine Welt, als ich meiner Schwester noch hinterhergelaufen bin auf jede Liebknecht-Luxemburg-Demo und so was.«

»Stevens Eltern sind keine Szene.«

»Ich weiß«, ein Seufzer, resigniert.

Vera bleibt hartnäckig: »Wenn du's weißt, warum bist du abseits geblieben?«

»Aus demselben Grund, aus dem ich überhaupt hingegangen bin: Respekt. Das war ein Mensch, der nach seinen Idealen … auch wenn das nicht in jedem Punkt … ich meine, die Art, wie da einige mit Transparenten und so, NPD verbieten, auf einem Plakat stand auch was mit Verfassungsschutz …«

»Verfassungsschutz dichtmachen«, erinnert sich Vera.

Er nickt. »Ich weiß ja nicht, wie du das siehst, aber ich finde, das ist ein Missbrauch dieser Art von … wenn da jemand beerdigt wird, *I don't know,* das ist doch keine Demo. Sie machen da so ein Märtyrerfest draus, es ist, als ob da einer von diesen … wie so ein Staatsakt bei einem Gegenstaat, als ob da Che Guevara oder …«

»Egon Schultz«, sagt Vera.

»Wer?« Frigyes klingt nicht gereizt, nur unkundig.

Vera sagt: »Ein junger Grenzpolizist der DDR. Also, Grenzsoldat. Eigentlich Lehrer. Jünger als Steven, der ist 1964 umgebracht worden. *Friendly fire,* würdest du sagen. Aber es ging um einen Kampf mit Schleppern, mit Gangstern, die Leute verschoben haben, das war so ein … Mein Vater hat oft davon erzählt, es war sein großer Schock, er hat immer gesagt, vorher war das für ihn irgendwie abstrakt, die Kriegsgefahr, auch wenn es schon Zwischenfälle gegeben hatte.«

»Ah. Okay, ein … ein DDR-Märtyrer.«

»Wenn du so willst. Aber das ist wirklich nicht deine Szene. Obwohl du jetzt die Tochter eines Menschen durch die Republik chauffierst – und bald über die ehemalige Staatsgrenze –, den du wahrscheinlich einen Stalinisten nennen würdest.«

»*Well,* wenn alles so schwarzweiß wäre … Das ist es gerade: Wenn jemand tot ist, oder wenn Leute sich verlieben, dann ist für mich die Politik erst mal still. Dann soll sie still sein.«

»Es ist sehr unwahrscheinlich«, sagt Vera, »dass die Politik sich daran hält. Solange wir in diesem Land leben, solange die Polizei die Beerdigungen belagert, solange es Nazis gibt und Streit unter Linken, wie man die Welt so hinkriegt, dass es keine Nazis mehr gibt …«

»Ich bewundere das, Vera, wie du so … Wahrscheinlichkeit, die Welt hinkriegen … das ist für dich alles denkbar und überschaubar und machbar. In meinem Kopf ist viel mehr Chaos. Ich glaube nicht, dass man überhaupt irgendwas planen kann. Die Zukunft ist doch wirklich dunkel, unbestimmt, unbekannt.«

Sie findet ihn süß, atmet durch und schaut ihn von der Seite an, wie ernst er jetzt aussieht: als habe er einen sehr fundamentalen Einwand geltend gemacht, und als sei ihm das unangenehm, weil er ihr genauso wenig das Recht absprechen will, nach ihren, wie er wohl sagen würde, Idealen zu streben wie Steven. Sie sagt sanft: »Das ist klar. Die Unbestimmtheit gehört dazu, die wirst du nicht los – sei es, dass deine Messung Fehler enthält, sei es aus grundsätzlichen, intrinsischen Gründen, sei es …«

»Intri… tut mir leid, das Wort kenne ich nicht.«

»Eigenschaften der Sache selbst. Ich meine: Was ist überhaupt die Unbestimmtheit eines Ereignisses? Wie unsicher ist etwas, das kommen kann oder nicht? Wenn man das eichen will, sozusagen die Unbestimmtheit bestimmen, ohne dass sie davon weggeht, dann kann man sagen: Unbestimmtheit, das ist das durchschnittliche Maß an Ja-Nein-Fragen, die man stellen und beantworten muss, um das Ereignis zu beschreiben. So wie bei Marx der Wert die durchschnittlich gesellschaftlich notwendige Arbeitszeit ist, die man braucht, um ein Ding herzustellen oder eine Dienstleistung zu erbringen.«

»Das wusste ich nicht. Dass das beim Marx so ist.«

»Das wissen selbst viele nicht, die glauben, sie sind Marxisten. Sicherheit, Bestimmtheit ist jedenfalls, wie ein Mathematiker namens Donald Kingsbury mal gesagt hat, dann erreicht, wenn keine Fragen mehr übrig bleiben.«

»Verstehe ich nur halb, glaube ich.«

Es klingt wie: Erklär es mir.

Sie sagt: »Wenn du ein undurchsichtiges Gefäß mit Kugeln drin hast, und weißt aber, die sind alle weiß, und du greifst rein und willst wissen, welche Farbe wird die Kugel haben, wenn du eine rausziehst, na … das brauchst du nicht zu fragen, sie ist weiß. Die Unbestimmtheit des Resultats ist null.«

»*I get it* – wenn du dagegen etwa weiße und schwarze Kugeln hast …«

»Dann ist die Unbestimmtheit genau eins, denn du musst nur eine Ja-oder-nein-Frage fragen: Ist die Kugel weiß? Bei vier Farben hast du eine Maximalunbestimmtheit von zwei Fragen, bei acht eine von drei – also, wenn eine Anzahl n von Farben vorliegt, dann ist ein durchschnittliches Maximum vom Logarithmus von n zur Basis 2 an Fragen nötig. Die Unbestimmtheit …«

»O je, Logarithmus. Ich war immer Scheiße in Mathe. Ist das was mit Dreiecken?«

»Nein, das ist erst mal … der Logarithmus von n zur Basis 2

ist die Zahl, mit der man 2 potenzieren muss, um n zu kriegen – weißt du, 2 hoch diese Zahl gibt n.«

»Okay.«

»Aber es ist auch nicht so wichtig, dass das jetzt logarithmisch … Es ist einfach nur so: Die Unbestimmtheit wächst sehr deutlich mit der Anzahl der möglichen Ergebnisse.«

»Ah. Okay, aber dann sagst du doch, was ich auch sage: Je mehr Möglichkeiten man erkennt, je mehr man kapiert, wie viel passieren kann, desto mehr muss man doch den Glauben an, wie sagt man, Fortschritt und Planwirtschaft und Sozialismus und alle diese Sachen verlieren, oder?«

»Eine Gegenfrage, Frigyes: Würdest du sagen, Geschichtsforschung ist möglich? Würdest du sagen, wir dürfen feststellen: Millionen jüdischer Menschen sind von den Nazis umgebracht worden, deine Familie ist von ihnen verfolgt worden, John F. Kennedy ist erschossen worden, all das?«

»*Well* … man kann komplizierte Fragen stellen und in Details gehen, aber ich sehe nicht, wie man miteinander leben soll, wenn man so was nicht sagen kann. Wenn man keine Geschichte hat, wenn man sich nie einigt, wie es war. *Alright?*«

Sie lacht: »*Al… alright*. Nur, mathematisch und physikalisch gesehen ist das nichts anderes als Vorhersagen machen. Die Vergangenheit … sie ist genauso unbestimmt, prinzipiell, es gibt auch da immer eine Anzahl von notwendigen Fragen, eine Anzahl größer als Null, denn … wenn du einen Zustand siehst, eine Beobachtung machst, also sagen wir, du siehst diese CD im Player: Die kannst du reingemacht haben, die kann ich reingemacht haben, die kann schon drin gewesen sein, als wir eingestiegen sind … Die Vergangenheit, von dem aus gesehen, was wir jetzt haben, gabelt sich in eben so viele Möglichkeiten, von denen aus man hier angekommen sein kann, wie die Gegenwart sich für die Wahrscheinlichkeitsrechnung in verschiedene Ausprägungen der Zukunft verzweigt, die …«

»Aber das Wissen, die Beweise und Indizien, das ist ja irgendwo, wir haben Dokumente über die Nazis oder über Kennedy …«

»Sicher, aber wir haben auch Anzeichen für das, was kommen muss. Wir wissen heute, dass nur in einem Universum mit unbegrenztem Speicherplatz, mit unendlichen Speichertaschen in Räumen, die kleiner sind als ein Würfel mit der Kantenlänge der Plancklänge, absolut sichere Aussagen über Vergangenes oder Gegenwärtiges möglich wären. Und so ein Universum haben wir nicht. Es ist vielleicht nicht wirklich alles, was es gibt, diskret, in Päckchen unterteilt, ich bin nicht restlos überzeugt von digitalen Ontologien, von Weltanschauungen, die sagen, alles ist eine diskrete Rechnung, aber wir müssen es so behandeln, wenn wir Vorhersagen treffen wollen, und wenn wir Rekonstruktionen machen wollen, also praktisch … praktisch ist eben alles diskret, in Päckchen unterteilt, bis wir eine andere Art des Kalküls gefunden haben, die … Das ist wie mit den Atomen, die waren mal unteilbar, jetzt sind sie es nicht, aber bis wir sie spalten konnten, war es richtig, sie als unteilbar zu denken … Das ist Friedrich Engels, Dialektik der Natur, die Dinge an sich sind nicht der Punkt, wir machen sie zu Dingen für uns. Und da sieht man dann, es gibt eine minimale Pixelgröße, Information ist nicht unbegrenzt in alle Richtungen für immer unbeschädigt zu haben, die Naturgesetzgleichungen sind symmetrisch und die Entropie ist trotzdem nicht verletzt.«

»Geht mir übern Horizont.«

»Na, die Zusammenfassung ist: Absolutes kannst du vergessen. Totale Sicherheit, totales Chaos … es geht immer nur irgendwas dazwischen, und die Aufgabe ist, rauszufinden, was jeweils geht. Und wer daraus, dass das Absolute nicht zu haben ist, ableitet: Gar nichts geht, der oder die … drückt sich nur.«

Frigyes lacht, weil er merkt, dass sie merkt, dass sie ihn eben angegriffen hat und das gar nicht will, weshalb sie ihren Kopf gegen seine Schulter lehnt. Er überlegt halblaut: »Mhhmm … ja … Schon klar, ich sage: Das Glas ist halb leer, du sagst: Das Glas ist halb voll. Ich sage, Vorhersagen sind mir unbegreiflich, also bin ich dagegen, du sagst, sie sind dir begreiflich, also her damit. Du bist die Optimistin: Halb volles Glas. Ich bin der Pessimist: Halb leeres Glas.«

»Ich bin bloß die Ingenieurin. Ich messe das Zeug im Glas, dann das Volumen des Glases, und dann rede ich übers Verhältnis der beiden, weil mich interessiert, was geht.«

»Es geht halt nur nicht immer alles«, sagt er. »Zum Beispiel können wir jetzt nicht knutschen, obwohl du so gut riechst.«

»Es tut mir leid, ich finde die Lösung deines schrecklichen Problems schon wieder ganz einfach: Schau mal, da vorn kommt eine Raststätte.«

Er lenkt ein.

Nach den Küssen und Berührungen, nach dem Tanken und Zeitungskaufen fahren sie ein paar Meter weiter zum Restaurant und essen, weil Vera sich »was richtig Perverses« wünscht, »irgendwas, das überhaupt nicht verantwortungsvoll und links und ...«

»Schnitzel mit Pommes.«

Er trifft es genau, lädt sie ein, bringt sie zum Lachen, auch damit, dass er sie immer wieder *»girlfriend«* nennt, so dass sie schließlich, nachdem sie sich fast an ihrer Sprite verschluckt hat, endlich fragen muss: »Was ist das eigentlich dauernd bei dir mit diesem Englisch?«

»So haben die alle geredet, im Bundestag. Das war so ein Fraktionsding – mit Einsprengseln, mit so ... Vielleicht liegt es an den vielen amerikanischen Serien, die wir dauernd gucken, ich meine, die gucken alle dauernd ›Homeland‹ und ›House of Cards‹, am besten was Politisches, so wie nach Zeugnissen der Soziologie die echten Cowboys lauter Cowboygeschichten gelesen haben, als es diese Groschenhefte dann gab, und die echten Mafialeute alle ›Der Pate‹ gelesen haben, und ...«

Sie winkt ab: »Gib's zu, es war ganz anders. Joschka Fischer hat es mal angeschleppt, von seiner Chefin, der Frau Albright. Entschuldige, dass ich schon wieder so politisch werde.«

»Ist okay. Ich hab ja angefangen.«

»Right«, sagt Vera, und er schüttelt den Kopf, als ob er der

Hyperwürfel wäre, in dem die Hyperkugel steckt – der Würfel beim Versuch, die Kugel locker zu schütteln.

Sie fahren weiter, gönnen sich aber noch zwei weitere Schmuse- und Kaffeepausen.

Als das Auto sich vom Frankfurter Kreuz her dem Messeturm und der Radissontrommel nähert, weht eine eigenartige Sorte Rührung Vera an: Vielleicht bin ich nicht mehr lange hier, in dieser Stadt. Sie ist entschlossen, bei der Backfabrik zu kündigen, wie sie Frigyes erklärt, »und ich werde dann in Berlin erst mal bei Petra … das heißt, ob ich direkt bei ihr wohne, hängt auch von dir ab«. Sie zwinkert, es ist aber ernstgemeint. Er sagt: »Ich finde meine Wohnung ja groß genug für zwei.«

Sie sagt: »Aber irgendwo muss auch das weltberühmte Ulitzarchiv hin.«

»Oho, das Ulitzarchiv«, sagt er, und so albern sie zusammen herum, das Navi kennt ja den Weg.

Im Aufzug zum elften Stock sagt Vera: »Ich muss dich aber warnen. Es sieht ein bisschen junggesellinnenhaft aus.«

»Pizzareste im Karton?«

»Nein, nein, nichts Gesundheitsgefährdendes, nicht mal was Unhygienisches. Aber Bücher überall, CDs, Zeitschriften.«

»*A clean mess.*«

»Wenn es so was gibt, ja.«

Als er durch die Tür tritt und sie ihm folgt, fällt ihr auf, dass sie, wenn sie versucht, das Innere der Wohnung mit seinen Augen zu sehen, etwas bemerkt, das ihr sonst ganz normal vorkam, weshalb sie es in ihrer Warnung gerade eben auch weggelassen hat, was aber, wenngleich tatsächlich nicht unhygienisch, zumindest nicht vertrauensförderlich ist: Etwa fünfzehn Weinflaschen, verschiedene Marken, alle leer, auch ausgewaschen, aber eben doch eine ganze Menge, stehen an den Wänden im Flur.

Sie schließt die Tür hinter sich. Er dreht sich um, schaut sie an. Vera sagt: »Ich musste viel trinken, vor Kummer. Du warst ja noch weg.«

»Mit solchen Sprüchen verjagt man Männer.«

»Und, klappt es?«

»Nein.« Er küsst sie, freihändig, das hat etwas Verwegenes, und sie hat Mühe, ihn nicht zu umschlingen und bodenwärts zu ziehen.

Stattdessen löst sie sich von ihm und sagt: »Wir könnten aufräumen.«

Sie versuchen es. Aber die Liebe lenkt sie ab.

Am Sonntag wacht sie früher auf als er. Vera geht Brötchen, Hörnchen, Säfte holen, es ist kein so reiches Frühstück wie bei ihm, aber sie kommen zu Kräften, reden viel, rauchen bald beide – er hat die Kippen dabei –, stellen sich auf den Balkon, betrachten die Dächer, die Menschen, gehen wieder hinein und stellen viel an, bei weit offener Balkontür, teils im Stehen, an der Heizung, die sie nicht brauchen, auch wenn es kein ganz so wolkenfreier Tag wie gestern ist, teils auf dem Bett.

Nur einmal noch verlassen sie an diesem Tag die Wohnung, für lediglich zwei Stunden, auf einen Spaziergang zum Bahnhof, ein Essen im Urban Kitchen unweit ihres Arbeitsplatzes, von dem er im Vorbeigehen sagt: »Ich kann mir dich da nicht vorstellen.«

Sie antwortet: »Prima, trifft sich gut, ich kann das auch nicht mehr.«

In der Nacht von Sonntag auf Montag schläft sie das erste Mal seit Tagen nicht gut, anders als er, der neben ihr liegt und neben dem sie jetzt zweimal ohne Probleme in Träume gefunden hat, an die sie sich nicht erinnert.

Sie ist nervös, spürt ihre Knochen ein bisschen, dreht sich zu oft, liegt dann wieder, weil er kleine Geräusche macht, die nicht Irritation mitteilen, aber doch ein vorbewusstes Wahrnehmen ihrer Bewegungen, eine halbe Stunde lang reglos da, damit er nicht aufwacht, und wird schließlich erst kurz vor Sonnenaufgang von ihrer Müdigkeit überwältigt. Hektische Bildfolgen, angerissene Nichtwelten, weder Traum noch Wachzustand, und dann steigt sie empor in eine leicht angeschlagene, etwas krumme Wachheit, für die sie sich flüsternd bei ihm entschuldigt: »Schhh, hey. Du kannst noch liegenbleiben. Ich geh nur mal eben kündigen …«

Er dreht sich um, zu ihr, und sagt: »Nee, aber das will ich ja wirklich nicht verpassen.«

Herr Nernheim ist erst sauer, weil sie sich solche Scherze mit ihm erlaubt, dann begreift er, dass es sich gar nicht um einen Scherz handelt, und ist, Vera nennt das sehr verwundert bei sich so, aufrichtig betroffen: »Na, fristlos, nein, fristlos, das klingt ja, als ob das hier die Hölle wäre oder …«

Ogün, weit genug weg, dass er die Einzelheiten des Gesprächs nicht mithören, aber auch nah genug, dass er an Mimik und Gestik des Chefs eine Krise erkennen kann, wirft neugierige Blicke rüber, was Nernheim noch mehr quält, der über alledem nicht bemerkt, dass Vera mit kleinen Blitzen in den Augen immer wieder zum Fenster sieht, weil draußen ihr Beau mit unverschämter Lässigkeit und einem mutwillig bei Starbucks gekauften Riesenbecher Kaffee auf und ab geht, eine Zigarette im Mundwinkel, als »Backup und Kavallerie, aber das hast du natürlich gar nicht nötig, Baby«.

Nernheim beginnt zu quengeln: »Das bringt mich jetzt aber in eine Lage … Also es ist ja vielleicht nicht interessant vom Standpunkt Vera Ulitz aus, ob ich da jetzt alles neu organisieren muss, aber ich frage mich halt schon, ob es nicht ein Fehler war, dass ich da eine Kulanz, eine Konzilianz bewiesen habe neulich bei dieser Änderei von …«

Vera verliert das Interesse an dem Spiel und sagt: »Es ist wirklich nicht bös gemeint, aber das können wir uns sparen hier. Ich meine, was ist der Zweck dieser Beschwerde? Was soll ich machen, dableiben? Und was droht mir, wenn ich mich weigere? Die Kündigung?«

Er wird unverschämt: »Eigentlich müsste man in einem Fall wie diesem Schadensersatz verlangen, also …«

»Ja, schön, dann auf diese Tour, geht in Ordnung. Statt dass ich einfach zu meiner Ärztin gehe und mich für den Rest der

Kündigungsfrist krankschreiben lasse, und aus die Maus. Nein, ich muss ja wieder lieb sein.«

»Lieb, lieb, was heißt lieb …« Der Mann beginnt zu gestikulieren. Sie sagt: »Ja, komm, iss halt ein Weltmeisterbrötchen, egal.«

Vera steht auf und geht, umleuchtet von dem erstaunlichen Wissen, dass sie diesen Ort nie wieder betreten wird.

Sie hakt sich bei Frigyes unter, erzählt ihm beim Spaziergang zur Hauptwache, wo sie ihn in dem Restaurant, das nach dem Platz heißt, zu einem Frühstück einladen wird, neben dem alle bisherigen gemeinsamen Morgenmahlzeiten arm aussehen sollen, von ihrem Abenteuer.

Er hört sich's an und freut sich mit ihr darüber, dass man Leute, die glauben, sie könnten über andere Leute verfügen, wie es ihnen gefällt, auch heutzutage noch eines Besseren belehren kann, und deklamiert lustig: »Kulanz! Konzilianz! *My ass!*«

»Genau!« Vera lacht. »*Your ass,* nämlich!«

Der Tag ist schnell vorbei.

Sie zeigt ihm das, was lange ihre Stadt war. Man geht sogar zusammen in den Palmengarten. Abends wird Manuel abgeholt, das ist per SMS vereinbart. Vera hat einen Tisch in der Pizzeria unter seinem Arbeitsplatz reserviert, im Erdgeschoss des Skyline-Plaza-Einkaufszentrums. Dort macht man Späße: »Du bist aber nicht auch einer von diesen Kommunisten, mit denen sie rumhängt … da diese Typen, die nicht schnell genug die Mauer wiederhaben können?«, fragt Manuel den Mann von auswärts.

Der antwortet: »Überhaupt nicht, ich bin schon vorher Dissident diesmal, bevor die Mauer kommt.«

»Schade, Dissidenten mag ich noch weniger als Stalinisten.« Manuel hält sich nicht zurück mit solchen Bemerkungen, die Frigyes wegsteckt wie peinliche Situationen beim ersten Besuch der Schwiegereltern. Rechtschaffen erschöpft vom halb ironischen Ritual geht Frigyes schließlich auf die Toilette, während Manuel seinen zweiten Nachtisch löffelt; nach dem Eis hat er auch noch Tiramisu bestellt.

Kaum aber ist Frigyes außer Sichtweite, lässt Manuel die Kuchengabel sinken, als wäre sie nur ein Requisit, als wäre sein ewiger Hunger überhaupt insgesamt nur Tarnung. Er beugt sich vor, soweit er das vermag, und zischelt Vera zu wie eine sehr seltsame Schlange mit enormem Leibesumfang: »Pass auf, schnell, bevor er wiederkommt …«

Sie lacht leise und melodisch, gelöst, sie sieht, dass ihm gefällt, wie gut es ihr geht, und winkt ab: »Lass doch. Hab's ja verstanden, du checkst ihn durch, aber du musst doch zugeben, er ist in Ordnung.«

»Ach Papperlapapp, was interessiert mich denn dein neuer Selbstverwirklichungsassistent, den wirst du schon noch sattkriegen, wenn du merkst, der kann bloß schön reden und lieb sein und hat weiter nichts vor mit der Welt.«

Vera zieht die Stirn kraus, diese Bemerkung überschreitet Manuels sonstige Reichweite gutmütiger Frotzelei. Sie sagt: »Aber du hast mehr vor mit der Welt, ja?«

Er antwortet: »Hör halt mal zu. Ich weiß nicht, wie oft wir noch Gelegenheit haben, meine nächsten Schritte zu besprechen, jetzt, wo du so engagiert bis in deinem neuen Leben mit diesem Model da und nach Berlin ziehst …«

»Ich weiß nicht, ob ich da gleich richtig hinziehe, ich nehme mir einfach ein, zwei Monate, um mal meine Gedanken zu ordnen und meine Zukunft zu planen …«

Er schüttelt heftig den Kopf, kneift die Augen zusammen, öffnet sie wieder, zischt halblaut: »Ja, ja, ja, von mir aus, ist doch auch egal, würde dir allerdings empfehlen, dass du, wenn du schon solche weitreichenden Entscheidungen für dein Leben triffst, dann auch dazu stehst, dass das Entscheidungen sind – ich finde die ja gut in diesem Fall. Hier gibt's für dich eh nix, das ist mal klar, und ich hab mich längst gefragt, wann du zurückkehrst zu deiner Bestimmung, in dieser ganzen ausgefransten Marxerei unserer lieben Petras und wie sie alle heißen mal ein bisschen Ziel und Sinn und Übersicht zu veranstalten. Ja, guck mich nicht so groß an, das ist deine Bestimmung, du trudelst nicht so dusselig durchs Leben wie ich, wie wir alle, du nimmst das irgendwann an, deine Klarheit, und dann sollen sich das Kapital und der Staat aber mal in Acht nehmen. Du schmeißt nicht einfach ein paar Polizeiautos um und zerschlägst ein paar Scheiben, du bist ein Übersichtshirn, du stiftest, ist doch klar, Übersicht, ich meine, du hast ja selbst bei mir für Klarheit gesorgt. Deshalb will ich dir doch, bevor der Onkel wieder da ist, von meinem Plan B erzählen, Mensch. Ich kann das nicht am Handy und nicht per SMS, wer weiß denn heute, was alles mitgehört wird, und die Sache ist ja hochsensibel …«

Sie lacht leise und sagt: »Ja, nicht durchdrehen jetzt, okay? Was … was ist das denn jetzt? Geht es um deinen Lottowahnsinn?«

»Hör mal, wir haben wirklich keine Zeit hier, der ist jeden Moment wieder da, dein Fritz. Also Folgendes: Das mit dem Lotto war nur Plan A, okay? Ich habe mich da vielleicht verrechnet. Ja, guck nicht so, Manuel Lemke, Spross der großen Bankiersdynastie Lemke aus Bad Homburg, hat sich eventuell verkalkuliert. Schau, das alles war nicht ganz ehrlich mit dem Lotto, beziehungsweise das schon, aber ich habe nicht nur mit ein paar Groschen Einsatz gespielt, wie ich dir das immer erzählt hab. Ich meine, du hast doch nicht wirklich geglaubt, dass meine Familie scharf darauf ist, dass ich im SATURN jobbe und mich in einer Mietskaserne vollfresse und fast verrecke an meinem Fett und kein Geld von ihnen annehme. Die haben tödliche Angst, mein Vater vor allem, dass ich da eines Tages gefunden werde in dieser Bude, wenn ich geplatzt bin, und dann steht es in der BILD. Deshalb … also, die haben mir sehr viel Geld gegeben, vor sechs Jahren, damit ich mir irgendwo ein schönes Leben einrichte und … Aber ich wusste, für mich gibt es nur zwei Wege: Entweder ich mache aus diesem vielen Geld mithilfe meines erstklassigen Verstandes, der Probabilistik, der Stochastik, der Rechenfähigkeiten, die ich vielleicht ja wirklich von meinen Räubervorfahren geerbt habe, noch viel mehr Geld – also, entweder, ich werde auf diesem Weg Dagobert Duck und lasse mir das Geld auf die Glatze prasseln im Geldspeicher und so weiter, und deshalb habe ich eben nicht für Groscheneinsatz, sondern mit Unsummen mein Modell ausprobiert, ich habe, glaube ich, mit mehr Geld Lotto gespielt als irgendwer jemals vorher in Hessen. Aber es ist irgendeine Delle drin, ich habe mich irgendwo verrechnet. Viel ist nicht mehr übrig, und es kamen immer nur ein paar Tausend dabei rum, die ich sofort wieder eingesetzt habe, und jetzt … na ja.«

Er schaut ein bisschen schuldbewusst, es ist Theater. Vera sagt: »Okay, Dagobert Duck dank Lotto, das klappt nicht, und was war das Zweite?«

»Doktor Mabuse, Genie des Verbrechens. Also: ich drehe mit meinen Fuzzis, meinem Hausmeister aus der Schule da und meinen sonstigen Kumpels aus der Plattensammler- und Comic-Fan-Szene das sensationellste Ding aller Zeiten, und dann verschwinde ich nach … ganz woanders, und nehme so diszipliniert, wie ich gefressen habe, damit meine Verwandtschaft sich vor mir ekelt, damit sie mich für einen Totalversager hält und mich beim Planen in Ruhe lässt … genauso diszipliniert nehme ich einfach wieder ab, und dann bin ich schlank und diabolisch und wohne in irgendeinem Land … im Westen oder Süden oder Osten … und plane und arrangiere von dort aus immer neue, immer schlimmere, immer genialere Verbrechen, von Computerkriminalität bis Kunstraub, und die Welt fürchtet mich und …«

»Doktor Mabuse.«

»Das sind gute alte Filme. Von Fritz Lang immerhin, und ähm …«

»Na, was tuschelt ihr?« Frigyes ist wieder da.

Vera lässt sich von ihm auf den Hals küssen und überlegt einen Augenblick, ob sie flüsternd sagen soll, Manuel habe ihr soeben seine geheimsten Vorhaben enthüllt und sie für seine superkriminelle Elite-Gang rekrutiert, und Frigyes sei ebenfalls willkommen. Aber ein Seitenblick auf Manuel hindert sie daran, denn der spachtelt wieder ganz eifrig und sieht sie dabei nicht an, wirkt vielmehr so, als wäre er ein anderer, viel harmloserer Mensch als der, der sie da eben mit Späßen aufgezogen hat. Denn das muss es doch gewesen sein, das kann er doch nicht ernst gemeint haben, denkt Vera, Dagobert Duck, Doktor Mabuse, einen größeren Unfug hat sie seit Jahren nicht vernommen. Es geht sehr gesellig weiter, sie fahren Manuel in Frigyes' Auto zuerst in die Stadt, wo man noch ordentlich was trinken geht – das heißt, Manuel und Vera betrinken sich, Frigyes bleibt klar, er muss fahren – und danach, gegen elf, zu Manuels Wohnung, wo er sich auf der Straße zwar herzlich und mit tapsig bärenartigen Umarmungen bei dem Paar bedankt und von beiden verabschiedet, aber auch im leidlichen Rausch, den er sich angetrunken hat, nicht mehr auf seine Späße aus der Pizzeria zurückkommt. So beschließt Vera, den Unsinn als das zu betrachten, als was Manuel ihn in offensichtlich hochfrivoler Laune ja auch verkauft hat: geheim.

Später telefoniert Vera anderthalb Stunden mit Petra.

Frigyes setzt sich so lange bei grellster Festbeleuchtung auf den Balkon, in seiner kuschligen grünen Daunenjacke, geht dann, weil ihm das sinnende Betrachten der Lichter irgendwann doch nicht mehr genügt, in Veras kleines Wohnzimmer, untersucht die Bücherwand, nimmt sich drei Bände heraus und kehrt auf den Plastikgartenstuhl im Freien zurück. Es ist da, wo er sitzt, tatsächlich hell genug zum Lesen. Als Vera schließlich fertig ist und nach ihm sieht, dreht er sich um und sagt: »Ich wusste gar nicht, dass es so was gibt, eine kommunistische Partei der USA.«

»Ach, das alte Zeug da«, sagt sie wegwerfend mit Blick auf das orange Taschenbuch in seinen Händen, und dann: »Was hast du sonst noch?«

»Den Che Guevara da aus seinem Bürgerkrieg, aber das ist langweiliger, als ich dachte, und dann noch hier, den Stanislaw Lem. Das hat Enikö auch immer gelesen, ich kenne das nicht, aber das sind halt so Kurzgeschichten, *you know,* ich dachte, wenn du noch länger sprichst ...«

»Entschuldige.«

Aber er wehrt sofort ab: »Was, nein, Blödsinn, hör mal! Ist doch völlig klar, dass du wissen willst … Wie ist es denn?«

»Gibt gute und schlechte Nachrichten.«

»Die guten bitte zuerst«, sagt er, und sie denkt: Ah, ein erster gewichtiger Unterschied zwischen uns, ich erledige immer zuerst das Widrige.

Dann sagt sie: »Lang werden sie Petra nicht mehr dabehalten. Das heißt, es geht natürlich dann in Berlin weiter, ambulant und beim Hausarzt, aber es heilt alles doch schneller aus, als sie dachten. Und Petra ist ganz scharf drauf, da rauszukommen und nach Berlin. Sie sieht das alles als eine total politische Geschichte. Sie will vor allem Fadi helfen oder wenigstens seinen Scheiß-Chefs, wie sie sagt, ›echt lästig‹ werden. Wobei es danach aussieht, als ob er jetzt selber kündigt. Aber sie hat eine ziemliche Kampagne vor, in der Presse auch, die ›junge Welt‹ und das ND haben schon Interviews mit ihr gebracht – es geht vor allem darum, dass der Hergang nicht entstellt wird und dass die Strafverfolgung gegen die Nazis nicht verrührt wird mit dieser absurden Anzeige, da wird jetzt auch ermittelt … Also, da sind wir schon bei den schlechten Nachrichten: Es heißt, die Polizei ermittle gegen beide … Streitparteien, haben sie, glaube ich, gesagt. Und das Hauptargument ist, Steven und Petra und Co seien ja auch bewaffnet gewesen – wegen Pfefferspray! Und das Messer der Nazis, und der eine hatte eine Gaspistole, das soll jetzt das Gleiche sein. Irrsinn.«

Er macht ein unwilliges Geräusch. Sie sagt: »Aber was eindeutig hilft, ist, dass eine Freundin von Azar, die so ein bisschen hackt, den E-Mail-Account von einem der Nazis geknackt hat, und da gibt es eine Mail, die hat der anderthalb Tage vorher, vor der … wo er einem Kumpel sagt, man müsse sich ja nicht mehr so viel bieten lassen, das Volk wacht auf im Osten gegen die Asylantenheime, und demnächst werden auch die Zecken noch böse aufwachen, wenn sie glauben, sie könnten überall ihre Festchen feiern – zum Beispiel, na, und nach diesem ›zum Beispiel‹ folgt dann ein link zu der Veranstaltung, wo Steven auftreten sollte. Das könnte man als Beweis für Vorsatz sehen, sagt Fadis Anwältin.«

»Aber ist das zulässig vor Gericht? Mit der gehackten Mail?«

»Es steht ja jetzt in der Zeitung. Stand. In der jW. Es ist sozusagen öffentlich. Und, naja … Ich weiß das, also wer es gehackt hat, diese Freundin von Azar … ich weiß das nur, weil Petra mir das erzählt hat, allgemein ist nicht bekannt, wer der Zeitung das zugespielt hat.«

»Dann können wir nur hoffen, dass die Polizei nicht das Handy von Petra abhört.«

»Mann, du redest wie Manuel. Wie so ein amerikanischer Thriller.«

»Komm her, du Thriller«, und er zieht sie auf seinen Schoß.

Am nächsten Morgen, beim diesmal kargen Frühstück mit Fruchtsaft und etwas traurigem Gebäck, das Vera gestern noch vor dem Essen mit Manuel in einer Bäckerei im Skyline Plaza gekauft hat, sagt sie: »Du, ich kann irgendwie schlecht schlafen im Moment.«

»Wegen mir? Bist du … ist dir das zu …«

»Nein, hör mal, ich schlafe generell schlecht ein neben jemand anderem. Aber bei dir, und die erste Nacht hier, und sogar bei mir, als ich so besoffen war, hat es nicht gestört … ich glaube, es ist eher …«

Ihr Smartphone dudelt, sie schaut drauf: »O Mann, der Idiot Nernheim schon wieder. Du hast das nicht mitgekriegt, aber der hat gestern Abend schon zweimal angerufen und beim zweiten Mal lauter debiles Zeug auf die Mailbox gequatscht, abwechselnd irgendwelche vagen Drohungen von wegen … das werde Folgen haben, und dann Betteleien, ich müsste ihm wenigstens noch eine Woche helfen, er wisse sonst nicht, wie er das alles umbesetzen soll … na ja. Nee.«

Sie geht nicht ran. Das Klingeln hört wieder auf.

Vera sagt: »Aber ich denke eher, es ist der Ort hier. Auch die Stadt. Es zieht mich irgendwie … ich will in Berlin sein, wenn Petra aus dem … fast hätte ich gesagt: aus dem Knast kommt.

Und ich will da sein, wenn der Kopetzky … das ist mein Makler … der will, der hat schon Anzeigen, wie sagt man …«

»Geschaltet.«

»Ja, der hat schon Anzeigen geschaltet wegen der Wohnung, und dann kommen bald die ersten Besichtiger, und da will ich erstens dabei sein und zweitens muss ich das jetzt mal regeln, wie ich die Sachen aus der Wohnung kriege und wohin …«

»Ich kann dir mit beidem helfen. Zu meiner Wohnung gehört ein großer Keller. Mehr als ein Abstellplatz, das ist ein richtiger Raum.«

»Okay, sehr gut, danke. Na, und das hier … ich werde das sofort kündigen, diese Wohnung in Frankfurt, wenn ich erst mal weiß, wo ich in Berlin wohne. Und sag jetzt nicht: Bei dir. Das ist mir zu schnell, das sehen wir doch eigentlich ähnlich, oder?«

»Sehen wir ähnlich«, sagt er, und hebt sein Glas. Da stoßen sie an, mit Multivitaminsaft, auf alles, was sie ähnlich sehen.

Auf der Rückfahrt nach Berlin bleibt der CD-Player still.

Vera will sich ausruhen. Frigyes gibt ihr seine Daunenjacke, zusammengefaltet, sie soll sie in die Ecke zwischen sich und die Seitenscheibe legen, als Kopfkissen.

Vera ist skeptisch: »Kommt mir zu glatt vor, ich weiß nicht, wie Seide, auf so was liegt mein Kopf sonst nicht.«

»Probier's aus«, sagt er nur. Was sie tut. Nach zehn Minuten ist sie eingeschlafen, und sieht, findet Frigyes, dabei sehr friedlich aus und nicht unglücklich.

Drei:
Recherche und Propaganda kann man zusammendenken

Mike besucht Vera in der Wohnung ihres verstorbenen Vaters. Sie zeigt ihm die Papiere, bereits etwas geordneter, mit einem ersten tabellarischen Aufriss dessen, »was überhaupt da ist und wie es meiner Meinung nach zusammengehört«. Es wird ein richtiger kleiner Vortrag oder, wie sie sagt, »eine erste Führung durch diese Architektur, die ja doch ein bisschen einschüchternd ist«.

Er kratzt sich am stachligen Kinn, als sie ihm von den wahrscheinlichkeitstheoretischen Grundlagen erzählt, von Bayes, vom Kampf der Frequentisten gegen Bayes, von Kolmogorow und heutigen Simulationscomputerprogrammen.

Er kratzt sich am Ohr, als sie mit den Ordnungsschemata für Planungsinvarianten fortfährt, den »Entwicklungssymmetrien im Großwirtschaftlichen – das ist ein Wort, das er, glaube ich, erfunden hat, ›Entwicklungssymmetrien‹, es ging ihm dabei darum, das grobe Schema zu durchstoßen, das immer sagt, was weiß ich, Landwirtschaft ist primär, oder Maschinenbau ist primär, und er sagte, nein, wir brauchen gleichzeitige Entwicklung an Stellen, an denen man nicht weiß, wo die Attraktoren für Innovation sind, die Katastrophenpunkte im positiven Sinn: Die Störungen des Gleichgewichts, die … und da hat er sich mit Symmetrien beholfen, also es ist eigentlich eine Leihbegrifflichkeit, er arbeitet da mit der Gruppentheorie«. Und dann muss sie Mike mit Papier und Zetteln erläutern, was Gruppentheorie ist.

Mike kratzt sich schließlich am Haaransatz, als sie am Ende zu den informationstheoretischen Überlegungen kommt, denn »die sind einerseits die Voraussetzung seines ganzen Denkens, andererseits aber auch irgendwie Resultate, die er dabei gefunden hat – es läuft sozusagen zirkulär in dem Sinne, dass er Sachen rauskriegt, die er anfangs nur vermutet hat, aber eben schon vermuten musste, um zu sehen, ob sie tragen, und am Ende sind sie dann sozusagen gehärtet im Feuer einer Art von … es ist sehr induktiv, es ist eine Art Operationalisierung von intuitionistischen Annahmen, er nimmt die intuitionistische Logik als eine Art Eichgröße, nicht einfach als wahr, und sagt dann, dasjenige, was die Intuitionen hat, die relevant sind, ist ein System, in dem Informationen andere Informationen verarbeiten«.

»Gut, dann habe ich jetzt eine Frage.« Mike sieht, als er das sagt, gar nicht so ratlos aus, wie sie befürchtet hat, eher hoffnungsvoll.

Sie sagt: »Frag alles. Ich kenne die Sachen inzwischen ziemlich gut, es ist wie so ein Höhlensystem, wenn man mal rausgekriegt hat, was mit wem genau wie und wo verbunden ist, dann kann man … Also, schieß los.«

»Ist mir ein bisschen peinlich, weil es eigentlich keine inhaltliche Frage ist, sondern …«

»Frag!«

»Na schön – Vera, kannst du dir vorstellen, mir daraus eine Art … für unsere Themenseiten … so eine Art, na, siebzehntausend Zeichen, ohne diese Gleichungen … eine Zusammenfassung, ein Referat, einen … Vorabdruck …«

»Ein längeres *Abstract*. Verstehe. Na, ich kann es versuchen – nein, das ist jetzt unaufrichtig: Ich habe es schon versucht. Wenn ich mit seinem Steinzeitrechner da und seinen Disketten zurechtkäme … Er hat ein Textprogramm benutzt, das Zeug heißt Ami Pro. Und wie ich das in Word kriege … Aber warte mal. Wie lange, sagst du, darf das sein?«

»Allerhöchstens dreißigtausend Zeichen, inklusive Leerzeichen. Das wären dann aber zwei Folgen auf den Themenseiten.«

»Sagt mir nix, ich bin keine Schreiberin.«

»Na, so zehn normalbeschriebene Schreibmaschinenseiten vielleicht.«

»Moment mal.« Sie springt auf, geht ins Gästezimmer, holt ihren Laptop, stellt ihn auf den Boden, wo sie mit Mike, auf Kissen sitzend, während der letzten beiden Stunden das Material stichprobenartig durchgegangen ist.

Vera fährt den Computer hoch und öffnet eine Word-Datei: »Hier, das sind meine Stichworte zu allem.« Sie hat die Abteilungen als Zwischenüberschriften angelegt, darunter dann jeweils drei bis vier »Bullet Points«, der Ausdruck stammt von Frigyes, mit dem sie das Problem mehrmals besprochen hat, bei ihr, bei ihm, einmal auch bei Petra. Vera schläft nur alle paar Tage bei ihrem Freund und war nur einmal über Nacht bei Petra, lebt also im Grunde hier, auch wenn jetzt einige der Möbel nicht mehr da sind – verschenkt an Leute, die Petra ihr empfohlen hat, vor allem notleidende Studierende.

Mike sagt: »Da unten links, klick das mal an. Ah, gut, siebentausend Zeichen. Wenn du da ganze Sätze draus machen würdest und vielleicht ein paar Zitate aus den Sachen von deinem Vater, dann käme das wahrscheinlich genau hin. Dann könnten wir das …« Sie schaut ihn an, er muss fast lachen, wie erfreut sie aussieht: »Du guckst, als wenn ich der Weihnachtsmann wäre.«

»Nö aber das wäre das erste Sinnvolle, was ich seit zehn Jahren gemacht habe.«

»Das heißt, du machst es?«

Die Türklingel schrillt. »Das ist Frigyes. Mein Freund.«

»Der beim Radio und … «

»Er schreibt für einige. Guck nicht so. Er wird dich nicht verhaften.«

»Für den sind wir die Stasi.«

»Ach, komm. Der bringt uns Essen vom Chinamann.«

Sie hatte so etwas angekündigt, Mike erinnert sich, entschuldigt sich auch: »Oh, sorry, klar, das war das … nein, also ich hab kein Problem mit ihm, und wenn er kein Problem mit mir …«, aber das hört sie schon nicht mehr, sondern eilt zur Tür, entriegelt die Schlösser und herzt den frierenden Mann, der eintritt.

Sie umhalst ihn so lebhaft, dass ihm fast die Styroporbehälter mit dem Abendessen runterfallen.

Man isst zu dritt am kleinen Küchentisch. Die anfängliche Reserve, mit der Mike auf Abstand von Frigyes achtet, schmilzt im Scheinwerferlicht der überraschend vielen Fragen, die der freischaffende und medienübergreifende Journalist an den Kollegen von der linken täglichen Zeitung hat: »Ihr hattet doch eine Art Serie zum Untergang der DDR, die alle diese Punkte auch berühren wollte, über die sich Veras Vater den Kopf zerbrochen hat, nicht? Diesen Abschlussbericht, beziehungsweise, diesen Bericht über den Zustand der DDR-Wirtschaft, und die letzten Amtshandlungen von Günter Mittag, und was das für Leute waren, diese, wie sagt man, Wendehälse?«

»Ja, na ja, Serie, erstens berichten wir kontinuierlich über diese Dinge, weil es für die linke Bewegung lebenswichtig ist, dass sie eine Niederlagenanalyse macht …«

Mike erklärt und begründet alles, von Frigyes nicht ein einziges Mal unterbrochen, nie inhaltlich angefochten, sondern am Ende vielmehr mit der Nachfrage gewürdigt: »Und funktioniert das, diese Erinnerungs- und Aufarbeitungsarbeit, ich meine, gibt es Resonanz?«

Vera findet das klug und erwachsen, wie Frigyes einen Menschen ernst nimmt, der ihm gegenüber voller Misstrauen ist. Die Atmosphäre bessert sich merklich.

Vera hat das Gefühl, dass echtes Bedauern mitschwingt, als Mike auf seine Uhr sieht und sagt: »Ich hab noch eine Veranstaltung morgen, ich sollte noch mal am Veranstaltungsort vorbei, und es ist doch schon spät.«

Vera sagt: »Ja, klar, Mike, ich fang dann morgen mal damit an, aus den Notizen ganze Sätze zu machen. Ich glaube, das kann schon in drei, vier Tagen fertig sein.«

»Sehr gut«, sagt der Gast und steht auf. Man plaudert noch ein wenig, Mike geht.

Vera schaut, als sie in die Küche zurückkommt, ihren Liebsten an, der sie zu bewundern scheint, und sagt: »Ich werde jetzt wie ihr. Wahnsinn. Ich schreibe Zeug für die Öffentlichkeit, nicht mehr nur für Professoren, die meine Beweise nicht verstehen wollen. Ich wende mich an die Menschheit und erkläre ihr meinen Vater. Der Untergang der Zivilisation hat begonnen.«

Vier:
Was sich hilft, das täuscht sich

Drei Tage schreibt, schraubt und poliert Vera an ihrer Summe des väterlichen Nachlasses. Am zweiten Abend will sie etwas in »Inf-Ver« nachsehen und findet den Packen nicht mehr. Stundenlang wühlt sie, rauft sich die Haare, grämt sich, ärgert sich, verzweifelt schier und ruft endlich Frigyes an: »Das ist vielleicht der wichtigste Teil überhaupt, auch der erste, den ich gelesen habe. Und das, was drinsteht, sitzt zwar sozusagen gut inzwischen, weil ich es immer wieder durchspielen muss, wenn ich die anderen Teile lese, aber ich wollte einfach zwei Sachen darin noch mal nachlesen, zwei Ungleichungen, die zwar nicht in dem fertigen Artikel stehen werden, aber … Scheiße, Frigyes, das kann doch nicht wahr sein, dass ich das verschlampt habe.«

»Ist es auch nicht. Es liegt bei mir. Hier, ich schaue drauf, ich kann's in die Hand nehmen, es liegt bei den Zeitungen und neben der Hose, die du hier gelassen hast. Inf-Ver.«

Ihr erster Impuls erschreckt sie – Vera möchte laut aufschreien, aus Abscheu vor ihrer Unachtsamkeit.

Der zweite ist noch unheimlicher: Nein, möchte sie sagen, das kann nicht sein, nicht diesen Teil – ja, ich habe Seiten, auch halbe Konvolute mit mir rumgetragen, sie im Café gelesen und in der S-Bahn, aber ich weiß genau … Nein, ich weiß es eben nicht genau. Also sagt sie ruhiger, als der Irrsinn will, der sie da eben durchzittert hat: »Das ist seltsam, Frigyes, weil … also, ich hätte schwören können, dass ich in meinem Kopf schon so eine Art Ordnersystem inzwischen habe mit diesen Sachen, und dass ich jedenfalls diesen einen Text …«

»Ich komm vorbei. Ich bring ihn dir.«

»Du, das ist … das ist sehr lieb, aber ich … ich sag's nicht gern, aber heute können wir nicht … ich meine, du kannst nicht bleiben, weißt du. Ich muss das jetzt fertigmachen, ich bin da mittendrin …«

Er lacht trocken, aber freundlich: »Hey, was glaubst du denn, was ich bin, eine Maschine? *Sex machine?* Das ist alles *strictly boyfriend duty,* wenn ich heute vorbeikomme. Also, das heißt, ein Käffchen …«

»Ja, das setze ich gleich mal auf«, sagt sie und freut sich wieder mal darüber, was für ein vollkommener Gentleman ihr Freund ist.

Fünf: Erkenntnis kann auch Unordnung stiften

Acht Tage später klingelt Vera Frigyes aus dem Bett.

Sie steht auf der Straße, als er runterkommt, und hat sechs Exemplare der Zeitung unterm Arm, ein siebtes in der Hand. Frigyes grinst breit und enthusiastisch, sie wedelt mit dem Papier, er hebt die Hände: »Unfair! Du darfst nicht alle kaufen in Berlin, ich will auch noch tausend Stück für meine Wände und zum Verteilen auf der Straße!«

Sie verbeugt sich andeutungsweise und sagt: »Wir können es ja machen wie die Zeugen Jehovas. Wir stellen uns vor die Wohnungen, klingeln, und wenn jemand aufmacht, sagen wir: Guten Tag, wir möchten mit Ihnen über Walter Ulbricht sprechen!«

Die beiden fahren zur Feier des Tages mit der S-Bahn zum Hackeschen Markt, gehen dort in den Hackeschen Hof, bestellen haargenau das, was sie bei ihrem allerersten Treffen gegessen und getrunken haben, und lesen mehrmals den Artikel »Den Plan nicht aufgeben« von

Vera Ulitz

»Fett gedruckt! *Dear God,* es ist fett gedruckt, der Name ist fett gedruckt!«, freut sich Frigyes, als sie gerade zum dritten Mal beim Schluss angekommen ist:

Das Erstaunlichste an diesem Nachlass ist die darin implizit enthaltene Skizze einer faktischen Weltökonomie nach dem Vorbild

eines wirtschaftlichen Systems, das in einem Staat entwickelt, aber nie voll umgesetzt wurde, der zeitweilig zu den zehn größten Industriestaaten der Erde gehörte, heute aber angeblich ein einziges ökonomisches Desaster gewesen sein soll. Schlüssig entwirft Otto Ulitz multidimensionale Oberflächen von Produktivitätsveränderung in einem ökonomisch-historischen Phasenraum, betont die Störungen, die durch Konzentration von Informationsnutzungsbefugnissen – also etwa die Besitzrechte der Gegenwart – den Parametern aufgezwungen werden und zeigt, dass die von ihm untersuchten Oberflächen als Grenzen zwischen Stabilität und Chaos die Orte sind, an denen die Entscheidungen zwischen Wohlfahrt und Armut, Krieg und Frieden, Recht und Unrecht fallen. Er bringt damit Dinge auf den Begriff, die uns in den gegenwärtigen Krisen als unbegreifliche Schicksalsschläge verkauft werden.

Er bleibt Marxist. Und er bleibt aktuell.

»Das donnert ganz schön am Schluss. Wie so ein Moses auf dem Berg«, sagt Frigyes.

Sie runzelt kurz die Stirn: »Stört dich das?«

»Na, immerhin hast du nicht geschrieben: Marxist-Leninist. Weißt du, so parteimäßig. Marxismus kann ja alleine auch pluralistisch sein, und mehr als Parteidiktatur.«

»Okay, aber …«

Er lacht es weg: »Nee, lass mal, vergiss es, wir machen jetzt keine Podiumsdiskussion, Liebling. Hey, freu dich wieder! Ich freu mich auch! Du bist ein Star, Schatz!«

Er küsst sie, sie stoßen an, obwohl Vera denkt: Ich bin auch wirklich eine finstere alte Krähe, dass ich ihm seine abweichende Meinung nicht lassen kann. Aber manchmal passt mir das dann doch nicht richtig, seine Art, die Dinge so zu nehmen, als ginge es nicht um Wichtiges – und was heißt überhaupt »Star«, was ist mit dem Inhalt? Schnell schluckt sie diese kleine Verstimmung runter und lässt sich ausfragen darüber, wie die Arbeit mit der Redaktion war. »Eigentlich angenehm«, sagt sie, »Mike hat nur ein paar Nachbesserungen verlangt, weil nicht alles verständlich war, das sehe ich ein, das hilft der Sache ja.«

Vera trinkt einen Sekt mehr als beim letzten Mal.

Der Tag trägt die beiden Liebenden mit ungeheurer Energie durch Berlin. Sie besuchen Petra, die sich ebenfalls sehr freut und der es schon viel besser geht. Abends tanzen sie in einem Club zu Musik, deren Text dem Denken von Otto Ulitz sehr fern steht, seiner Tochter aber im Hinblick auf ihre momentane Lebenssituation durchaus angemessen erscheint:

Because I'm happy
Clap along if you feel like a room without a roof
Because I'm happy
Clap along if you feel like happiness is the truth
Because I'm happy
Clap along if you know what happiness is to you
Because I'm happy
Clap along if you feel like that's what you wanna do

Vera verausgabt sich beim Tanzen völlig, hat aber hinterher wundersamerweise dennoch genug Kraft für eine Nacht, in der die Wohnung ihres Freundes Erschütterungen erlebt, vor denen sich ausgewachsene Staaten fürchten müssten.

Als sie am nächsten Morgen aufsteht, schläft er noch.

Sie weckt ihn nicht, obwohl er sich das vor ein paar Stunden gewünscht hat, »nur Tschüss sagen«, sehr niedlich. Aber sie will früh los, denn heute gegen zehn ist der dritte Besichtigungstermin, und die Betriebswirtschafts- und Jurastudierendenbande, die bislang vorstellig wurde, ist ihr so zuwider, dass sie alle Hoffnung in die beiden letzten Termine setzt, heute und morgen, sich also wünscht, dass doch noch Menschen aufkreuzen, die sie dem Andenken ihres Vaters zumuten kann.

Eine eigene Wohnung hat sie immer noch nicht ausgeguckt, obwohl die, die sie vermieten will, laut Anzeigenangaben schon in drei Wochen bezogen werden kann – nicht ganz begeistert hat sie sich mit Frigyes darauf geeinigt, erst einmal eine Weile bei ihm zu wohnen und so Zeit zu gewinnen, »was Schönes, das auch zu dir passt« (wie er sagt) zu suchen und zu finden.

Im jeansfarbenen Morgenlicht lässt sie sich zum »nah und gut«-Supermarkt unweit der Wohnung fahren. Dort kauft sie ein Brötchen, etwas Joghurt und einen Apfel. Beim Verlassen des Ladens sieht sie gegenüber bei Habibi die imposante Enikö auf die Straße treten, mit einer offenbar nicht ganz leichten Plastiktüte, und geht ohne Überlegung schnurstracks auf sie zu: »Hallo. Brauchst du Hilfe?«

Sie kommt sich verpeilt vor, typisch unausgeschlafen, als ihr klar wird, dass sie nicht mal mehr weiß, ob diese Frau und sie einander beim letzten, sehr kurzen Gespräch geduzt haben oder nicht.

Enikö Makkai sagt: »Was? Oh. Nein. Hallo, Vera. Guter Artikel, gestern. Deutlich.«

Vera hat das Gefühl, dass sie rot wird, das Kompliment, vor allem das letzte Wort, trifft sie an einer Stelle, von der sie gar nicht wusste, dass sie so eine Stelle überhaupt im Herzen trägt. Enikö sagt: »Sogar meinem Vater hat es gefallen. Er war auch so ein bisschen Kommunist, früher. Wir sind ja freie Leute, nicht richtig Partei, aber man muss ja Kommunist sein, das ist klar.«

»Du meinst wie der Onkel, der mit Honecker im Gefängnis gesessen hat? War der auch Kommunist?«

»Welcher Onkel?« Enikö schaut freundlich, aber so, als wüsste sie wirklich nicht, wovon Vera redet. Die sieht, wie Enikö die Tüte jetzt im Griff hat, und fragt, damit sie ihr nicht entwischt: »Wohnst du hier in der Nähe?«

»Nein, ich bin bei Freunden hier. Es gab ein Fest gestern Abend, eine kleine Abschiedsfeier. Einer von uns fährt in die Türkei. Und jetzt mache ich Frühstück. Möchtest du mitkommen?«

»Ich weiß nicht, ich kenne die Leute ja nicht … und in einer Stunde hab ich einen Termin. Aber … ich würde mich gern mal irgendwann mit dir unterhalten. Ich bin neugierig, aber Frigyes lenkt immer ab, wenn ich ihn nach seiner Vergangenheit frage, seiner Familie, und so langsam ist das unfair. Er weiß so viel von mir.«

Enikö hebt ganz kurz die rechte Augenbraue, der Blick wird prüfend, wenn auch nicht streng, dann sagt sie: »Na, du schreibst ja auch in die Zeitung, was du über deine Familie weißt. Aber das ist schon richtig so. Er erzählt nichts, sagst du?«

Vera nickt: »Außer von diesem Onkel mal.«

»Was für ein Onkel ist das genau?«

»Er sagt, er hat einen Onkel, der mit Honecker im Gefängnis war, 1992.«

Enikö macht ein undeutliches Geräusch, etwas wie ein Maunzen, dann sagt sie: »Tjaaaa … Pass auf, die schlafen alle noch, wir könnten schnell einen Kaffee trinken, hier um die Ecke gibt es so einen Stehladen. So ein Husch-Husch-Café. Oder ist das nichts für dich?«

»Husch-Husch-Cafés sind mein Leben«, sagt Vera, und Enikö nickt, obwohl sie gar nicht wissen kann, was das bedeutet.

Aus irgendeinem kapriziösen Grund bestellt sich Vera statt der üblichen Brühe eine heiße Schokolade, während Enikö ihren Kaffee teerschwarz nimmt und eine Frage stellt, bevor Vera dazu kommt, das selbst zu tun: »Jetzt erzähl mir das bitte noch mal, was sagt er, was für einen Onkel haben wir?«

»Als Erich Honecker 1992 vor Gericht stand hier …«

»Nach der Auslieferung. Nachdem die Russen ihn verkauft hatten.«

»Ja. Und da gibt es Aufzeichnungen von Honecker, aus dem Knast – hier um die Ecke war das – und da steht, ein Sinto sei mit ihm in der Zelle gesessen. Ich hätte ja gedacht, Einzelhaft, aber … das war so.«

»Hat er dir von diesen Aufzeichnungen von Honecker erzählt? Frigyes? Hast du die gesehen, diese Aufzeichnungen?«

»Es gibt sie als Buch. Es steht genau so drin.«

Enikö macht ein wissendes, etwas verdrossenes, aber auch belustigtes Gesicht.

Vera fragt: »Habe ich was Falsches gesagt?«

Enikö sagt: »Wenn es ein Buch gibt, das erklärt es. Daher hat er es dann. Er kennt einfach das Buch. So war es schon früher – irgendwer erlebt was, oder es kommt im Fernsehen, und … früher konnte er das gar nicht unterscheiden, als Kind. Als Jugendlicher. Er hatte eine Phase, da hat er erzählt, dass er mit Drogen dealt, dabei war es ein Bekannter vom Fußballplatz.«

»Du willst sagen, er lügt.«

»Für ihn ist das anders.« Sie seufzt. »Er ist verwöhnt, unser Vater hat … schau, es gab uns, wir waren abgehauen, nicht in den Westen, sondern nur ein Stückchen, Schrittchen, nach Westberlin, unser Großvater, weil unsere Großmutter das wollte, aber ein anderer Zweig der Familie … wir kommen mehr oder weniger aus Ungarn, ein Teil ging wieder dahin, ein anderer blieb in der DDR. Die Makkais haben sich dort ziemlich angepasst, ein Cousin meines Vaters war sogar in der SED, in der Kultur.«

»Ich weiß wenig über Sinti und Roma in der DDR. Fast nichts.«

»Es gab nur ein paar hundert. Und es gab Gängelei, bei aller Bereitschaft dieses Staates, die Verfolgten des Faschismus zu ehren und zu unterstützen. Man tat sich doch sehr schwer damit, diese besonderen Verfolgungsopfer, diese sogenannten Zigeuner, anzuerkennen, sie mussten allerlei nachweisen, sogar eine antifaschistische Haltung, und einen Wohnsitz, einen Arbeitsplatz.«

»Das erklärt vielleicht, warum er der DDR nicht so wohlgesonnen ist. Frigyes.«

»Ach was, das interessiert ihn nicht, die Familie interessiert ihn auch nicht. Ich kann ihn sogar bis zu einem gewissen Grad verstehen. Er will vorwärtskommen, und er will … Er hat das alles auch mal erzählt, in einem Interview, du findest es im Netz, ich meine … hast du ihn nicht gegoogelt?«

»Ich mag das nicht, wenn man mich oder meinen Vater googelt, deswegen mache ich es auch nicht gern. Also du selbst, du bist Kommunistin?«

»So ein bisschen. Parteilos, aber ich habe Freunde in der KPF, das ist die …«

»Kommunistische Plattform der Linken, ich weiß. Ja. Und die DDR, also du würdest sagen …«

»Für die meisten Menschen, die sich's nicht richten konnten, den Eroberern aus dem Westen nützlich zu werden, war's in der DDR besser, und für Sinti, soweit ich es beurteilen kann, nicht viel schlechter als überall. Besser als an manchen Orten, schlechter als an anderen. Und die Scheiße, die man jetzt hat … es interessiert ja viele Linke nicht. Es gibt da grauenvolle Dinge, Vorboten einer faschistischen Entwicklung, nicht nur im ehemaligen Ostblock, in Tschechien, Ungarn, der Slowakei, sondern in Italien, in Frankreich, auch hier. Wenn rumänische und bulgarische Roma kommen, dann ist es mit der Toleranz auch der Linken schnell vorbei. Das ist die alte Last, das sind die alten Sauereien. Aber Frigyes … es geht Frigyes nicht darum, dass er die DDR ablehnt, weil es irgendwie voller Widersprüche war, auch in Sachen Sinti und Roma, weil viele urdeutsche Scheißeinstellungen auch in der DDR überleben konnten, im Schatten zwar, nicht gern gesehen, aber bis tief in die Verwaltung. Sie war kein übernatürliches Wunder, diese DDR, sie war ein Versuch, nach einer absoluten Schweinerei ohne Maß, ohne Vergleich, eine neue Gesellschaft aufzubauen, eine menschenwürdige Gesellschaft.«

»Eine sozialistische Menschengemeinschaft.«

»Ist das von deinem Vater, hat er so gesagt?«

»Das ist von Walter Ulbricht.«

»Ja, das ist … das wäre gut. Na ja. Aber Frigyes, der sagt einfach: Man muss das alte Zeug begraben. Er will eine völlig neue Politik, so ein superliberales, lockeres … Er sagt, das war doch alles dogmatisch und schwerfällig, und das Lustige ist nur, das sagt er immer wieder, seit es Krach mit dem Cousin meines Vaters gab, weil der in unserer Familie nach dem Ende der DDR plötzlich die Autorität war, nämlich der Älteste, Erfahrenste, Geschickteste. Dagegen musste mein kleiner Bruder dann rebellieren, und das war der Grund, warum er zu den Grünen wollte, zu den alternativen und den staatlichen Medien … Alle seine Äußerungen zur Sache sagen: Weg mit dem alten Zeug, lasst uns von Null anfangen.«

»Na ja, es ist halt Idealismus.«

»Nein, es ist Blindheit, Vera. Schau, wir können nicht von Null anfangen. Es geht nicht. Denn dann fangen wir ohne Waffen an, ohne Erfahrungen, ohne unsere Fehler und unsere Erfolge, und das wäre sehr dumm. Denn die Kapitalisten, weißt du, und die deutsche Polizei, die fangen nicht bei Null an, die haben sich durch all das durchgefrettet, ob es das Kaiserreich war, dann Weimar, Hitler, die BRD und jetzt das neue kleine Großdeutschland – die haben ihre Kontinuitäten durch all das durchgerettet, da gab es keine Brüche, nur Kosmetik, Umbenennungen … Bloß in der DDR, da hatten sie mal ein Weilchen nichts zu sagen. Das werden sie der DDR nie verzeihen. Und deshalb brauchen sie … Idealisten … wie meinen Bruder, der für sie die Linken dazu auffordert, die DDR zu vergessen, zu entsorgen, zu verdammen.«

Sie trinkt den Rest ihres Kaffees aus, dann schaut sie Vera an, interessiert, fragend.

Vera sagt: »Frigyes will … er will einen Artikel schreiben, oder einen Essay, oder eine Reportage, darüber, wie die DDR weiterlebt bei jungen Linken in Berlin.«

»Na dann nimm dich in Acht, kluge Vera. Nimm dich in Acht. Ich glaube nicht, dass dir sein Artikel so viel Freude machen wird wie mir deiner.«

Vera zieht ein saures Gesicht. Sie will nicht, dass Enikö so mit ihr redet – sie will jetzt überhaupt für sich sein, will das sortieren. Dass ihr nicht klar ist, was vom Gehörten sie wichtig finden soll und was nicht, ärgert sie – warum, schimpft sie mit sich, kann ich mich nicht darauf konzentrieren, dass die Honeckergeschichte nicht stimmt, warum hat er das gemacht?

Wieso tut man so was? Ohne diese eine Kleinigkeit kann man den ganzen Rest als Familienproblem und Frage abweichender Meinungen behandeln, aber dieses Detail …

»Vera? Alles in Ordnung?« Die Frau – die fremde Frau, korrigiert sich Vera wütend und weiß wieder nicht, warum ihr das einfällt, was das jetzt soll – sieht besorgt aus. Sie schaut auf Veras Hand am Becher mit der Schokolade, die weißen Knöchel, den Krampf.

»Hm?«, macht Vera, wie aus einem Traum geschüttelt. Dann reißt sie sich zusammen und sagt: »Nee, es ist nur, ich hatte …« – eine lange Nacht, will sie sagen, aber das kommt ihr jetzt unangemessen vor, deshalb sagt sie: »… Ich muss ja gleich los. Das ist jedenfalls, also … na ja, Danke, dass du mir das erzählt hast.« Vera lächelt entschuldigend und fragt sich: Wieso lächle ich entschuldigend? Dann sagt sie, um nicht ganz blöde dazustehen: »Jedenfalls merke ich mir das mal, dass man die Leute googeln muss, bevor man … na ja.«

»Muss man gar nicht«, sagt Enikö, sehr sanft.

»Doch, müsste man vielleicht … Hat er viele von diesen Artikeln … Hat er, kann man die lesen?«

»Ich glaube, der über den Heinrich Fink, den gibt es noch«, sagt Enikö in sachlich-zurückhaltendem Ton. Dieser Text scheint nicht unwichtig zu sein, den hatte Petra auch schon erwähnt, erinnert sich Vera und sagt: »Ja, dann schau ich da mal rein. Du, noch mal, vielen Dank … du kommst klar mit dieser Tüte da?«

»Kein Problem.« Floskeln zum Abschied.

Vera geht sehr schnell nach Hause, schaut auf die Uhr: Viel Zeit hat sie nicht. Die Leute kommen gleich.

Sie holt den Laptop aus dem Gästezimmer, stellt ihn neben den vorsintflutlichen Rechenklotz ihres Vaters, klappt ihn auf, schaltet ihn ein, ruft den Browser auf. Sie findet sechs Artikel. Es steht einiges darin, das sie nur schwer zusammendenken kann mit Frigyes, wie sie ihn kennt:

Was Handke angeht, so ist er ein Wirrkopf, der sich zum Instrument eines Verbrechers gemacht hat, wie so viele Schriftsteller im Stalinismus. Nur weil ein Mensch dichten kann, muss man ihn noch nicht bewundern – die Zeiten sind vorbei.

Oder:

Bleiberecht für alle – das klingt gut, aber die Grünen haben durch ihre Beteiligung an wirklicher Politik gelernt, dass Maximalforderungen dieser Art, genau wie absoluter Pazifismus oder die Verherrlichung der Armut an sich, bei der immer auch mit gelobt wird, wer nichts zum Ganzen beitragen will und damit unsolidarisch handelt, Fallen sind, in die man nicht gehen darf.

Oder:

Die Linkspartei muss sich eindeutig erklären, ob sie auf ihrem unbeweglichen Standpunkt zu Auslandseinsätzen der Bundeswehr auch im Fall der Friedenssicherung beharren will wie ein pubertäres Trotzköpfchen, oder ob man sie wählen kann, weil sie ein Interesse daran hat, in diesem Land tatsächliche Politik zu machen statt Rattenfängerpolitik bei ewig Unzufriedenen, bei denen das »links sein« nur ein Ventil für ein verpfuschtes eigenes Leben ist.

Die aggressivsten Stellen aber, Enikö hat recht, stehen in dem Text über Heinrich Fink:

Linksradikale haben immer Probleme mit den Unterschieden. Sie können wirkliche Opfer des Systems, das sie hassen, aber nicht verstehen, von denen schlecht trennen, die keinerlei Mitleid verdienen. Man darf ihnen nicht sagen, was alle anderen Menschen wissen – gerade auch die, für die diese Linksradikalen kämpfen wollen, »das Volk«. Man darf nicht sagen, was klar ist: Die RAF war eine kriminelle Bande. Mumia Abu-Jamal ist ein Polizistenmörder. Und Heinrich Fink, der sich auf »die Bibel und das Grundgesetz« beruft, ist ein schlechter Witz – er, der sich anmaßt, für Nazi-Verfolgte zu reden und als alter SED-Mann selbst für die Verfolger der SED gewirkt hat, selbst Verfolger war.

Und:

Den Verfassungsschutz wollen sie abschaffen statt reformieren – so reden sie, weil man das System, das sie selbst betrieben haben, nicht reformieren konnte, und weil man es deshalb zum Glück abgeschafft hat.

Und:

Wenn die Linken und Linksradikalen sich nicht von den lebenden Fossilien der Diktatur trennen, dürfen sie nicht weinen, wenn man sie weder ernst nimmt noch mitreden lässt.

Vera versteht nicht, wo dieser Ton herkommt. Sie kann ihn sich nicht erklären. Sie liest das, und sie denkt, was ist das für eine Sprechart, was ist das für ein Klang der Wörter und Sätze? Das ist ein völlig anderer Mensch, den kenne ich nicht – dieser Eifer, dieser schneidende Spott, ist das der Zweifler, der Gewissenhafte, der Tolerante, der Neugierige, mit dem sie die letzten Wochen, jetzt fast schon Monate verbracht hat, und mit dem sie noch viel mehr Zeit verbringen will?

Wo kommt das her, dieser Fleiß beim Verspotten, diese Drohung, die da drin steckt, in jedem Satz: Kommunisten, ändert euch, oder wir … was? Werfen euch aus dem Gespräch? Das da redet gegen Unterdrückung, gegen die böse SED, und es ist doch nichts als Rechtfertigung für Maulkörbe, fürs Beschnüffeln, fürs Verächtlichmachen und Ausgrenzen jeder Widerrede gegen das, was geschieht.

Er, der Unterschiede anmahnt, haut unterschiedslos gegen Handke wie gegen Fink, gegen Alte wie gegen Junge, für die Schnüffler, für die Kriegstreiber, für diejenigen, die Leute einsperren, wenn diese Leute nicht mitspielen.

Er schreibt wie ein Staatsanwalt, der seine Instrumente herzeigt, und wie ein Rechthaber, dessen Recht die vorhandene Macht ist. So klingt das also, wenn man gegen eine Diktatur Mut zeigt, die es nicht mehr gibt, und für eine Diktatur redet, die ihre Diktate nicht als Diktate an die große Glocke hängt. Man versteht diese Diktatur, die jetzige, ja auch so: Mach mit, oder wir führen dich vor, klagen dich an, denunzieren dich als trotzig und gestrig und dumm und gefährlich, alles in einem, auch wenn es nicht zusammenpasst, jeder Schimpf ist recht.

Die Türglocke klingelt. Es ist ein Pärchen, sie sind die Ersten.

Während Vera sich den Unsinn von »Katzen ja, Kinder nein« anhört, den die beiden quasseln, und der Mann, kaum dreißig, aber schon mit lichtem Haar, etwas von sich gibt, was er für einen Witz hält – »in Berlin haben nur noch Lesben Kinder, Heteros haben Katzen, was soll man machen?«, treffen die nächsten ein, ein Lehrer, Single, Anfang Vierzig, eine Graphik-Designerin, ungeheuer aufgebrezelt, dann kommt ein Plattenladenbetreiber, ein Taxifahrer, zwei Frauen, deren Berufe Vera nicht versteht – die eine macht was mit Computern, die andere was mit Service im Bankbereich –, die eine jung, die andere alt, beide auch Single, und danach verliert Vera den Überblick, was aber nichts ausmacht.

Denn nun trifft Kopetzky ein, nimmt Vera beiseite und sagt: »Ich merk mir das alles, keine Sorge. Die Bewerbungen schicken diese Leute auch alle zu mir, wir reden dann mal übermorgen oder überübermorgen. Da sind doch einige recht Vielversprechende dabei.«

Als die Leute weg sind, hat Vera großen Hunger und fährt mit Kopetzky im Auto zur Friedrichstraße, wo sie in eins der Restaurants in den S-Bahnbögen geht und ein gigantisches Schnitzel mit Pommes isst.

Danach geht sie ziellos herum, erst zu Dussmann, wo sie fast zwei Stunden lang in allen Stockwerken Bücher durchblättert, Filme und CDs betrachtet, am Ende aber nichts kauft, dann begibt sie sich auf die Museumsinsel, wo sie sogar das Pergamonmuseum besucht, aber an den alten Schätzen vorbeigeht, als wären es blinde Schaufenster, dann zum Reichstag, dann dort durch Parks und über Brücken, dann zum Potsdamer Platz, wo sie in einem australischen Restaurant zwei Gläser Wein trinkt.

Schließlich ruft sie Frigyes an.

»Hey, Baby«, meldet er sich, eher beschwingt als zärtlich. »Wie war's, welche Monster haben heute deine Wohnung durchsucht?«

Sie hört sich ungläubig eine Gegenfrage stellen: »Warum hast du das gemacht?«

Er antwortet nicht, fragt nicht nach.

Es ist, als wüsste er schon, was sie beschäftigt. Plötzlich denkt sie: Nein, Vera, was machst du denn, nicht am Telefon, das geht nicht, du musst ihn sehen, du musst sehen, wie er aussieht dabei, sonst ist das alles ungültig, was machst du denn?

Aber dann hört sie seine Stimme, vorsichtig, anders, nicht so, wie sie die Stimme kennt: »Ist alles in Ordnung? Hast du Stress?«

»Wieso du das gemacht hast, hab ich dich gefragt.« Ihre Worte sind schneller gesagt, als Vera denken kann, urteilen, abwägen, und dann denkt sie, ist doch egal, es muss sein, Drumherumreden bringt auch nichts. Sie wird deutlicher: »Wieso hast du mir diesen Mist erzählt, mit deinem Onkel? Mit Honecker?«

»Ach, was heißt Mist …« Er atmet durch, und sie denkt, o nein, das ist die schlimmste Antwort, die es geben kann, er streitet es nicht mal ab.

Tatsächlich fährt er fort: »… es war halt so … ich wusste ja nicht, ob du überhaupt zuhörst, wenn da einer kommt, den deine *people* alle nicht leiden können.«

»Sag nicht *people*.«

»Was?«, nicht gereizt, nur verwundert.

Sie wiederholt: »Sag nicht *people*. Red normal mit mir.«

»Aha, normal.« Er klingt jetzt fast wie der Ton in den Artikeln: spöttisch, verhalten gemein, sprungbereit. Er sagt: »Du weißt also, was normal ist, ja?«

Sie fragt: »Woher hast du die Geschichte? Von dem Mann in Honeckers Zelle, woher hast du das?«

»Was heißt, woher …«

»Hör auf, Zeit zu schinden, hör auf, mit mir so zu reden, als ob ich blöd wäre. Weißt du was? Ich habe nichts dagegen, wenn du mich für blöd hältst. Wirklich nicht, das hab ich selber schon, mich für blöd gehalten, Frigyes. Vielleicht bin ich sogar blöd. Aber wogegen ich was habe, das ist, wenn du mich nicht nur für blöd hältst, sondern auch so mit mir redest, mich so behandelst, als wäre ich blöd, und …«

»Mensch, Vera, was willst du denn? Ich habe, es war ein Witz, ein Spiel, ich hab … ich kenne das Buch, ich hab's aus dem Buch, okay? Aus dem Buch von Honecker. Werde ich jetzt verhaftet, oder was soll das hier? Hattest du einen Scheißtag? Dann komm vorbei, dann reden wir …«

»Wir reden schon. Wir reden jetzt. Ich will wissen: Wieso? Was wolltest du von mir, dass du gedacht hast, du musst mir diese Geschichte vorlügen?«

»Wie, was wollte ich …«

»Wolltest du was von mir, oder wolltest du meine Geschichte? War's für deinen Artikel oder was das wird?«

Die Anschuldigung ist ungeheuerlich, aber er weist sie nicht sofort zurück, und das fühlt sich für Vera an, als täte sich, wie man so sagt, der Boden unter ihr auf, als fiele die Welt auseinander. Sie kann nichts tun, als den Vorwurf zu wiederholen: »Du hast gedacht, die wickle ich jetzt mal um den Finger, mit Charme und Geschichten … aus einem Buch, das sie vielleicht kennt. Damit du rankommst.«

»Hör mal, jetzt dreh mal nicht durch«, defensiv und zugleich gereizt, »wir sind doch hier nicht … Wo hast du das alles her, von der Stasi?«

»Von deiner Schwester.«

»Ah, ja, klar, super. Und das kannst du nicht mit mir selber besprechen, da musst du deine Stasimethoden …«

»Mit dir kann man nicht über dich sprechen. Das ist, als ob es dich … für dich selbst … gar nicht gibt. Das ist unheimlich.

Genauso, wie mir übrigens die Art im Rückblick unheimlich ist, wie du den Mike gelöchert hast, und dass auf einmal ein Bündel Papiere bei dir in der Wohnung war, das ich nie, niemals weggebracht hätte aus der Wohnung, in der ich es gefunden habe, und …«

»Ja, spinn halt. Du spinnst, weißt du das? Weißt du das? Weißt du, dass ich meinen Text seit Tagen abgeben müsste und es nicht mache, weil ich mir hier … weil ich mich hier rumquäle, dass du auch ja nicht falsch verstehst, wenn ich da schreibe, was meine Meinung ist – Ich habe nämlich, auch wenn es dir und deinen Leuten nicht passt, eine eigene Meinung, und ich habe ein Recht auf diese Meinung …«

»Deine eigene Meinung, das ist … ich habe sie heute mal nachgelesen. Du sagst sie mir ja selten. Sie steht im Netz. Sie ist die Meinung der jetzigen Bundesregierung und der ehemaligen Bundesregierung und der ehemaligen Regierungszeitung für Rotgrünes, die dauernd so schreibt, als ob sie bald wieder Regierungszeitung werden will, und die Meinung aller staatstragenden Kräfte, und die Meinung des Verfassungsschutzes und der BDI-Spitze und …«

»Du spinnst doch«, wiederholt er wütend, »du hast sie doch nicht mehr alle! Aus so einem Scheiß hier eine Vorladung zu machen, eine Anklage, als wenn ich der schlimmste Spitzel wäre, und ich mach mich hier fertig, dass ihr nicht beleidigt seid, ihr Spinner, mit eurem Getue …«

»Was regst du dich auf? Du hast mich angelogen. Das ist der Punkt. Und du hättest es nie richtiggestellt, wenn ich es nicht rausgekriegt hätte.«

»Dass du mir hier so kommst! So politisch und … ich meine, was ist das, steht das bei dir über allem, die Politik, oder was?«

»Nein. Nein, ich finde das Scheiße, wenn Leute andere Leute nur als Mittel sehen, als Hilfsmittel für die Durchsetzung ihrer politischen Absichten. Aber du, du denkst, und das ist das Bescheuerte, du denkst, wieso, es ist doch nur ein Artikel, es ist doch nur ein Job, Karriere, wenn es viele lesen, ist man ein Star, gut für einen selber – also, alles ganz individuell und persönlich und zufällig, aber es ist eben in Wirklichkeit komplett politisch. Du machst eine politische Arbeit, und man braucht Leute wie dich, damit die gemacht wird.«

»Man? Wer, man? Das Kapital?«

»Das Kapital kriegt so Zwerge wie dich und mich gar nicht mit. Erst mal sind es nur deine Grünen, die was davon haben, von dem, was du da machst.«

»Was ich mache? Was mache ich denn?«

»Du suchst die Nähe von Menschen, die sich gegen das alles wehren, gegen das Ausgeraubtwerden und die Unterdrückung, weil dich das fasziniert und anzieht irgendwie, und dann bist du privat nett zu ihnen und öffentlich verhaust du sie. Und das hältst du dann für ausgewogen, weil es die zwei Seiten deines Gesichts sind. Die zwei Seiten von dem, was du bist: innen lieb und außen ein grüner Polizist.«

»Na, du kennst mich ja super.«

»Leider nicht«, sagt Vera.

Er sagt: »Ach, hör doch auf, du Klugscheißerin. Was ist, hast du das mit Mathe ausgerechnet? Geh doch nach Moskau.«

Er legt auf, und sie denkt: Das gibt es doch nicht.

Das kann nicht sein. Am Telefon, einfach so. Wie ist das möglich?

Es tut noch nicht weh. Das kommt später.

Sechs:
Würfeln will gelernt sein

Otto Ulitz reißt das Kalenderblatt – 15. März 1984 – nicht nur ab, er zerknüllt es, bis es ein Ball ist, oder eine Kugel, mit der man eine symbolische Pistole laden könnte.

Er schnickt das Papier in den dafür vorgesehenen Korb. Dann setzt er sich wieder an seinen Tisch, dreht den Bürostuhl so, dass er seinem Gast direkt ins Gesicht sehen kann. Der Gast ist ein erfahrener alter Genosse, der auf der harten dunkelblauen Sitzecke hockt, die das Ministerium Ulitz spendiert hat.

Der alte Genosse lächelt, legt den Kopf etwas schief und sagt: »Was hast du, Otto? Du bist Vater geworden, nach so langer Zeit, das ist doch prima.«

»Das findet der wahrscheinlich auch.« Ulitz nickt in Richtung des Honeckerporträts an der Wand, »der findet ja alles, was die Russen finden.«

Der alte Genosse räuspert sich: »Na komm, Otto. Freuste dich nicht?«

Ulitz setzt eine freundlichere Miene auf und sagt: »Über das Mädchen? Sehr. Aber die Zukunft, da wird mir angst und bange um das Kind. Die Russen ...«

»Was hast du mit den Russen? Sollst du jetzt nicht bald eher mal den Westhandel studieren?«

»Wir hatten einen da. Bei uns, hier, letzte Woche. Einen leitenden Russen aus Leningrad, der hat ... es ist haarsträubend, auf was die stolz sind. Letztes Jahr, sagt er, wurden in der Sowjetunion 5,5 Millionen Kinder geboren – mehr als in jedem anderen Nachkriegsjahr. Jetzt müssen sie natürlich Wohnungen bauen, da freut er sich, das kurbelt die Wirtschaft an. Er redet wie ein Westler, die Wirtschaft! Wer ist das denn, die Wirtschaft? Als ob die Arbeitszeit nicht in Sinnvolleres investiert werden könnte. Wollten wir nicht so arbeiten, dass man später immer weniger arbeiten muss, damit man Zeit hat für demokratische Verwaltung, für Kultur? Und wollten wir nicht die Arbeit am meisten belohnen, die uns diesem Ziel näherbringt, also Leute, die automatisieren, Leute, die Ressourcen effektiv nutzen? Konsum, Wohnungen, und sogar Rohstoffe, ich meine, sie rühmen sich, dass sie mehr fördern ... Statt sich zu rühmen, dass sie mit weniger mehr erreichen. Denn das tun sie nicht. Sondern das Gegenteil. Es ist der schiere Wahnsinn – auch wenn es vernünftige Stimmen gibt, die sagen: Solange nicht das meiste am Zuwachs des Nationaleinkommens aus der Produktivitätssteigerung kommt, ist es kein echter Zuwachs. Aber das sind Minderheiten.«

Der alte Genosse steht auf, geht zu Otto, legt ihm die Hand auf die Schulter: »Du trauerst immer noch Ulbricht nach.«

»Ach«, sagt Otto Ulitz, »es hilft ja nichts, er muss wiederkommen, aber diesmal in der Sowjetunion, sonst sind wir erledigt.«

»Was malst du so schwarz?«

»Ich schau mir den Markt an. Die Welt. Immer mehr wird in den Gesamtumlauf geschmissen, es wäre Wahnsinn, autark sein zu wollen. Aber wie fest man steht, das ist entscheidend, wenn man sich an Geschäften mit den Imperialisten beteiligt. Sie spielen rum, diese Russen – einerseits wollen sie Leistung stärker belohnen, andererseits wollen sie die Kennwerte hier und da einfrieren, damit sie leichter den Überblick kriegen – also prozentual fix die Lohnfondsanteile, die Fonds für Produktivitätsentwicklung, die Höhe der Gewinnabführungen an den Staat – das, was beweglich sein müsste, schrauben sie fest, und das, was fix sein muss, das lockern sie. Es gibt kein Konzept.«

»Und das Neue Ökonomische System, das war ein Konzept?«

»Das war eins, das man dann hätte korrigieren können, Schritt um Schritt, ja.«

»Geh heim«, sagt der alte Genosse und betrachtet seine Hände, »geh heim und kümmere dich um dein Kind, da kannst du was ausrichten, das ist die Zukunft, soweit du sie beeinflussen kannst, und selbst da hast du nicht viel zu sagen – glaub's einem mit drei Kindern. Aber alles andere, Otto …« Er denkt nach, dann hat er's: »Alles andere ist Schicksal.«

Otto Ulitz sagt: »Schicksal, das sagen nur Leute, die nicht in Wahrscheinlichkeiten denken wollen.«

Der Genosse nickt der Leibnizpostkarte zu, die gerahmt an der Wand hängt: »Dein Meister da, der konnte das?«

»Einerseits ja«, sagt Ulitz, »aber die Sache hat eben Tücken. Selbst er hat sich dabei geirrt und aufgrund der Abstraktion, zu der das Abwägen von Zahlenverhältnissen stets zwingt, einen Tatbestand übersehen, an den ihn die tatsächliche physische Handhabung der Objekte, über die er nachdachte, rasch hätte erinnern können. Als er drüber nachdachte, wie wahrscheinlich beim Werfen mit zwei Würfeln von je sechs Seiten die Augensummen 11 und 12 sind, hielt er diese beiden Wahrscheinlichkeiten für gleich groß, weil es jeweils nur eine Kombination gibt, die zu diesen Ergebnissen führt. Letzteres stimmt zwar: Nur 6 + 6 ist bei zwei sechsseitigen Würfeln 12, und nur 5 und 6 ist 11. Hätte er die Sache aber mit zwei erkennbar verschiedenen Würfeln durchgespielt – sagen wir: einem weißen mit schwarzen Augen und einem schwarzen mit weißen Punkten –, dann wäre ihm sofort aufgefallen, dass es für die 12 tatsächlich nur eine Kombination gibt, nämlich den Fall, dass sowohl der weiße als auch der schwarze Würfel 6 Augen zeigt. Die 11 aber kann sich sowohl ergeben, wenn der weiße Würfel 5 und der schwarze 6 Augen zeigt, als auch dann, wenn der weiße 6 und der schwarze 5 zeigt. Die Wahrscheinlichkeit, eine 11 zu würfeln, ist also doppelt so hoch wie die Wahrscheinlichkeit, eine 12 zu würfeln.«

»Otto, ich kann dir nicht folgen«, sagt der Genosse.

Ulitz nickt: »Ich weiß.«

Sieben: Niederlagen sind Durchgänge

Vera geht nach Hause, das dauert zwei Stunden.

Dann fängt sie an zu warten. Das dauert mehr als eine Woche.

In der Zwischenzeit denkt sie andauernd darüber nach, Frigyes anzurufen, tut es aber nie. Einmal fährt sie sogar mit der S-Bahn bis an die Haltestelle, die seiner Wohnung am nächsten liegt. Vera steigt aus. Sie kauft in einem Drogeriemarkt eine Cola Zero. Sie geht zurück zur Haltestelle und hofft, dass niemand sie hier gesehen hat.

Sie redet mit Petra, trifft sich mit Petra, Azar und Fadi zum Abendessen, hat dabei einen kleinen Zusammenbruch in Azars Wohnung. Petra läuft ihr hinterher, ins Bad.

Vera schaut sie mit verschmierten Augen an und sagt: »Er ist doch dran, oder? Er hat aufgelegt. Ich bin nicht zu stur, oder? Er ist am Zug, oder nicht? Er ist dran?«

Petra presst die schönen Lippen aufeinander, als müsste sie sich dringend was verbeißen. Dann, als Vera wieder in sich zusammenfällt und weint, löst sich die Anspannung in Petras Gesicht und weicht der Sorge. Sie nimmt Vera in die Arme und sagt: »Doch, ja. Der ist dran. Ich meine, der ist so was von dran, wenn ich den erwische.«

Vera muss zweimal glucksend lachen. Dann entschlüpft sie Petras Umarmung, tupft sich das Gesicht mit Klopapier ab und zuckt mit den Schultern: »Ich meine, ich bin doch wirklich bescheuert. Was sind das denn für lächerliche Probleme, die ich habe? Ich meine, schau dir mal andere an. Fadi hat seinen Job verloren, Azar hat … wie heißt das?«

»Sie haben noch mal geröntgt, da sind Brüche. Haarfeine Brüche, gegen die man nicht wirklich was machen kann, also … es wird heikel.«

»Und dann die Anzeige gegen Fadi.«

»Die kriegen wir weg. Selbst die BILD ist auf unserer Seite. Sozusagen.«

Das ist nicht ganz verkehrt – es ist ein Artikel über den, wie die BILD schreibt, »frechen Neonazi« erschienen, der sich bei seinem Arbeitgeber, einer Autowerkstatt, hat krankschreiben lassen und gegen Fadi wegen körperlicher und seelischer Traumata klagt, aber ständig auf irgendwelchen Festen seiner Gesinnungsfreunde besoffen rumprahlt, wie er »die Zecke ausgerottet« hat. Es sind Fotos von so einer Party gedruckt worden. Die öffentliche Meinung schätzt den Lumpen nicht.

Vera sagt: »Ich habe Frigyes auf einem Google-News-Alert, weil ich nicht … überrascht werden will. Wenn der Text kommt.«

»Das traut er sich nicht. Das schreibt er nicht, das zieht er zurück, das, was er da wollte, mit den Linken in Berlin und … also … Wenn er das macht …« Wieder die Wut bei Petra, aber Veras Gesichtsausdruck ist für einen Moment so angegriffen, dass Petra sich erneut beherrscht und fragt: »Weißt du denn inzwischen, wo das erscheint?«

»Es gibt mehrere Möglichkeiten. Ich weiß ja, wo er schon veröffentlicht hat.«

Sie nennt die Namen dreier Zeitungen, die sie so gut wie nie liest und noch seltener kauft. Alle drei Blätter werben damit, dass das, was sie drucken, auf irgendeine Weise »links« sein soll. Petra sagt: »Er wird sich melden. Bevor er da irgendwas in den Druck gibt, wird er sich bei dir melden, verlass dich drauf. Der Ball ist in seiner Spielfeldhälfte, das weiß er. Was immer er sonst ist, er ist nicht dumm. Er wird sich melden, bevor der Text erscheint.«

Er meldet sich nicht. Der Text erscheint.

Die Nachricht, dass Petra sich geirrt hat, überbringt sie selbst, am Telefon: »Hey, guten Morgen, Vera. Hast du's schon gesehen?«

»Nein, was?« Vera ist schläfrig, gestern war eine lange Nacht, sie hat angefangen, mit Mikes Unterstützung eine kommentierte Buchpublikation der wichtigsten Fragmente und Entwürfe ihres Vaters auszuarbeiten und stürzt sich derzeit in diese Arbeit, als gäbe es nichts anderes. Selbst Kopetzkys langsam immer drängendere Anrufe, SMS-Kontaktaufnahmeversuche und E-Mails, die von ihr »zeitnah« eine Entscheidung zwischen den »vier Top-Kandidaten« verlangen, die er aus der Liste der Wohnungsinteressierten herausgefiltert hat, ignoriert sie in einer Mischung aus Mutwillen und Desinteresse.

Petra sagt: »Den Artikel. Diesen unfassbaren Artikel von diesem … unfassbaren … Typen. Ich meine … Vera, das ist so arm und so mies … Es tut mir sehr leid. Es tut mir wirklich leid.«

Vera ist gleichzeitig wie niedergeboxt und erleichtert zumute.

Sie fragt: »Wo?«

»Es steht schon online …«

»Nein, die Zeitung will ich wissen. Ich will das gedruckt

sehen, sonst …«, sie muss lachen, kurz und bellend, »sonst glaube ich, das ist ein Hackerwitz. Verstehst du?«

Petra sagt ihr, wo sie den Text findet. Vera bedankt sich, unterbricht die Verbindung, geht aus dem Haus und kauft sich eine Zeitung, die sie nur alle paar Jahre kauft.

Sie findet den Text – er ist gar nicht so kurz, anderthalb Nettoseiten – und liest ihn in demselben Stehcafé, in dem Enikö Makkai ihr etwas erzählt hat, das sie nicht hören wollte.

Der Ton des Textes ist weniger schneidend als in den Arbeiten, die Vera kennt, eher besorgt und bedauernd, was das Ganze freilich nicht besser macht:

Es ist traurig und grotesk: Junge Leute, die diese Gesellschaft braucht, Leute mit Idealen, kritische Leute, verschwenden ihre Energie an Versuche, etwas Gutes am Erbe der zweiten deutschen Diktatur zu finden. Auf ihren Parties, in ihren Kneipen und in ihren Zeitungen befassen sie sich mit den Mumien der DDR und der Sowjetunion und diskutieren die Machbarkeit der Planwirtschaft, anstatt in einer Suppenküche auszuhelfen, in einem Krankenhaus oder einem Kinderheim.

Auch nicht übel, denkt Vera, als sie zwei Absätze weiter liest:

Wer einen ermordeten Autonomen, der in eine Keilerei mit im Grunde unpolitischen Suffköpfen geraten ist und dabei sein Leben verloren hat, mit einem uniformierten Schergen der DDR-Grenztruppen vergleicht, der in Ausübung seines Soldatengehorsams getötet wurde, beleidigt den Autonomen, weil der keine Uniform angezogen hätte. Diesen Vergleich habe ich selbst gehört, und ich bin erschrocken, und ich habe mich geschämt, dass ich nicht den Mut hatte, energisch zu widersprechen, wo solch hanebüchener Unsinn geredet wird.

Am allerbesten aber findet sie das Ende – pathetisch und verlogen, wie es ist:

Der Schmerz und die Schande der deutschen Linken, dass in ihrem Namen ein Unterdrückungssystem vierzig Jahre lang bestehen konnte, soll vergessen sein – man rechnet herum, ob die DDR wirklich pleite war, statt der Tatsache ins Gesicht zu sehen, dass sie ein Kapitel der Geschichte war, das die Linke aus ihrem Erbe streichen sollte. Man schreibt lange Aufsätze über Planwirtschaft, weil man den Mut zur kleinen guten Tat nicht hat, zur schrittweisen Verbesserung der liberalen modernen Demokratie, die sicher nicht vollkommen ist, aber das Beste, was Menschen bis jetzt zustande gebracht haben. Es ist der Größenwahn, der alles verstehen und steuern will, eine Kompensation für eine Linke ohne Vorbilder, ohne Väter, auf die sie stolz sein kann – es ist ein psychologisches Problem, das nicht zum politischen werden darf. Liebe Linke und Linksradikale, nennt euch nicht Kommunisten, das war ein Irrweg – nennt euch, was ihr wollt, tretet ein in die Wirklichkeit, und lasst die Toten unter der Erde.

Das geht an mich direkt, denkt Vera. So redet er mit mir. Das hält er für aufrichtig. So hat mich nicht mal Gerd zu bevormunden versucht, der wollte mich nur zu mehr Umgänglichkeit erziehen, aber das hier – das ist eine Teufelsaustreibung im Säuselsound. Hier offenbart sich ein grüner Heiliger. Was für eine arme Wurst.

Nicht zu fassen.

Sie muss das Zeug nicht zweimal lesen, es steht nichts drin, was man nicht so oder ähnlich schon tausendmal gelesen und gehört hat, aus allen Anlässen, zu allen Gelegenheiten. Kein Gedanke, keine Erkenntnis, keine Gründe außer dem immer gleichen: Was ist, das ist, und wer sagt, es war anders und kann anders sein, soll schweigen, soll Pflaster kleben, soll beten, demütig, hilfsbereit, keusch und fromm.

Vera blättert noch ein wenig in der Zeitung, liest hier und da dasselbe wie bei Frigyes, manchmal auch ein wenig nach links verschoben. Es gibt einzelne Kriege, die nicht die völlige Zustimmung der Redaktion finden, einzelne Formen von Armut, die sie nicht bewundert, einzelne Tatsachen der Repression, die ihr die Laune drücken. Nur der Kulturteil steht weit rechts von dem Artikel des Menschen, der sie auffordert, die Toten unter der deutschen Erde zu lassen.

Vera geht nach Hause. Er hat ihr eine E-Mail geschrieben. Da steht dasselbe wie im Artikel, wieder etwas anders, denn Frigyes muss jetzt immer neue Worte finden fürs Unabänderliche:

Ich habe ja gewusst, dass der Tag kommt, an dem Du Dich zwischen der Ideologie und dem wirklichen Leben entscheiden musst. Ich dachte, vielleicht reicht es, wenn Du Dich durch das zwanghafte Geschreibsel Deines Vaters durcharbeitest, vielleicht ist das eine Art Selbsttherapie, und danach kannst Du es ruhen lassen. Aber das waren nur Hoffnungen. Menschen ändern sich nicht, und Du hast Dir das nicht selbst ausgesucht, das ist Deine Erziehung, das sind Deine Probleme, weil sich Deine Mutter umgebracht hat, weil Deine Beziehungen gescheitert sind. Da klammerst Du Dich eben an das Alte. Aber Du sollst wissen: Für mich ist es nicht so einfach wie für Dich – ich habe mich wirklich verliebt, für mich war es nicht nur ein Job. Vielleicht wollte ich am Anfang nur meine Recherche vertiefen und Dich deshalb kennenlernen, ja. Aber jetzt geht es mir wirklich um Dich. Ich hoffe, Du bist noch erreichbar – ich weiß, dass ich es jetzt, heute, mit dem Text bei all deinen Stasi-Freunden endgültig versaut habe, und dass ich aufpassen muss, dass mir Fadi nicht eine in die Fresse haut. Aber mein Gewissen ist mir wichtiger. Mein eigener Kopf. Ich wünsche mir, dass Du eines Tages lernst, dass man nicht alles planen und beherrschen kann und dass der eigene Kopf die Menschen unberechenbar macht, und dass das wertvoller ist als der ganze ideologische Müll, der Antifaschismus und Antikapitalismus, das ganze Anti von Menschen, die sich nicht am Leben freuen können.

Er redet von Freude und trampelt ein Herz in den Dreck.

Er redet von Gewissen und klaut Papiere.

Er redet vom eigenen Kopf und verkauft seinen, wahrscheinlich für läppischstes Zeilengeld. Er glaubt, was er da schreibt.

Das ist es, das ist die eigentliche Pleite. Vera steht auf, schaltet den Fernseher ein.

Ein Sender bringt Werbung, es geht um Süßigkeiten. Ein anderer bringt Frauen, die mit Ärschen und Brüsten wackeln, damit man sie beachtet, denn man soll sich freuen darüber, wie es ist. Auf dem dritten Kanal aber gibt es Nachrichten, die Vera berühren wie der Kuss eines Engels: Sie sieht drei Fotos hinter der Nachrichtensprecherin.

Alle drei auf diesen Fotos abgebildeten Menschen kennt sie persönlich, aber nur den, der ganz links zu sehen ist, kennt sie mit Namen.

Die Schlagzeile dazu heißt: »Millionenraub in Bad Homburg.«

Die Sprecherin ist ganz aufgeregt. Fast könnte man meinen, sie hat soeben entdeckt, dass sie nicht zu den Menschen gehört, die sich nicht am Leben freuen können, weil sie in ihrem Job auch mal Nachrichten vorlesen darf, die wirklich originell sind, echte Abwechslungen:

»Bei dem Raub von Bargeld und Schmuck aus dem Familiensafe des Bankiers Lemke sowie von Kunst im Wohnzimmer der Familie wurden etwa anderthalb Millionen Euro erbeutet. Die Polizei geht davon aus, dass der gleichzeitige Diebstahl von weiteren zwei Millionen in Form eines Hackerangriffs auf Lemkes Privatkonten in unmittelbarem Zusammenhang mit diesem Verbrechen steht. Der flüchtige Sohn Manuel Lemke und zwei ebenfalls flüchtige mutmaßliche Helfer …«

Der Laptop ist noch an. Vera schaut im Internet nach, die Nachrichtensites sind voll davon. Ihr Handy klingelt. Sie schaltet den Fernseher per Fernbedienung auf stumm und nimmt das Gespräch an.

Es ist Petra: »Hast du das gesehen? Hast du das gehört? Der

dicke Manuel! Unglaublich!« Sie verschluckt sich fast an dem Spaß, den sie hat.

Auch Vera muss einen Schmunzelanfall niederringen, bevor sie sagen kann: »Doktor Mabuse.«

»Was?«

»Er hat es angekündigt. Ich hab nicht zugehört. Er hat es angekündigt, und er hat es tatsächlich getan, der alte Anarchist.«

»Tja, so kann man es natürlich auch machen«, Petra kämpft mit dem Lachen, »wenn man nicht bis zum Kommunismus warten will. Auch eine Form der Kritik des Eigentums.«

Vera sagt: »Ja, jeder macht halt, was er kann.«

»Jede macht auch, was sie kann«, erwidert Petra, »und du weißt hoffentlich, was du kannst.«

»Ich weiß nur, was Frigyes kann. Hab ich gerade gelesen.«

»Oho, was kann er denn, der Stinker?«, mault Petra.

Vera seufzt und sagt: »Der kann mich am Arsch lecken. Aber nur noch metaphorisch.« Und beide lachen, wie Freundinnen das können, wenn es keinen anderen Trost gibt. Sie plaudern noch etwas, dann legt Vera auf und ruft Kopetzky an.

Er ist guter Dinge: »Ah, Frau Ulitz, Entschuldigung, aber können wir heute Nachmittag reden? Ich habe gleich ein Meeting, ich bin überhaupt nur rangegangen, weil ich so lange nichts gehört habe, trotz …«

»Ja, ich weiß, tut mir leid, ich war ein bisschen abgelenkt und unklar. Tut mir auch leid, dass ich das nicht früher in die Hand genommen habe. Aber jetzt müssen Sie nicht mehr warten – ich ruf Sie nachher an, kein Problem, aber eins kann ich Ihnen jetzt schon sagen: Es tut mir abermals leid, Sie kriegen auch ihre Provision und alles, aber ich kann nicht vermieten. Ich will nicht. Ich bleibe hier drin. Nennen Sie es …« Vera sucht nach dem richtigen Wort, sie weiß, es gibt dafür im Kapitalismus irgendeinen Fachausdruck, wie war das noch, nicht Gebrauchswert, wie sagt man nur?

»Eigenbedarf«, sagt der Makler, und klingt seltsamerweise wirklich so, als könnte er das akzeptieren, womöglich geradezu respektieren.

»Ja«, sagt sie und fügt hinzu, wie um Frigyes ruhig und entschieden zu widersprechen, der sie mit der Behauptung zu beschämen versucht, sie habe sich das, was sie tut, nicht ausgesucht: »Ich hab mir das so ausgesucht. Hat eine Weile gedauert. Und ich will andere Möbel hier drin, eigene, und auch sonst einiges ändern, aber … es ist das Richtige.«

»Na, dann ist es doch gut, dass Sie das herausgefunden haben. Vielleicht habe ich ja sogar ein bisschen geholfen?«

Er schäkert, er flirtet, sie lacht, er sagt: »Also, bis nachher dann, wir reden noch über die Einzelheiten. Glückwunsch zur Entscheidung!«

Der Makler legt auf. Vera geht in die Küche und isst direkt hintereinander drei von ihren türkischen Keksen.

Glückwunsch zur Entscheidung: Ein wenig stimmt es ja, denkt sie, und schaut hinaus auf den hellen Hof, auf die Kinder an ihren Fahrrädern, die schrauben und werkeln – Frigyes hat sogar recht, vieles habe ich mir nicht selbst ausgesucht, auch wenn es interessant ist, dass er ihr einerseits vorwirft, sie wäre nicht souverän genug, das über sie Verhängte loszuwerden, und andererseits, sie wolle alles planen und beherrschen.

Was ist sie denn für ihn, zugleich Monster und Opfer?

So sehen Leute, die es nicht genau wissen wollen, wahrscheinlich immer andere, die das, was ist, nicht so lassen können, wie es ist: Als Zielscheiben und Unruhestifter, als etwas, von dem man in seiner Seelenruhe, in seinem Dahinleben und Mitmachen gestört wird, das also aktiv ist, aber auch als potentiellen Gegenstand von Abwehr und Wut. Sie sind um ihr Bild von sich als unschuldig und normal besorgt, sie müssen das Fremde loswerden. Es fasziniert sie, und sie fürchten es, und sie greifen es an: So entsteht diese irre Mischung in seinen Texten, den öffentlichen wie den privaten, aus Staatsanwalt, Seelsorger und Jammermännlein.

Und doch war er der Erste, denkt sie, den ich mir selbst ausgesucht habe, und das war gut, und wichtig. Der Erste, nicht der Letzte.

Sehr früher Schnee fällt lautlos.

Vera denkt: Jede tut, was sie kann.

Was kann sie?

Eine Mathematikerin wird sie nicht mehr, sie ist zu alt für eigene Forschung, eigene Einfälle. Aber sie hat denken gelernt in diesem aufgegebenen Beruf, und sie hat keine Angst vor dem Verstehen und vor dem Ändern – das ist ihr wirkliches Erbe.

Sie könnte sich hier was suchen, sie könnte sich hier was aufbauen, in Berlin.

Es gibt Menschen hier, die nicht nur das Versprechen verkörpern, das Frigyes für sie war, sondern es sogar halten könnten.

Jede tut, was sie kann – sie könnte den Leuten hier helfen, den politisch Wachen, denen, die Frigyes als Unzufriedene ablehnt und verspottet.

Sie könnte ihnen helfen, ihre Einsprüche zu ordnen, ihre Pläne zu machen.

Vera schließt die Augen.

Sie stellt sich etwas Wundersames vor: ein Schloss, das zugleich ein Schlüssel ist. Sieht es vor sich, eine Symmetriegruppe, nach der man über hundert Jahre fahndete und die man mit Computerhilfe schließlich fand.

Sie geht die Fächer durch, die Objekte, sie schaut ein Ding an, das in siebenundfünfzig Dimensionen auf zweihundertachtundvierzig Arten gedreht werden kann, ohne sein Aussehen zu verändern. Ich sehe was. Ich kann's anderen zeigen, die es nicht sehen.

Vera öffnet die Augen, sieht sich im Fenster. Wer ist das da?

Sie sieht aus, als hätte sie viel vor.

ISBN 978-3-359-02471-2

Umschlaggestaltung: Buchgut, Berlin, unter Verwendung
eines Motivs von picture alliance / G. Büttner
Druck und Bindung: Druckerei Steinmeier, Deiningen

Die Bücher des Eulenspiegel Verlages
erscheinen in der Eulenspiegel Verlagsgruppe.

www.eulenspiegel-verlagsgruppe.de